岩波現代文庫／文芸 189

カクテル・パーティー

大城立裕

岩波書店

目　次

亀甲墓《かめのこうばか》

実験方言をもつある風土記

なにしろ、ウシにとっても善徳にとっても、百坪のなかの十五坪の萱《かや》ぶきの家のなかのことしか考えない日常だったのだ。沖縄県とか大日本帝国とかアメリカとかいうものは、出征兵士を見送ったり遺骨を出迎えたりする日に考えるだけだったから、あの音がそれらと関係があるなどとは、さらに気がつくはずがなかった。

まず、ドロロンと空気をぶちこわすような音がして、家がゆれた。山羊小屋では、角をはやしたのが、つながれた杭のまわりをあわてて三回ほどはしり、縄で首をうんとしめつけた。善徳がそれをみてあきれていると、門のそとにモッコ一杯の草をかついだ男があらわれて、声をとばした。

「じいさん、艦砲射撃だ、艦砲射撃だ。いくさど」

善徳は、藁蓆《わらむしろ》を編んでいる手をちょっと休めて、

「カンポーサバチては何だ」

あのばかみたいな音とサバチ(櫛)と何の関係があるだろうといぶかる。

「サバチでない。シャゲキだ。艦砲さあ」

「カンポーては何だ」

「軍艦の大砲だ、どこかにうちこんだんだ。いくさの来たど」

男は対話をやめて石垣のむこうに消えた。善徳は手のものを全部つきはなすと、

「おい、ばあさん。艦砲だ、艦砲だ。いくさど」

台所へあびせて、たちあがった。

ウシは、台所のまっくろな土間に桶をすえて、豚の餌の藷汁《いもじる》をかきまわしていたが、

「へ。カンポウ。いくさ。きょう来るてか」

「おお、来るさあ。はやくにげんと。こどもたちは、はあ」

「あした卒業式があるから、その練習て」

ウシは、いそいで軒端までてて空をあおいだが、なにごともないので、また桶にもどった。

「豚の腹は満たしておかんと」

それからウシが裏の豚小屋の餌桶に藷汁をあけとばしていると、また二発ほど、ドロロン、ドロロンと鳴った。

「ばあさん。なにしてるか。命すてると孫たちにすまんど」

善徳は、米をいれた石油缶をモッコにのせている手をやすめて、裏座敷の窓から、どな

った。

「はあ、いますぐ死ぬもんか、じいさん。豚の腹は満たしておかんと、逃げたらいつまで放っておくかわかりはせんのに」

「そんなら、ついでだ。山羊の草もみんなおろして、そばにまいてとらせ。はあ、やっかいなイクサの来くさったもんだ。……おい、孫たちの学校道具は、どれだけもっていくかね」

ウシは、それをきかずに表の井戸へまわり、手にいっぱいついた諸汁を洗いおとしながら、

「じいさんよ。栄太郎つれてきて、手つだわせんかね。あんたひとりでは無理だろうのに」

すると善徳は、かかえていた毛布を床にたたきつけて、軒端にとびおり、

「なにいッ。またするか、あのくされもんの話」

「くされもんであってもなくても、あんた、うちは若いもんがおらんのに、いまごろ片手はなくても、いい助けになるとおもったほうがいいど」

「お前も、くされもんだ。不義もんの娘のねんごろに手つだわせて、いくさからにげたと世間にいわれて、生きられるか」

「はあ、生きられるさあ。ねんごろでもなんでも、力になるもんは使うことさあ」

またドロロンと鳴った。つづいて、西の山の裏から、ブルルンと音がしだいに大きくなって、東へとび去った。善徳が白毛まじりの眉をよせてそれをみあげていると、また門に、こんどはじじいがあらわれて、

「善徳じいさんよ。カラスの鳴きくさったど。山は、どこからきたか、カラスのいっぱい、バタバタしているど。これは、大いくさになるど。はあ、はやくにげろう」

「いくさは、どこから来るかね、山里のじいさん」

ウシがきいた。

「はあ、アメリカから来るさあ」

「アメリカはわかっているがさあ」

「海みてみれ。ゆうべのうちに軍艦ばかり、たいへんだ。あれだけから大砲どんどんしたら、はあもう」

「あんたらは、どこににげるかね」

「うちは、山原《やんばる》ににげろうかとしているがね」

「山原は遠いなあ」

「遠いからいいんだなあ。艦砲もとどかんど」

沖縄島が大陸であるかのような相槌を、ウシは聞きながして、

「うちは、どこにがいいかねえ、じいさんよ」

「ふれもん。そんなことは、あとからだ。はやく、山羊に草くれて、荷物からくくろう」

山里のじじいが消える。ウシが、手足の水を切ってあがり風呂敷に着物をくるんでいると、孫の文子と善春が、走って帰ってきた。六年生と四年生だ。

「じいさん。ばあさん。戦争ど、戦争ど、アメリカと戦争ど。はやくにげれと。にげれば勝つと、先生が」

「学校はどうするてか」

「学校は戦争だからないさあ」

「卒業はせんのか」

「戦争だのに、卒業てあるか。バカだね、じいさんは」

「そうか。先生はどこににげるてか」

「どこにてもいわなかったよ。家のひとといっしょににげれ。戦争の勝ったら、また学校するからて、いったさ」

また、ドロロンと鳴る。

「文よ。栄太郎よんでこい」

ウシが、鍋を土間から床にガチャンとあげながら、どなると、文子がもともと大きな眼をむけて、

「栄太郎おじさん？　いいのか、ばあさん」

「あれ、みぃ。孫はもう大人だ」善徳が、あらためて怖い顔をつくる。「いくら戦争でも、不義は不義だ。だいじな孫あずかって、ふらちみせたら、息子にもすむか。お前は自分の血を分けてないから、そんなこというて」

「だれの血でもいいさあ。命が第一さあ。命たすかるためてば、だれが物いうか」

「だれが命すてるていうたか。にげるていってるでないか」

「して、あんたひとりで、これだけ担いでいけるか。どこににげるわけか」

「この年になって、どこににげるか。いつ命すてるか、お元祖といっしょに墓にはいるがいいさあ」

「墓にはいるのてか、じいさん？」

善春が、頓狂な声をあげる。

「墓はいいど、善春。墓はお元祖の大きな家だ。お元祖が守ってくださる」

「おとろしくないか」

「何のおとろしいか。おとろしいもんはお元祖のみんな払ってくださるさあ」

「そんなら、ますますのことさあ」ウシが、また口をはさむ。「墓の門をあけるのが、じいさんひとりで成るかあ。あんな重い石の……善春、よんでこい」

「うん」

善春がとびだそうとするのへ、

「いくな。片手しかないやつが、なにできるか。あの墓石は、わんがはめたとだ。自分のはめたもんは、あけらるるためしだ」

「いくつの年にはめたてか。七十もこした年寄りがでて。片手でも、若いもんなら気合いのかかる。ねんごろの家のためとおもえば、なおのことさあ。いまどき世間に若いもんの頼りがあれば、片輪でも果報のうちでないか。いけ善春」

「なにイッ」

善徳のことばがつまり、善春がかけだそうとすると、門から金切声をあげてきた娘のタケが、一人娘の五歳になる民子をひきずるようにして、

「ばあさん。あんたら、どこににげるて？　いっしょに行かれいよう」

善徳のあたまに一瞬にしてうかんだことは、自分が日ごろ文句ばかりたれているせいか、娘が血のつながらないウシのほうへさきによびかけたことへの不満と、そのふらちな娘のつれてきた孫のおびえたような眼つきのいとおしさで、そう一緒くたにこられては、とっさに何をいっていいか、ちょっとまごついていると、またドロロン、こんどはかなり近いらしく子供が眼をつぶるほどの音だが、同時にドロロンにはじきだされたように門からとびこんできたのは、なんと片腕だけで毛布やら鍋釜のたぐいをひっかついだ男だ。善徳は、その急テンポでゆれる空ッぽのシャツの袖に笑われている心地さえして、

「お前は、お前は」

と荷物のことを忘れているようすなので、ウシが、

「殺すなら墓までもっていってから」

「なにッ。墓で殺すと？　狂《ふ》れ物言いしくさって。死んでも、そんな物言いかたすると、お元祖の前にはいっしょにおいておかんど」

ウシは、あッとおどろいて、善徳の顔をうちまもる。ここらの百姓は、「殺す」ということばで「なぐる」の意味をつよめることがあるので、かるくいったのだが、「墓で」とは添えことばがわるかった。あわてて、

「ちがう、ちがうさあ。それは……」

いいなおそうとすると、タケが、

「墓にいくのか、ばあさん。そんなら」

と栄太郎をうながす。栄太郎は、ガラランと荷をおろし、

「棒があるだろ、じいさん、棒が」

と勝手に納屋へいって、ひっかきまわして、天秤棒とモッコとをもってきて、自分のもってきた荷と、この家の荷とをそろえて、タケに手つだわせてくびり、棒を肩にのせると、にがい顔でみていた善徳が、庭にとびおりて納屋から鍬をだしてきた。

「お前、これもいれろ」

「じいさん。鍬はなにするか」

うか」

「くされもん。お前らは百姓であるか。家移るのに、鍬もたんで、何で食いものあがな

栄太郎は、だまってモッコを解いてあける。善徳はおしこみながら、

「わったは、もっと荷をもっていくから、先になっておけ。お前がは墓の門はあけきらんど。墓地《はかじ》の庭で待っておけ。わったがいくまで、そばの木立のなかにはいっておけば、飛行機からはみられんさあ」

「もう、それだけでいいさあ、じいさん」

タケが、はじめて父親に口をきいた。

「食べるもんも着るもんも、詰めたでしょうが。命が第一さあ。あんまり欲だしても……戦争でないかあ」

「なにが欲か。イクサのなかでも、生きてる間は生きてるんど」

それから、母屋の一番座敷のほうへのこのこと大股でいったが、そのままままた何の意味もなくもどってきて、

「ばあさん、さあ、カネガラは」と鉄棒をさがす。「あれがないと、墓の門があくもんか、片手のくせに」

「両手があっても、カネガラがないと、あくか。床下にあるさあ、ほら」

ウシが土間へおりて鉄棒をだしてやるのを、善徳がうけとると、もうすべてきまったも

ののように、栄太郎とタケ、それから子供たちに年寄りの順で、門をでる。

戦争だ、イクサだ、とはいったが、この一家の者にはしかし、家を出るまでまだその実感はなかったのである。ねているところへ頭をけとばされて、とびおきてキリキリ舞いをした、というだけであった。朝だ、もう朝だと気がつくのに時間がかかる。たとえばそうしたもので、門をでて部落の露地をたどると、ようやく、これは村中いくさだと気がついた。部落をではずれて風景がひらけると、これはもう世間じゅう戦争だ、とおもった。部落は平坦な甘藷《かんしょ》畑やサトウキビ畑にかこまれているが、この畑が、東は海へ二町、西は山というか丘というか、段々畑や墓をたくさんもって南北にながれた、ながい丘陵の線である。北と南とがかなり先まで、多くの畑とすこしの田だが、一家の先祖のねむる墓へとどくには、この畑のなかの農道を三町ばかりあるいていかなければならない。逃亡者たちは一様に、四方八方へ頭をめぐらし、自分の部落の者に追いこされたり、むこうの部落からきた者と行きあったりするたびに、性こりもなくだいたい同じことを、はじめてのようにたずねたり答えたりした。どこへ行くかときけば、多くは山原へとか島尻《しまじり》へとかこたえ、わずかに年寄りをまじえた者が、墓へとこたえた。敵は上陸したのかときくのへ、多くの者がわからないとこたえ、ただひとり、明後日上陸するそうだと答えるのが、善徳の耳にはいった。みると、去年までは村会議員をやっていた男であった。その男は、モッコに豚の子をのせていた。

「おい、アメリカは明後日海からあがってくるてど」

とどなると、ウシが、

「誰がいったか」

とどなりかえした。その男の名をいうと、ウシは、

「誰からきいたかといわれい」

といった。いいながら、小便をするためにサトウキビ畑にはいったタケのひいていた孫娘の手をうけとった。

善徳は、あの男は中学校も二年まで出たとかで、村会議員もしていたし、またこんなときに何の儲けをたくらんでかしらんが、豚の子をかついだりして、なにか常人にない智恵者かもしれんから、明後日敵が上陸するということは、誰からきいたにしろ、たしかであるにちがいない、と考えた。ただなにかはっきりしないものは、たしかにあった。「明後日上陸する」と、いまさき聞いたことばが、一瞬間なにか空耳であったような気がした。そこでふりかえってみると、その男は、あいかわらず子豚をかついで律動をつけて、しだいに善徳のでてきた部落へ近づいていたが、さて、その部落にはもうたいていの人間はいないはずだし、そのまたさきの部落も同様なはずだし、するとその男は、そのままあのむこうのかすんだ空に消えていきそうな気配がするのだった。善徳は、頭をかしげた。

このような変化は、ウシの上にもおこっていた。孫の手をうけとると、そのまま歩みつ

づけようとしたが、ふと思いとどまって、娘を待ってやることにした。いまはぐれると、やっかいなことになりそうだ、という気が、ウシのなかにはもうおこっていた。それで、道ばたによってしゃがみ、タケが小さな藷田の畦《あぜ》をわたってサトウキビの林のなかに消えるのをみていたのだが、タケの姿が消えたとたん、妙にうす気味わるくなってきた。それは、その瞬間にまた例のドロロンがきたせいかしらないが、なんだかタケがあのまま出てこないのではないかという不安であった。そういう気もちが一滴でも噴きでると、孫の眼が無心に母親を待ってサトウキビ林をみているのも、恐怖のあまりに放心しているようにみえてきた。栄太郎は、片腕はなくても、男と若さとで重い荷をかついでかなり先をはしっていたが、それがいま立ちどまってこちらを待っているようすである。タケは、よほどこらえてきたあとだったらしく、サトウキビの畝《うね》を存分にくろぐろとしめらせたあと、モンペの前をなおしなおし出てきた顔は、あらたまったような紅みさえおびて、空などながめた。

「あれ、早くどッ」

ウシは、はじめてほんとうにどなる気になってどなった。と、善徳の声が栄太郎の前でとんでいた。

「なにみて、とろばってるか。早々と歩きくされ」

ウシは、それをきくとようやく、これまで経験したことのない生活がいまはじまりつつあることを、実感として感じはじめていた。栄太郎が、いつのまにかこの家庭にとびこんできたようなのも変なものだったが、娘のタケが栄太郎を仲にたててこの家とあたらしい関係に切りかわったような気がするのも、やっかいな雰囲気だった。家から遠くへだたってきてしまったせいかしらないが、妙にしらじらしい、ばらばらなものが、たとえばいま視界にありったけの右往左往する人間どもとなんら変わりのない頼りないものが、一家の者をそれぞれつきはなしているようだった。そのくせ、おたがいに一生懸命にすがりあっているのも、たしかに感じられた。

善徳が栄太郎をどなったとき、ウシは善徳のほうがまちがっているような気がして、なにかどなりかえそうとしたが、ことばには反対のものがとびだした。

「そうど、そうど。早くいかんと後生《ぐしょう》(冥土)ど」

いってしまってから、またわるい言葉をつかってしまったと気がついたが、善徳はこのときは気づかなかった。ちょうど、つぎのようなことがおこったからである。

栄太郎のうしろをついて歩いていた善春が、道ばたに木の枕がころがっているのをみつけた。

「あれ、枕がおちている」

文子が、すぐそれに応じた。

「いまのじいさんが落としたはず。蒲団をかついでいたじいさんだ」

「もっていってやるかね」

善春がかけだそうとするのを、栄太郎がおさえた。

「はあ、やめとけ。艦砲がとんでくるど」

そこへ、タケが正気をとりもどしたようにいった。

「枕なら、もっていこう。じいさん使ったらいいさ。あわてもんが、枕を忘れたでしょうが」

「なに、ひとのものを使うか。くされもん。捨てれ、捨てれ。イクサでないか」

善徳が潔癖性なことを、タケもむろん知ってはいるが、むろん負けなかった。

「はあ、もっていけ、もっていけ。高枕しないと眠れないくせに、イクサてもあるか。もっていけ、もっていけ。どれ……」

と善春からふんだくると、栄太郎のモッコにねじこんだ。

ウシは照れかくしに、やたらに威勢のいい声で、

「一大事ど、一大事ど。通れよ、いそげよ」

と、手を大きく前へふった。そのとき背後にいつのまにか追いついた一団から声がかかった。

「善徳じいさんよ。あんたらも墓にか」

声をかけたのは、善賀先生だった。善徳にはまたいとこにあたる、二十年前の小学校長

だ。やはり嫁たちや孫たちにかこまれていた。

「はい先生。あんたらも墓にでありますか。たいへんしましたなあ」

善徳は、わけもなく大きな声であいさつを返した。善賀先生は、セルのズボンの裾をまくりあげてから、杖をもちなおした。

「米国軍隊の上陸すると、たいへん気張らんといかんど。この年になってから戦死するのも、みっともないから、気張らにゃ、じいさん。孫たちもついているし、ほう、みんなみんな元気でないか」

善賀先生の眼が、そのとき栄太郎のほうにことに注目するので、善徳は返事をしぶった。ところが、ウシが返事をした。

「はい先生。こうして若いもんもいるから、頑丈なもんです。遊びにおいでてくだされ」

「くされもん」善徳は、おしころしたどなりかたをした。「イクサにも遊びにこれるか」

ウシは、まずいあいさつだったかと気がついた。新しいところへ集団移住するような錯覚で、うきうきしてしまったところが、たしかにあった。そこでまた照れかくしに、

「文子、善春、あんまり離れるなど」

といったとき、ドロロンとかなり近くで鳴った。善徳は、なにかいいたそうに口をもぐもぐさせたが、ついにそのまま、足をがたがたとはやめた。そのからだから、なにか豚の散歩するときの声ににた意味のない声がしみでるのを、そのすぐ前をあるいていた文子だ

けがきいた。

墓は、いつものように、くろぐろとした湿り気をおびて、一家を迎えた。何代めに植えられたものか、三丈ほども亭々とのびた松が三本、目印のように墓地の入口にあった。このような貫禄は、善徳が親戚中にも自慢しているところだった。松の根のところで、山道からはいると、そこがお宮でいえば参道のような二間幅ほどの露地である。五間ほどはいると鉤の手に折れて、また三間ばかり、そこで墓の庭になる。二十坪ほどの方形の庭は、ついこのあいだ草をとったばかりで、きれいだった。その奥に、丘に背をもたせた大きな墳墓は、しずかに一家を待ちうけていた。漆喰《しっくい》でゆたかなふくらみをもって葺《ふ》かれた墓は、その屋根の形のために亀甲墓《かめのこうばか》とよばれる。そのまるい屋根を抱えるようにして左右にながれる墓の線は、正面に大きな石材をつかって切り立った壁の両袖のあたりで一度渦を巻くような姿をつくり、それからずっと、庭をだくように流れおちる。世の物識りがこれを女体にたとえて、この形はちょうど女が仰向けに両脚をひらいたところだという。それならば、正面の壁の下辺中央にある、大人ひとりが腰をかがめてはいるほどの、いわゆる「墓の門」は、女陰の形象であり、人は死んでその源へ還るというしるしでもあろうか。亀甲墓のほかに、屋根が破風にかたどられた破風墓もあって、この場合は正面に玄関をもった人家そのものだ。島の丘陵を背にしていたるところに、あるいは雑木林をまとい、あるいは原野に露出して散在するこれらの墳墓は、そもそも先祖が永遠に自己主張を保とうということなのか。それとも現世で楽な目にあえない庶民がせめて来世の栄華に望みを託する願いのあらわれなのか、ときに当家の住宅よりも偉大な、骨どもの住宅なのであるが、——いま泰平の島に物の怪のように襲いかかってきた、とんでもないカンポーサバチの難をさけるために家をとびだしてきた人々にとって、これはまったく精神力の保証をつけた要塞であった。

はるかに敵艦をうかべた海にむかって女体の両脚をひらいたような墳墓は、あたかも不死の呪術をこころえたもののように、悠然として子孫を迎えた。善徳は、一瞬間ドロロンが全く消えたような法悦にひたったほどであった。眼の前にある墳墓は、彼が二十五歳のとき、石材が積年の風化に形をくずしかけたので、田地のなにがしかを売って莫大な費用をかけて改築した。そのとき「墓の門」をふさいだ分厚い一枚石の扉は、儀式として善徳がはじめて閉じたものだ。その後、葬いや洗骨などで開けたことはあるが、それをいま自分の命を護ってもらうために開けることは、いかにも因縁めいて、彼の胸をうった。彼は、拳固で肩を二つほど打つと、カネガラをかまえた。「墓の門」をあけるには、古来陰陽学の日を取らなくてはならないとされている。善徳もウシも、日ごろからこの陰陽の作法にはやかましい方であるが、この日は終始そのことにふれようとしなかったのは、さすがにイクサであった。遠く近くのドロロンの響きにどやされながらの力仕事は、まったく勇ましくも忙しくもあった。善徳は、いまさらのように、足腰がいうことをきかない老いの不甲斐なさを思い知り、栄太郎が文字通り片腕を貸してくれたことに感謝しなければならない仕儀になった。だが、暗い穴が新しい意味をもって開いたとたん、子供たちを急ぎたてて中へはいってしまうと、どうもこれはいかんと、あらためて思った。

「お前たちは、こんなにして、ずっとここにいるつもりか」

タケは、幼い民子が墓の内部をみまわしておびえているのを、肩をおさえておちつかせようと努力しているところであったが、とっさに栄太郎と善徳とにほとんど同時に視線をはしらせてから、子供の肩になげつけるようにどなった。

「して、どこにいくか」

「どこにでも行きくされ」

「ふん。荷物もたせて、墓の門も開けさせて、もうとなったら薄情するのかね」

「なにか。わんがやれといったのか。自分らがしいてもやるといったから、させたんでないか」

「そんなら、出ていこうか。だがな、孫が殺されたら、じいさんがだよ。あんたがお元祖にわびするだろう？」

「……？」

善徳は、言葉につまってみまわした。墓の内部は、住宅でいえば八畳間ほどか、墓の門を三尺ほどはいると、その線から奥の天井へかけて石段が築かれているが、そこには、先祖代々の骨壺が序列ただしく安置されている。その先祖の事蹟を、善徳ぐらいの年の者は何でも諳《そら》んじている。まず七代先に一本立ちになった方の結婚にはじまり、代々の当主とおもなる事件――嫁さんをどこそこからもらったということを最も重要なものとして、子供をいくたり生んだの、または生まれなかったのでどこそこから養子をもらったの、その養子がどこそこの血をひいて女好きであったから、妾をこしらえて、どこそこにも胤《たね》をおとし、その私生児が死んだとき、その骨をこの墓に納めようとして親戚から文句がでたの、何代めの当主は村の地頭代《じとうだい》家に下男奉公をしていたとき、主人の地頭代について首里城へのぼったことがあって、その折り某々御殿《うどん》から性利発と下され物があり、家宝にして蔵していたが、その何男とかが遊び好きで、それを売り払って飲んでしまい、親戚中を怒らせて、所払いとなったため、某村に流れていった。だからいまだに、盆正月にはその村まで線香をあげにいくことになっているのだ、等々の来歴について、つまびらかに諳んじている。骨壺は厨子甕《ずしがめ》と称して、安物の陶器ながら彫刻らしい装飾も施されて、蓋はもったいつけて甍《いらか》をかたどっているから、これもいわば小さな家で、古びてくるとかなり人格らしい風味をおびてくる。うす蒼《あお》みがかった暗さと朽葉様の匂いに包まれて、それらの古い人格どもは、おしならんで動きもせぬが、そこはかとない表情と権威とをただよわせて善徳に迫ってくるのである。善徳は、墓の門をくぐったとたんにドロロンをきいたが、その瞬間これらの人格を仰ぎ、偉大な守護の権威を感じとって安堵《あんど》したのであった。と、その同じ権威が、タケのいうように責める人格に変貌しうるのだということは、たいへんな発見であった。つくづくと、序列ただしく先祖をみわたせば、なんともふしぎな思想が頭のなかをかけめぐった――シャクにさわるのは淫奔《いんぽん》なこの娘である。夫は名誉ある帝国軍人として出征したのに、いくらその夫が戦死したからといって、契りの子までありながら、男をつくりくさるとは、わが子ともおもわれぬが、考えてみると、かの養子に来なさった先祖からの血縁であるらしい。するとこの自分の体にもその血がながれているのか。六十をすぎてから後妻をめとったのは先祖の祭祀《さいし》をつくさせるためであって、生涯を男ながらに固い操で通したこの体にそんな血があるとも信じがたいが、先祖の血のことだから信じないわけにいくまい。さても恨めしいのは、あの養子さま。けれども、これはいけない、いま自分は娘のいうように、先祖に叱られようとしている立場にあるらしいのだ。ほらきこえるではないか、あのドロロンのなかで、いますがって命をたすけてもらうのは、この先祖たちであるとすれば、ゆめゆめ恨みがましいことをおもってはならぬ……。

善徳が思いあまって、このうす暗がりを切り裂かんばかりの顔で、静かな先祖団をみまわしていると、わきではウシが、米粒をひとつかみ荷物からとりだし、弁当箱の蓋にのせて、いちばん下の壇にそなえ、合掌すると、そのしなびた唇をついて、あるかなきかの声が、しかし自信たっぷりなテンポで、

「きょう、アメリカがイクサおしよせまして、カンポーも撃ちあばれていますから、どうかしてお元祖さまのお助けで、たくさんの孫たちの体になんのさわりもありませぬよう……」

先祖との同棲生活がはじまった。携えてきた衣類、食糧のたぐいをあらためてみながらウシが、無事に引越したという思い入れで、

「善賀先生たちは、さわりもなく移ったかね」

と案じた。

「いまはじまったばかりだのに、さわりのあるか」

と善徳がいった。すると善春が昂然と、

「イクサだのに、大砲のとんできたら、すぐ死ぬさあ」

「わらべが、なにいうか」

「大砲にも大人、わらべてあるか」

どちらも、ドロロンに負けないつもりで精一杯の声をあげるから、石室のなかは反響が高い。

「そんな大きな声で、二人とも……」ウシが二人を交互ににらんだ。「お元祖の前で、死ぬ死ぬと、わるい言葉をいうか」

善春があらためて、ふしぎそうな顔で厨子甕の排列をながめていると、善徳は上目づかいに、むこうの隅にうずくまっている栄太郎をみた。無駄飯食いが割りこんできた、という顔であった。

栄太郎とタケとのことを善徳があきらめさえすれば、この同棲新生活はなんとかやっていけるというものであった。ただ、どうしても引越しという気もちになれないのが、子供たちであった。

幼い民子は、母親がついているという安堵から、じきに馴れたが、文子と善春はさすがに、墓のなかに人骨といっしょにいるということに怖気《おじけ》をふるった。初日の夕闇がせまると、タケと栄太郎のところににじりよった。

善春は、いくども、

「あれは、みんな人間の骨のはいっているのか」

と質問した。

「豚の骨はいれないよ」

と栄太郎が、わざと笑わせるようなことをいった。善徳がまたにらんだ。

「善春も文子も、ここへ来い」

ウシが気をきかせて二人をタケたちからはなした。善徳は、わざわざもってきた枕をだして、せまいところで無理に横たわった。それは、教育のためでもあった――

「こうして、ねるんだ。お元祖もねているんだ。おなじだど。うちのお元祖は幽霊でないど」

「そうど、そうど。おとろしくないど。わったをお助けになるんだど」

ウシが相槌をうった。それは、彼女の信念であった。無理につくったようなものでもあったが、彼女は善徳より熱心に、家族にそれを訴えようとした。で、墓にはいっても、夜になっても、ドロロンがかなりはげしくなっても、彼女はわりと平和なようすであった。

その晩ウシは、夜なかにめざめて、

「タケ」

とよんでみた。低くてひからびた声だから、石室にも反響はない。闇にとけるようにそれが消えるころ、

「お！　ばあさん！」

と、いささか唐突な金切り声で返答があった。この声と同時に、ウシにはみえなかったが、タケは乳をさぐってきた栄太郎の手をかきのけていた。

「わらべどもは、どうしているか」

「ねているよ」

タケの声は、おちつきをとりもどした。

「栄太郎は？」

「……ねて、いるよ」

「ねているか」

「うん」

「イクサど。よくねむれよ。蚊が多いな」

これには、タケがどうこたえていいかわからず、二度めに栄太郎の手がのびてきたのを、こんどは握って浮かせたままでいると、鈍くしめっぽい音をおこして、ウシは墓の門のところまでやってきて、外をのぞいた。二人もおもわず、体をおこした。

「あれな。あれはなにかね。あんなに火魂《ひーだま》がたくさんかね」

ウシが外をみたままでいった。その背で栄太郎が、遠慮なしにいった。

「ああ。あれは照明弾さ。夜でもみえるようにてさあ」

「へ。夜でもイクサのみえるようにか。へえ」

ウシは、いいながら、ねみだれていた衿と裾をかきあわせた。あたかも、そこを照らされてはと用心する風であった。

「イクサには、火魂はにげるはずよ、ばあさん」

タケが、無理に笑いをふくんだ声でいった。

すると、栄太郎の咳ばらいがきこえて、

「墓のなかにいたら、火魂もおとろしくないさ。な、ばあさん。もう、死人と友達なんだのに」

その声には、すっかり度胸がついていた。ウシは、それにはこたえず、外へふみだしていた。

「あれま、ばあさん。どこにか」

タケの声が背後から追いかけるのをひきずってウシは、すっかり墓の外へでると、平らな石だたみの上を石の壁に沿うて袖のほうへ足を運び、つきあたるとそこにていねいにしゃがんだ。石の壁が、直角にからだを包んでくれて、かなり安定した感じをあたえた。

しらずしらずウシのそばについてきたタケと栄太郎は、ウシが両膝をたてたまま尻をおろし、両手を膝の上でしずかに組みあわせているのを、星明かりでみとめた。

「タケよ」

ウシの声が、闇をみつめたまま静かだった。

「あ?」

「わらべどもはよく見れよ。ここで死んでもじいさんがこの墓にはおさめてくれんど。そしたらお元祖に申しわけないど」

「イクサにも、どこの墓といってあるか、ばあさん」

栄太郎が、すっかり狎《な》れた口をきくと、

「あるさあ。狂《ふ》れた物言いかたするもんでない」ウシはめずらしくとがった声で、「この墓はじいさんの墓ど。お前たちはお前たちの墓にいくのがほんとど」

　タケと栄太郎が暗いなかで顔をみあわせた。表情はみえないが、おたがいに相手がシュンとなっているとおもった。

「お前たちは、自分の親を見ようとはせんで、わったといっしょに来てしまったんだから、もうしかたない。だが、ここで死んだら、お元祖にあわす顔ないど。生きのびて、自分の家へ帰るんど。タケは、お元祖にそのあいだのおわびしておけよ」

　タケと栄太郎は、闇をとおして、遠く海の方に眼をすえたまま、ウシのことばをきいていた。ドロロンは昼間とおなじように鳴っていて、夜になったら、それの出どころがはっきりしてきた。海には、よほどたくさんの軍艦がつまっていて、艦砲を放っていた。まったく乱暴にそこここの闇が赤くぶっ裂かれて、そのたびにドロロンが鳴った。かとおもうと、暗い空のその辺で照明弾が炸裂して、萱の丘や藷畑が蒼白く無念という顔であかるんだ。夜の風景は生きものの顔を封じこめていたから、みわたすと、ただ光の模様といった風態があったが、そこから音響を発するのが、底のしれない無気味さをもたらした。

　ウシは、ここで死ぬかもしれないと考えていた。だが、あのドロロンのどれかひとつでこの生身をぶっ裂かれてむごい恰好になる——たとえば、年々の暮れにどの家でもやる豚の屠殺の姿がこの身の上にあらわれる、という想像はわいてこなかった。彼女がここで死ぬかもしれないと考えたのは、むしろ、そこで死にたいという願望の変形であるのかもしれなかった。これは、彼女が善徳の後妻であるということと関係がある。

　彼女は、五十をすぎて後妻にきたのだから、この家で子を生んでいない。先妻の子に一男二女、長女はフィリッピンにいっており、次女がタケである。長男は、戦争が近づいたころに、文子と善春の二人の子を善徳のもとへ送って、あずけた。ウシは、その長男に、善徳や孫たちを通じてしか、思いを通じていない。長男や長女がフィリッピンくんだりで死んだところで、どれほど悲しむことができるか、疑問である。だが彼女は、ひとなみに悲しむことができなければならないと考えている。この十余年来の生活が、彼女にそういう義理とねがいとをあたえた。――善徳がウシを後妻に迎えたのは、妻も嫁もいない身の廻りの世話と、先祖の祀《まつ》りを託するためである。ウシもそれを承知で来た。承知の上で、一生懸命につとめた。先祖をまつり、善徳や孫たちの世話をみた。六十にちかかったから、親戚づきあいでは、若い嫁のように戸惑うことがなかった。敬意をうけることが多いのである。それは幸せだった。なにしろ、よくつきあってもらわないと、彼女はこまるのだった。さきの亭主からは、四十そこそこで追いだされた。一人だけ生んであった子が死んだせいかと思ったが、ほかに女ができたのだった。実家へ帰って、養蚕などで十幾年か暮らしたが、五十すぎると、骨のあずけどころというものを考えるようになった。実家でも、なにかの拍子に口にだした。そのまま実家で死んだら、墓にはいっても、骨は特別なならべかたをされる。特別陳列とまではいかなくても、墓をあけるたびに子孫から特別の説明をされる。おそらく、あの世でも先祖から因縁をつけられるのではないか。一旦でた実家へ帰るというのは、なんと心苦しいことか。女はつらい。そこへ、善徳の後妻にどうかという話がきたのは、運というものであった。乗り気であるかないかより、半分は骨をあずける義務をおもって承知した。その善徳が、前ぶれにたがわず、おっちょこちょいの一徹者ではあるが、根は底抜けの上天気みたいな人間だ。このひとに拾われて、一生懸命につとめなければ罰があたる、と考えた。そうしなければ、この余計者をせっかくちゃんと迎えてくださるという、この家の先祖に申しわけがたたない。その義理が彼女を一生懸命にして、孫たちからも「ばあさん、ばあさん」と慕われてきたし、この分なら、あの世での先祖とのおつきあいにも事欠くまいとおもっていたこのごろだが、こうも早く同棲の機会が訪れようとは、おもわなかった。もっとも、本当の同棲でないことは、こうして生身である以上あたりまえの話だが、それにしても、なにかこう、なにかのおひきあわせだとおもいたい。なにか、すっとこう、……ついでに死んでしまいそうな気もする。こうした気もちは、このお元祖たちが一家の命を救うてくださるという信念と、すこしも矛盾するものでなかった。どちらも彼女にとって「安心」のねがいであった。

ところでさて、タケと栄太郎だが、――とウシは、ついでに考える――栄太郎はともかく、タケのことだが、これはまた何と不孝な娘か。善徳が腹をたてるのも無理はない。けれども、ウシがじっくり考えると、タケの気もちも察してやりたい。亭主は男だから、戦争へいって死んでしまえば、それもよかろうが、のこされた妻は女でかわいそうなものである。幼い子をかかえて、たよる亭主はなし、亭主は次男であったから、姑仕えの苦はないにしても、そのかわりに支えになる資産とてもなく、このさびしさは、三十代の若さで放りだされたウシには、よく分る。はやい話が、戦争となったら、あわてくさって親のところへ、恥も外聞もすてきって栄太郎もともどもかけつけた心根は、あわれというものではないか。やれ、この家のお元祖もこのようなむずかしい連中をかかえこんでは、すこしばかり迷惑なことだろうが、戦争だ、しかたあるまい。そのかわり、よく気をつけてこんなところで死なないようにすることだ。どうでも生きのびてもらわないと、いろいろの都合がつかないことである……。

ウシのこういう気もちは、日ごろ彼女から父親以上に親切にされているタケと栄太郎によく通じた。タケはきいているうちに、わびしくあたたかい気もちがきざして、ななめ背後にいるとおぼしい栄太郎のからだに手をのばすと、ぶらんとした空ッポの袖をつかまえてしまったから、あわててつかまえなおした。栄太郎が片手で手つだって、二人の手が組みあった。

折しも、

ドロロン！

と鳴ったはいいが、これは真上で、夜空を真赤にいっぱい叩き割った。

「ばあさんようッ！」

墓のなかで、善徳が胸をわられた思いでどなった。間髪を入れず、ウシが、

「じいさんようッ！　わんは此処どうッ！」

墓の門へむかって体を斜に倒し、両腕で支えたまま、どなった。その姿を、タケと栄太郎とが力いっぱい抱きあったまま見た。ウシの体は、まるで墓の礎石にはりついたように、身じろぎもしなかった。


三日めの朝、厨子たちもゆらゆらと顔をしかめるほどの大きな爆発がおこった。このころようやく、老若男女の感情が一致した。小便は外へ出てしないようにと善徳がいうと、みんな一も二もなく賛成した。では大便はどうするかということになると、これは小便のように地面にしみこまないから、内でするわけにはいかない、という意見がでて、ちょっと行きづまった。このとき栄太郎は、タケの袖をひいて小さな声で、厨子甕の蓋は裏が適当にくぼんでいるから、それに用をたして、夜になってから外にすてればよい、と提案した。タケは、とんでもない、という顔で目くばせした。いい考えだが、われわれの口からいまそれを言いだしたら、不敬のそしりでじいさんがどんなに怒るかもしれない、せっかく気もちが通じかけたのだから、しばらく刺戟しないほうがいい、という思慮を、タケは手短かにつたえた。栄太郎は、それもそうだと考えた。だが、これはやはり名案だと、タケはな

みいる先祖の霊をうごかしたのか、嫡孫の善春の口から同じ提案がでた。

「えい、汚い！」

と文子が黒くよごれた顔をしかめた。だが、ウシが横で、

「そうさ。しかたないさ、イクサだから、しかたないさ。あとでキレイに洗えば、罰はあたらないさあ」

便利なことをいいながら、手近な厨子甕の蓋をとりおろしたが、おもいついてまた米を、こんどは三粒ほど、そなえて掌をあわせた。

ウシは、無言で合掌しながら、心のなかでは、あすからなにか祈ることがあっても、そなえる米粒はなくなるだろうと、考えていた。

墓のなかにひっこもっている分には、戦況がみえるでもなく、ドロロンにも馴れて、七日もたつと、なにも考えなくなっていた。戦争とは、ドロロンをきくことと、若干の飢《ひも》じさにたえることと、糞を厨子甕の蓋にたれることであった。タケと栄太郎にとっては、イトナミが地盤のつごうでたのしくいかないうらみがあって、あまりその興味もなくなったが、心のつながりだけは大っぴらになっただけ、得というものでもあった。栄太郎は作戦の体験があるから、敵が上陸したかどうか、すこし気になった。タケにちょっとそのことを話したが、タケは実感がわかなかった。彼女はウシとともに、米と藷葛《いもくず》と味噌とだけの食糧がほとんど欠乏してきたことに、最大の関心をよせた。そのことは初日から予想をつ

けていたので、すこしずつ節約していると、こどもが飢じがって泣いたりしたが、そのうち泣くより眠る時間が多くなった。タケは、それがむしろ心配になりだした。それでも、敵や味方の兵隊をみないうちは、戦争の勝ち負けということはまだ考えず、天下の崩壊も厨子甕の陳列がくずれないうちは思い及ばない、という風であった。

朝と夕方に、きまって半時間ほど艦砲がとだえることに気がついたのは、五日めごろであった。島の人たちには戦争がすんでからわかったのだが、敵の食事時間だということであった。いかにも物忘れしたような空白の時間で、おもいついて墓の外にでると、ちょっとめまいがした。こどもたちは、外で小石をもてあそんだ。

栄太郎が、悠然と野糞をたれてみようと企てたのは、思いつきであった。彼は、雑木林のなかで地形をえらんでしゃがんだまま、樹間から沈着に艦隊を望むことができた。かの湾の沖に艦隊がおしならんだのは、彼が少年のころにも記憶がある。それは日本の連合艦隊で、夜な夜なひかるサーチライトも、われわれを護る力の栄光とみえてたのもしかったが、いまみる艦隊は残虐ときこえる仇敵米軍。それにしても、あの水平線もかくすほどおしならんだ数百隻の軍艦のくろぐろとした雄姿は、敵とおもうも残念なほど自信たっぷりである。敵ながら天晴れという言いかたは陳腐だが、連日連夜、おかげで生きながら墓にとじこめられて、ひとの先祖の骨につきあわせられていると、何としても劣等感がさきに立つ。で、こうして春のかわいた風によごれた尻をなぶらせて、生理的快感をあじわいながら相対峙していると、敵からはみえないとおもうほどに、対等みたいな錯覚がきて、精神までが爽快になる。

最初の日、この爽快な気分をみやげに墓の門をはいったとたんに、再開第一発のドロロンが鳴った。タケと顔みあわせておたがいに目をまるくしあったが、翌朝彼は、そのドロロンが鳴るまで対峙してしゃがんでいた。第一発のドロロンが鳴ったら、一目散ににげかえろうと、不逞な冒険をくわだてた。で彼は、じっとスタート合図を待つ短距離選手のように、胸はずませて軍艦群をながめていたが、そのうち「あっ」と、おどろきか喜びかわからない声をあげた。そのつぎの瞬間、ドロロンが無数に鳴ったのである。彼がおどろいたのは、突然砲火を吹いた軍艦が、勢いよく後すざりしたからであった。栄太郎は、なにか不思議な力にひきよせられるように、すばやく手近な岩かげに半身をかくすと、眼をみはって海のかなたをながめつくした。軍艦らは、いれかわり立ちかわり、前に進みやっては、火を吹き、後へすざり、音たてて空を裂いた。あたりの空の色がまたたく間に溶けて流れそうにみえた。彼は、シナでの実戦の体験もあるけれども、いま目の前にしている海原と空と土とが、幼い日から親しんできた美しさであるだけに、そこでいまおこりつつあるすさまじい崩壊に、恐怖というより、とんでもない地球の生理をみつけたような神秘感にとらえられた。すると、奇妙なことに体中にギシギシ音をたてるような力がみなぎって、意外な欲情がはしりはじめた。片腕をやたらにおよがしながら走り帰った彼は、体を固くしてタケをかき抱いた。タケはむろん抵抗したが、この栄太郎のしぐさを、たんなる恐怖によるものと受けとった。

このときウシだけが、

「狂《ふ》れもん！」と力のない声でどなった。「わらべのことも考えないで、気ままなことしくさって、それぐらいなら、明日から藷あさりに行け。下の畑のものは、もう食える時分さあ」

はじめは、タケに抱きついたことを叱ったのかと思ったが、様子で、命を粗末にするなという意味だとわかった。栄太郎はしかし、なかなか興奮がさめきらないような顔で、ウシへ反応をしめさなかった。善徳は、窮屈そうにくねって寝ていた。枕だけがちゃんとしていた。

ウシとタケは、きょうの夕方には、いつもの艦砲の休み時間をみはからって、藷をあさりにいかなくてはなるまい、と話しあった。タケは栄太郎に、あんたもかならず行ってこんといけんど、といった。栄太郎は、それでもじっとしていた。

ところが、午後あたりから様子がおかしくなってきた。ドロロンのほかに、銃声や飛行機の爆音がかなり近くにきこえはじめたのである。墓のなかにいては、方角をはかりかねたけれども、そのうちに、飛行機の爆音が近くでするると、ちょっと間をおいてドロロンが、かなり近くで鳴るのだった。いくつかを聞いてから、栄太郎がぼそりと言った。

「誘導しているな」

「ユウドウては？」

タケがきいたが、栄太郎はこたえなかった。銃声がふえた。そのうち、はじめての音がきこえた。

「迫撃砲だな」

シナ事変帰りの栄太郎がまたいった。さきの「誘導しているな」と、この二つの言葉は標準語であった。しばし墓の中にいる現実を忘れて、実戦の体験を語っているわけであり、いささか得意げな風があったけれども、それはウシや善徳やタケにとって、あまり役に立たなかった。

このような情況の変化が、具体的な作戦のどのような推移を意味するか、誰も考えようとしなかった。ただ、めっきり口数がすくなくなったのは、しらずしらず恐怖がみんなをいっしょにおし包んだものであるらしかった。その夕方、めずらしく艦砲の休み時間がなかった。

「藷あさりに行かれないか、じいさん」

ウシが、外をのぞくようにしていった。善徳は、枕の上で薄目をあけて、うなるような返事をした。栄太郎がかぶせて、

「イクサは、今からであるらしいど、ばあさん」

と、また体験のほどを披れきした。すると、善徳がひさしぶりに半身をもたげて、どなった。

「イクサにはいけないくせして、なに言いくさるか」

「じいさんよ。また、そんな」

ウシがたしなめると、栄太郎は鼻じろみながら、タケにだけきこえるように、そっとつぶやいた。

「この家にゃ、わんのような者でもついているから、いつかは役に立つというものさあ」

この言葉を裏付けておくことが、善徳やウシの手前必要であると、タケは考えた。さいわい翌朝、いつもの艦砲の休み時間があった。銃声はあれからずっとつづいているけれども、明けがたからは、気のせいかすこし遠のいているようであった。タケはいった。

「あんた。藷掘りにいこう。モッコもっていけば、当分たべる分はもってこれるさあ」

栄太郎は、なにもいわずにタケの手をにぎって、外へでた。モッコ、モッコとくりかえすタケに一瞥もくれずに、墓の庭をつっ切ると、雑木林へずんずんはいりこんでいった。

「あれ見れ。軍艦のきれいど。やがて艦砲吹いたら、きれいど」

その口調にふしぎな熱がこもっていた。タケはわけもわからずに、いわれるまま、嘘のように凪《な》いだ海上に島のようにつながった軍艦の群れをみつめた。そのあけっぴろげな大きすぎる風景は、墓のなかで年よりと子供と男とのなかにはさまって気をつかいすぎていた彼女を、いきなり解放感につきはなした。どこからとなくただよってくる焦げくさい臭いにまじって、雑木の青葉の匂いが、彼女の忘れかけていた欲望をよびさました。戦場でのかりそめの静かな時間というものは、彼女に生命の恐怖をとり忘れさせ、同時にすべての約束ごとをも大胆に忘れさせた。栄太郎の片手が素肌のそここをまさぐりはじめ、その動きにやがてはげしさが加わると、抱く方の片手を補うためにタケは双腕で男の胸をしめあげた。そこへ繁みのむこうから、

「おっかぁ……」

という呼び声は、ドロロンよりも彼女をおどろかせた。脱ぎかけた下着をあわててもどすと、

「艦砲のくるど。おばあのそばにいってないか。くされもん。早くもどれ、もどれ」

いまいましさ半分で、おもわずどなった言葉が、ほんとうに艦砲をいまにもひきだしそうで、にわかに怖くなり、繁みをとびだすと、子の手をつかんで、こんどは男をかえりみようともしなかった。

もう藷をあさりにいく暇はないかもしれん、などと妙な気がかりが頭のなかをよぎりながら、あせっておもわず手をはなし、自分からさきに墓の門をくぐったとたん、背後の石だたみに、でかい荷物でも投げおろすような、低くかわいた音がした。こどもがころんだにしては、すこし音がおかしいと思いながら、タケは反射的にふりかえった。それと、彼

女を追ってきた栄太郎が、不意に襲われたときのような奇声を発したのと同時だった。

それは、荷物みたいな日本の兵隊であった。タケが墓の門をくぐったとたんに、その背をかすめるようにして、墓の屋根からころがりおちた。タケについて走ってきた幼児をはねとばすと、銃をにぎったまま、灰色の石だたみに這いつくばった。それきり、落下したほうもはねとばされたほうも、動かなくなったのをみて、タケと栄太郎とは、内と外とで一瞬間立ちつくしたが、そのときドロロンが鳴ったので、タケはこんどはかつてなかった悲鳴をあげて、体をひっこめた。様子をさとって善徳が奥からはねおきてきたが、タケが体をひっこめたのとぶつかって、二つの体がもつれて倒れた。それにおしつぶされそうになったウシが、仰向けのまま背中から声をしぼりだした。

「あれよ。どうしたかあ。こどもは、おい」

タケはそれをきくと、そうだ、わが子は、と気になってはねおきたが、同時に栄太郎が民子をかかえて墓の門をくぐってきた。

「もう、この墓にはこもっておれん。イクサはそこまで来ているようにあるど。にげんとならん」

栄太郎は、民子を地面におろすと、そういったが、誰もそれを耳にいれようとしなかった。タケは、さっそくわが子を双手でつかんだが、体温もあり、息もしていた。脈をさわってみてから、

「あれは日本の兵隊か」

ときいた。栄太郎がうなずくと、

「日本は負けているのかね」

といった。

「一人やられたから負けるてあるか」

栄太郎がこたえてから、耳をすますように天井をにらむと、タケは、

「そうね」

といって、また熱心にわが子をゆすった。

墓の屋根から兵隊が落下して、そのままになっているという事実は、いかにも啓示めいて、家族をおそれさせた。民子はまもなく蘇生したが、それからかなりながく泣いた。ちょうど飛行機の爆音が大きくきこえたので、ウシがあわててその口をふさぐと、民子は身をよじってますます泣きたてた。善徳は、その声で絶望的な怒りをかきたてられたようであった。

「霊《マブイ》をこめぬか、霊をこめぬか」

善徳がどなると、ウシは、そんなことはいわんでも分っているが、という顔をした。こどもが道でころんだり、木から落ちたり、犬に咬みつかれたり、諸種の驚愕動転にあったさい、現場に霊《マブイ》をとりおとして、その子の肉体はタマシイの脱け殻になったと信じられ、

そのときは巫子《ユタ》にたのんで、現場に祈禱をおこなわなければならない。ウシは、そのことを、民子が蘇生したとたんに考えたのだが、同時にはなはだ困ったことだと思った。巫子のほうは、とくにいなければ家族で間にあわせることができるのだったが、供物に米のほかのものを使ったことがないし、それにこのさい現場へでかけることはまったく至難であった。

「米もない。外へもでられん。どんなにするかねえ、可愛いこの子の霊《マブイ》はよ」

ウシは、唱うようにつぶやいて、孫のよごれた頭をなでまわした。

「味噌でも藷でもいいでないか。きょうはもう、ここからお通し拝め」

善徳がどなった。ウシはそれをきいて、なるほどと考えた。お元祖の前で善徳がいうのだから、そうしてもわるくあるまいと、あらためて納得がいった様子で、味噌甕にのこっているのを、指二本でかきだし、弁当箱の蓋になすりつけた。それから墓の外の現場とおぼしいあたりへ向いて、味噌をそなえ、掌をあわせた。

「死んだ兵隊拝むわけか。武運長久って?」

善春が、腹ばいの体をすこしおこして、いった。まっ黒によごれた顔がまじめであった。

「死んでからも武運長久であるか。ザイテンノレイさあ」

文子が慰霊祭でおぼえた文句で訂正した。するとウシが、

「兵隊はきっと罰かぶるど。ひとの子の霊《マブイ》おとさせてから、ひとの墓けがらしてから

……」

祈禱を一旦中断してそういったあと、また祈禱をつづけた。

みんながだまってしまうと、飛行機の爆音や銃砲の音も、遠くなり近くなりして、ときには、この墓ひとつをとりかこんで戦争をよせてくるのではあるまいかとおもわれるほど実感をましてきた。すると、眼の前に死んでいる兵隊の屍の存在感も、いよいよ重みを加えてくるのだった。文子と善春は、かわるがわる、墓の門にちょっと顔をのぞかせては、兵隊の屍を確認した。

「いまもいる……」

何度めかに、善春が感にたえたようにいうと、タケがなんとなく、

「罰かぶらないかね」

と、つぶやいた。栄太郎がそれを聞きとがめて、ちいさな声で、

「誰の罰かぶるか？」

兵隊の罰を自分がかぶるのか、兵隊が自分たちの罰をかぶるのか、ということであった。タケは、鶏がくたびれたような眼で栄太郎をみかえしたが、頭のなかで筋がこんぐらかってくるのをおぼえて、だまった。

この二人のひそひそ話を、どのていどに耳にいれたか、善徳がとつぜん、

「栄太郎！」

とよんだ。

「おおッ!」

栄太郎は、家出いらいはじめてはっきり返事をした。半分はびっくりしたような面影があった。

ウシが、その声にふりむいたのをきっかけに、祈禱をやめた。

「兵隊葬らんといけんな」

善徳の声色に、家出いらいはじめての、まとまった厳しさがあった。

「葬る? どこに」

栄太郎も、おもわずまじめにききかえした。

「この墓に葬ることのできるか。どこか、そのへん……穴掘って埋めるわけさあ」

「そのへんに片寄せておけば、自分で腐れるが」

「そんなことしたら、罰あたる。わしたのかわりに戦争しているお国の兵隊さんでないか。生まれ国には親もいろうに。罰あたって艦砲のたくさん射ってくるど」

「うん」

この最後の栄太郎の相槌は、はなはだ呆気ないが、彼はこのとき、まったくそうだ、と急におもいついたのである。理由のわからない実感が、だれよりも真先にみた残酷な兵隊の屍の映像とともに、頭いっぱいにひろがってきたのである。

「しかし、わしひとりでは、どもならんが」

彼は、つとめてまじめな顔をつくっていった。すると、ウシがそれをひきとるように、

「それはそうさ。じいさんと二人でやるさ。手間のかかるなら、タケも手つだうさ。早く、きれいに葬っておけば、まだ新しいから、誰も罰かぶらんさあ」

その自信ありげな断定に、栄太郎とタケは顔をみあわせた。いましがた「兵隊は罰かぶるど」とウシがいったのを思いだしたのだった。ところが、ウシはその矛盾にひとつも気がついていない様子だし、なおふしぎなことに、善徳さえもがしきりにウシの顔をみつめたままうなずいているのである。ウシは再び、兵隊が中途半端な仏になっていそうな方角に合掌した。彼女の頭のなかでは、もはや、兵隊がかぶる罰も自分らがかぶる罰もおなじものであった。その罰は、どこから誰がかぶせるものかしらないが、とにかくなにかの因縁で艦砲や鉄砲に化身して、むごい屍をつくりにくるはずのものであった。だから、孫の霊をこめているうちに、兵隊の霊にいのっている気もちにもなってしまうし、いのっているうちに、孫の霊も兵隊の霊も自分らの霊もいっしょくたにやすまってくるものと、固く信じられた。そうなると、兵隊の屍を葬ることまでは、祈禱のつづきであった。

この筋道立った矛盾を、栄太郎もタケも理解したわけではなかった。ただ、ウシと善徳とが協同でつくりあげた断定と信念とで、なんとなく自分らも安心してよいようにおもったのだった。

夕刻、ドロロンの休憩時間になると、善徳は威勢よく栄太郎に合図をかけてカネガラをもたせ、自分は鍬をひっさげて、墓をとびだした。人間一人を埋める場所は、雑木林のなかにそう多くはなかった。空いているようでも、木の根が張ったりしていて、善徳を焦らした。

「はやく探さんか、いい所」

どなられた栄太郎は、うろうろしているうちに、タケの素肌をなでた場所にきて、なんとなくしまったと思った。そのとき善徳が、

「うん、ここだ」といった。「ここだ。退け、退け」

善徳は、栄太郎をおしのけて、鍬をふるった。だが、十日あまりも日光にあたらずに飢えている老体は、ひと鍬ふるってよろめいた。

「じいさん。わんがするさあ」

「なんか。片手のなにできるか」

「できるさあ。片手で女抱いてる。穴掘れんことのあるかあ」

善徳は、怒ろうとして栄太郎の顔をみたが、栄太郎はかまわず善徳から鍬をうばいとって、片手でふるいあげた。あぶなっかしい姿勢だが、狂わなかった。善徳が、その手ぶりを口あけてみつめ、ついで切れたほうの肩をみた。彼は、なんとなく抑揚をつけずに言った。

「石はないか。カネガラでやろう」

「石はない。じいさんは立っておられい」

栄太郎は、さすがに声の半分を吐息の音にして、なおもふるいつづけた。ふるいながらたびたび彼は、この場所での中途半端な情事をおもいだした。そして、兵隊の屍をもおもいだしては、妙な因縁めいたものを感じた。

「くされ……」

唾をとばして掘っていった。すると、因縁の重みがすこしずつ軽くなるような気がした。

「くされ！」「くされ！」

彼は鍬をふるいつづけた。そして、どうやら肩が沈むかと思われるぐらい掘れたとき、ドロロンが鳴った。

栄太郎は、海をみた。暮れかかる空に、ドロロンの火は朝より赤みを加えていた。だが、いまの栄太郎にとって、それはもう性的興奮どころではなかった。兵隊の屍がまた頭にうかんだ。何年か前のシナの戦場での恐怖が、ようやく彼のからだの芯にもどってきた。

「じいさん。艦砲ど」

「なんでもない。掘るんさ。今日じゅうに葬らんといかんど。どれ、鍬かせ」

鍬がまた善徳にうつった。

「へいッ」

善徳は、泣くような気合といっしょに、鍬をガスッと打ちこんでから、いった。

「はやく。兵隊もってこい。タケにも手つだわ……」

あとの方がドロロンにかき消されると、善徳は顔をしかめて、鍬をふりあげ、勢いあまって尻をおとした。栄太郎は、それをかかえおこすと、いそいで深呼吸をして、墓にかけもどった。タケは、墓の門から首をだしたりひっこめたりしていたが、栄太郎が片手をふって合図すると、ためらいもなくとびだしてきた。装具をつけた屍は重かった。栄太郎は銃をもぎとり、あせりながら鉄帽をぬがせた。鉄帽をぬがされた兵隊は、眼をよけいに大きくむいたような顔になった。タケが悲鳴をあげた。あとは、帯革や弾丸入れなどをはずす余裕はなく、二人は屍の腕をもったり足をもったり、わずかの間に幾度かもちなおし、恐怖さと重さに眼をとじたりあけたりしながら、屍の頭部を傷だらけにしてとどけた。

「もうすこしだなあ、じいさん」

栄太郎が叫んだ。

「うん。もうすこしさあ。ヘイッ」

この二人の会話に意外な情が通っているのを、タケは恐怖にたかぶっている頭で感じとった。それで、善徳の顔にみいった瞬間、ふといまさきの二人の声は泣き声ではなかったかと疑った。

タケは、やにわに善徳の手から鍬をうばいとった。

「じいさん。わんがやるよ」

「うん。お前がするか。してみれ。もうすこしでいいさ、もう。ハアッ」

善徳がよろめきながらわきへのくと、タケの顔が泣いたようにゆがんで笑った。そこで、

「ヘイッ」

と、おもわず善徳をまねたような気合でうちおろし、土をかえしながらどなった。

「栄太郎。じいさんよくみれよ」

「おおッ」

栄太郎は、もう馴れた調子の返事をかえすと、腰をおろしている善徳をかばうように、そばにいって立った。

屍体を埋めおわったころ、雑木林の上で艦砲が炸裂して、梢がいっぱい燃えひろがるように赤くみえた。

「じいさあんッ」

タケがおもわず叫んだ声は、つまずきころびながら墓にたどりついたあとまでも、三人の耳にのこった。

疲れと怖れとでふるえる三人のからだを、ウシが誠意をこめた手つきで、かるくたたいたりさすったりした。

「なにか、食うものは、もう……」

呼吸のみだれをととのえながら、善徳がウシをかえりみた。

「味噌のすこしのこっているだけさあ、じいさん」

ウシが、気のどくそうにいった。善徳は、もう完全な闇になったなかで、こんどは栄太郎の輪郭を求めようと努力しながら、

「栄太郎よ。これはどうなるんかねえ」

といった。しずかな声であった。

「だからよ、じいさん」栄太郎も、しずかな調子で、「もう、イクサはそこまできているからよ。ここにこうしてもおられんておもうがね」

「イクサの来ているていったら、アメリカも来ているかね」

これはウシの質問であった。

「鉄砲も大砲も遠くから射つからわからんが、日本の兵隊のにげていけば、追ってくるはずね。わったも逃げんといかんど、これは」

「日本は逃げるんか」

これは善春であった。

「ウ……」

栄太郎は、おもわずつまった。そういえば、アメリカが攻めて日本がにげるという戦況をまだみてはいないのだ。しかし、彼にはいつのまにか日本軍が退却しているというイメ

ージができていた。銃火の音をきいて日本兵の屍体のほかに何も見ていないせいかもしれなかった。彼は、あの屍体にかなり心をうごかされていた。それはしかし、ただそれを見たというだけでなく、どうやら善徳といっしょに命がけでそれを埋めたときから、因果めいた魅力をもって迫ってきているのだった。彼は闇をにらんでいった。

「にげるが、かならず勝つさあ」

「どこににげるんか」

善徳がきいた。

「南からくるか北からくるか、よくわからんが、あすの朝になれば分るかしれんね。分ったら、ここを出てにげんといけんど、じいさん」

栄太郎のまともな説明に、善徳がすなおにうなずいたが、むろん誰も気づかなかった。そして、ウシの祈禱をするときのような調子の細いことばも、きいた者はなかった。

「わんは、ここにいたいんだなあ……」

その夜、雨になった。

「栄太郎。雨の降るど。藷掘りにいかな」

善徳が闇のなかでいきなりいった。

「う……」栄太郎は、ねぼけて言葉にならないことをうめいたが、すぐわかって、「こんな雨ふりにな、じいさん」

両人ともおきなおっていた。

「雨ふるからさあ。夜のあけたらにげんといかんかしれんでないか。藷掘っておかんと、もっと大降りになったら、空き腹さげてにげらるるか。艦砲もあんまり射ってないごとあるし、いまのうちに掘っておかな。……何時ごろかな」

眠気がそう重くないから夜明けにちかいかもしれない、と栄太郎はおもったが、返事をしなかった。そして、とにかく善徳のいうことにしたがおうと思っていた。善徳の彼にたいする口数がとみに多くなってきたのは、感情がやわらいできた証拠だ、と彼は感じとっていた。善徳の口ぶりに、にげるときは一緒だといっている風な意思もくみとれた。ところで藷のことだが——にげたらにげたで、どこにでも食糧はある。行く先々で求めたらいいのだ、と彼自身はおもった。善徳が無理して自分の畑のものをもっていくという律儀さが、すこしおかしくもあった。けれども、このさいその辺のところを妥協したほうがよさそうであった。いっしょに食いながら、いっしょににげるには、そうしておく義理があるようにも、心得ていた。

「行け、……行け」

タケが声にならない息ではげますのに調子をあわせて、善徳のあとから墓の門をくぐって出た。艦砲があまり射ってないようだと善徳がいったのは、雨の音に気をとられての錯覚であった。音と光とが、たえまなく夜をひっかきまわしていた。外へでると、むしろそれに気をとられて、雨にうたれることがいつもほど気にならなかった。ただ、足もとがたよりなかった。粘土質の表土はもちろん、木の根も石も、どれもよくすべった。

「じいさんよッ」

栄太郎は、なんとなくよんでみた。砲弾の炸裂するあかりで、善徳がモッコをひるがえして肩にのせるのをみた。

「下の畑、知っておるかあ。海軍大将の下さあ」

「おお、知っておるさあ。じいさんの家のことなら、なんでも知っておるさあ」

薄《すすき》のぬれた葉が気もちわるく顔におそいかかるのを、鍬をもった左手ではらいながら、栄太郎は、ほこらかに雨の音と張りあった。

途中、大きな艦砲弾痕の穴があった。栄太郎は、あやうくそこへ足をすべらしそうになって、立ちなおると、ふと善徳の安否を気づかった。

「じいさんッ」

「へーイッ」

返答は、穴とは逆の方向に、かなり下のほうでした。堤にたてられた仁丹の看板の海軍大将の足許に、もうおりていた。栄太郎は、見当をつけておりると、海軍大将をふりあおいだ。ちょうどなにかの閃光があって、明治の帽子をかぶった海軍大将が泰平な顔でまだ健在な様子がみえた。

「モッコ、この辺においておくからな。掘ったら、たいがいの見当つけて、このへんに投げれ」

善徳の声には、もう疲労があらわれていた。

「わんが掘るから、じいさんは、カズラ刈られい」

善徳は、兵隊の穴を掘ったときとはちがい、だまって楽なしごとをとった。栄太郎は、片手でにぎった鍬の柄が雨と泥とですべるのに閉口した。それに、掘りだしたら、藷にくっついた土をはがして投げなければならない。

「泥はおとさんで投げれ。わんがおとすから」

鎌を家に忘れてきていた。善徳は、腰に力をこめて藷蔓をちぎってまわりながら、どなった。彼はしだいに、藷蔓をひきちぎる拍子に尻餅をつく回数をました。「えい、くされもん！」善徳は、たちあがるたびに、顔をしかめてひとりごとをいった。

夜が明けそめた。善徳が泥をはがしてモッコにいれた藷は、まだ山をつくりかけたばかりであった。

「栄太郎、もういいから。いっしょに泥おとせ」

善徳は、かなり弱まった調子で声をかけながら、なにげなく遠くをみわたした。視界の野良に数人立っていた。遠くからみた眼に、それはいかにも静かであった。善徳は、わけもなくほっとした。が、そのうちいきなり眠気も疲れも吹きとばされたのである。

「ああッ。あれは善賀先生！」

指さされた方を栄太郎がみると、これはおどろいた。いま自分が掘っているこの甘藷畑を、ちょうど対角のあたりで掘りおるではないか。

「ううん。栄太郎、どうしようかね、盗人《ぬすど》……」

薄明りの戦場で、藷掘りどころでない迷いに、善徳はぶつかった。

「掘られい、じいさん。たくさんある藷でないか」

「しかし、お前。掘らせろて頼みに来もせんでから。校長先生が、こんなことてあるかあ」

「頼みに来ようてしても、艦砲にやられたらたいへんでないか。……親類だもん」

「しかしお前、校長先生が……ああ、どんなにいってもお前、どうしょうかねえ、これは……」

善徳は、おもいもうけなかった背信を前に、雨を忘れて興奮した。起ちあがろうとしては、思いなおして坐ったりした。そのような動作をくりかえす彼の頭を、ある影がよぎった。それは、かれらが家をでた日にでくわした、豚をかついだ村会議員であった。あのとき善徳は、微妙な敬意をもってその男をみおくったが、それは男のもっている学問を尊敬したからであった。だが、その学問はもはや尊敬に値するものではない。あいつが豚をかついでいたのも、きっとケチンボがあわてふためいてしたことにすぎないのだ。みろ、善賀先生が証明している……。

「先生でも村会議員でも……」

善徳は、かすれた声に悔恨の意をこめて、つぶやいた。栄太郎は、いま善賀先生のほかに村会議員も泥棒をしているのかとおもって、あらためてみわたした。そのとき、善賀先生がようやくこちらを認めた。善賀先生は、こころもち後へのけぞるような姿勢をみせたが、いきなり背を向け、かがみこんで小刻みに体を動かしていたかと思うと、着物らしいものに藷をくるんで肩にひっかつぎ、よろよろと、むこう向きに走りだした。そのさきはほどなくサトウキビの林である。

「ああ、にげる……」

善徳は、発作的にそれを追った。

「あ、じいさん……」

栄太郎は、それをとめようと、また追った。と、藷蔓に足をとられて転倒した。そのとき彼は、炸裂音と同時に善徳の悲鳴をきいたのだった。

背なかの肉を手拳ほど、艦砲弾にかすめとられていた。栄太郎は、たすけおこして自分の上半身もその血を浴びながら、ゆすったり呼んだりしたが、善徳はついにそのままだった。栄太郎は、善賀先生をみた。善賀先生は、いちどもふりかえる様子がなかった。野良の人たちのなかに、それはただかいがいしく、いかにも自然であった。朝はすっかり明けはなたれていた。栄太郎の眼路のまっすぐむこうの丘の頂が、直撃をうけて噴きあがった。善賀先生の家の墓は、あの下あたりにあるはずで、うすく霧がかかっている。小脇にかかえるほどの藷を盗んで、善賀先生がそこまでたどりつくのにどれほどの時間を要するか、その間にいくど転ぶか、それよりはたして無事にとどきうるか。いまごろサトウキビ畑のむこうを走っているであろう、よたよたと揺れる後姿を想像しながら、栄太郎は、なにか大声で叫びだしたい衝動にようやく耐えた。彼は、冷たくなった善徳の体をかかえおこした。ぐっしょりぬれて泥だらけになったのを、片手で肩にのせるのに、どれほどの時間をかけたろうか。のせたかとおもった瞬間にすべりおちたり、重心をあげすぎて手のないほうの肩をこえて落としたりした。よほど、一旦ひきあげてタケをつれてこようかと思ったが、一刻もそのまま放っておくことは善徳にすまないような気がしたし、また、そんなことをすれば、こんどはタケもいっしょに殺されるかもしれないという不吉な予感もわき、とうとう、脚を上にしてかつぎあげる工夫をつけて成功した。そして、全力をつくして堤の上まではいあがり、肩から足までこなごなに砕けそうな疲労感にたえてゆっくり数歩あるきだしたとき、いきなり爆風がきてよろめき、また堤をころげおちようとして、あやうく海軍大将の看板にささえられた。

この困苦と疲労とを栄太郎のために補ってくれたのは、やがて墓にたどりついた瞬間にはげしくおこった、ウシとタケの慟哭《どうこく》であった。彼は墓の門に近づいたとき、気も遠くなりそうな消耗感の底で、じき二人から慰労とあわれみとをかけられることを期待していたのだった。だから彼は、二人の女が、彼をおしのけるようにして哀れな善徳に身をなげて泣きだしたとき、よほど自分もひっくりかえって恨みの泣き声をあげようかとおもった。けれども、それに耐えているうち、彼は自分のこころのなかに、ふしぎな快感がきざしはじめるのに気がついた。

それはまず、ウシとタケが、ついで子供たちも加わって、せまくるしい墓のなかで、祖先の骨を前にして善徳の死をなげきあかしている、連帯感情の荘重さからきた。このあいさつぬきの尊い一体感こそは、栄太郎が雨と泥と弾丸のなかを冒して、命がけで購《あがな》ってきたものだ、という理屈が、じき彼のこころに一片の元気を吹きこんだ。それからしばらくすると、もうひとつの誇りが、ひょこりと彼をおどろかした。「おれは、きょうからこの家族をひきつれて、戦場をにげのびていくのだ!」——このような情況のなかで、家族にひとりの若い男がついているということが、どんなに心強いことか。それに思いいたると、彼はあらためて誇りと責任をおもった。彼はいつかタケに、「おれのような者でも、いずれはこの家の役にたつことがあるのだ」といったことを思いだした。けれども、同時に彼は、快感がさびしさに変わったのをさとった。自分の誇りと予言とが善徳の死によって実証された、ということは、いかにも哀れな話であった。

彼はいま、善徳とその一家に同情すべきであった。彼の頭に、善徳の死んだあの瞬間のことが、ゆっくりとよみがえった。校長先生が盗みをするか、いくら戦争でも、住んでいる場所は遠くないものを、一言ぐらいいたのんでくれれば親戚甲斐にあげるものを、——といった善徳の絶望感が、いたいたしくおもいだされた。こんな戦争の真最中に、あんなことにこだわるなんて、じいさんもよほど古いなあ、と彼は空腹にめまいがしそうなのをこらえながら考えた。善賀先生も墓の近くに自分の畑がないために、盗むならせめて親戚のものをもらうつもりで、という立場だったのだろう。自分はやはり、あのときじいさんをもっとよく説得すべきであった。そうすれば、あんなにいきなり殺されることはなかったかもしれない。——このような感想は、あるいは、いま眼の前にいる女二人の悲嘆に同情して、いつのまにか思いついたサービスであるのかもしれなかった。(おれがこのくらいの責任をもてば、この女たちの気もちもいくらか安まるのではないか……)

しだいに女二人の泣き声も間遠になったので、それが順序のように栄太郎は、「ほんとに思いがけなくてなあ……」と語り出した。

墓の門をでたところからはじめられたその報告は、悲惨な事故の目撃者がよくそうするように、無駄が多く、科学的、写実的につとめながら、あまりに孤独感にみちた体験であるために、どこか主観的で印象の漠然とした部分を多くもっていた。それは、転んだことと疲れていたこととのほかは、話そのものも、ほとんど雨と闇とにつつまれているようなものであった。ウシは、ききながら、これぞとおもうところに気がつくと、涙のたまった眼を大きくみひらいて、質問した。

「そして、そのときお前はどこにいたんか？」

栄太郎は、はじめのうち、なんということもなしに、はておれは何尺ぐらい善徳からはなれていたろうか、と記憶で測って返答した。だが、四度めぐらいに、恐怖におそわれたように、真剣な眼つきでウシをみかえした。ウシは、善徳の死がほんとうに不可抗力によるものであったかどうか、たしかめようと、必死の追究をつづけているのだった。その意志の裏には、善徳をひとりで先立たせたことに対する彼女なりのひたすらな責任感があって、それが栄太郎に転嫁されたものにちがいなかった。栄太郎は、さすがにその裏の真意まではくみとれなかったが、その不気味な追究を、のがれてそれこそ言いわけのように、精密な描写につとめた。善賀先生を発見した場面にはいってからは、ことさらに委曲をつくした。

「……じいさんが死んでも、善賀先生には知れなくてなあ。わんは、じいさんかつぐのに、どっぷり汗かいたしなあ」

そんな結びかたになった。あまり責任をもつような言いかたにはならなかったが、なんだかそんなふうになってしまった。ウシの追究に気をつかいすぎたのかもしれない。

「しかたない。天のおさだめさあ」

ウシは、涙をぬぐいきってようやく言った。タケが、最後の仕上げのように、またひとしきり甲高く泣いた。それが調子をおとすころ、ウシはしずかに、だがはっきりといった。

「ダビしようなあ」

栄太郎とタケが、うなずいた。どこの誰かしれない兵隊を葬ったのは、つい昨夜のことである。あの困苦をおもいだすと、がっかりしたが、これはぜひともしなければなるまいと考えた。せっかく先祖を前にした墓のなかにいるし、棺箱はないけれども、すぐ前の庭にでも埋めておけば、戦争がすんでから葬いなおせるはずだ。

「鍬とってきようなあ」

栄太郎は、しかたがないといったふうに起ちあがった。鍬もモッコもまだ畑のなかであった。

「わんがいこうか」

タケがいった。

「いいさあ。諸もあるし、おいたところは、わんが分るんだから」

栄太郎は、寒気をはらうように、ぬれた体をゆすった。

と、ウシが、

「親類たちのところも、まわってこいよ」

といった。

「へえ……？」

おどろいたのは、タケと栄太郎と同時であった。

「善賀先生のところと、それから、この裏をのぼれば、じき善長さんの家の墓もあるだろう。ひょっとしたら善長さんたちもそこにいるかしれんし、そこから善信さんやら善清の嫁も自分の墓にいるかもしれんから、……近いところだけでいいが、タケ、ほかにどこがあるかねえ」

「ばあさん。こんなときに親類まで……」

栄太郎は、さすがに落胆とおどろきがすぎて、声がふるえた。けれども、ウシは動ずる様子がなかった。

「こんな死にかたしたじいさんを、ダビもせんでいかしたら、わんはお元祖に叱られるもんなあ」それから、しみじみ厨子甕の群をみわたしたあげく、「善賀先生がまだ知らんでいるなら、なおさらのことさあ。そのままにしておくと、じいさんは恨みもったまま行くもんなあ。あの世でお元祖にそんなに申しあげたら善賀先生も申しわけのたたんもんなあ。わしは後嫁《あとよめ》にきてからに、親類中にそんな不義理させては、身の立たんもんなあ」

炸裂音と爆音と雨の音とが、この言葉の合間合間にすさまじい不協和音をたてつづけた。タケと栄太郎は、固く唇をとじたまま、眼をみかわした。かれらは、たしかにこの墓に住みつくことになった夜に、ウシがしみじみいった言葉をいっしょにおもいだしていた。

「ここで死んだら、お元祖にあわす顔ないど」そんなことをいったウシが、おそらくそのことを忘れてはいまいに、いま命がけの仕事を命ずるとはどういうことか。

「それからなあ、栄太郎」二人の注視をやさしく受けとめながら、ウシはつづけて、「じいさんは、もうお前たちをゆるされてから行ったんだからなあ。お前たちもダビしてあげれば、孝行のしあげどなあ」

タケが、爆発するように大声あげて泣きくずれた。「お父よう。お父よう。わんは、ああ、わんは……」とひきちぎったような単語をつらねながら、善徳にすがりついて、ひどく泣いた。栄太郎の顔に、不良青年がいま改心しますと宣言するときのような表情がしだいに形をととのえていった。二人の頭のなかでは、いましがた疑ったウシの矛盾が急速に解消して、ウシのいう孝行の誠をつくさなければならないという決意ができあがった。ウシのいう二人の孝行が、実は彼女自身の先祖への申しわけのためのものだということに、ウシ自らも気がついていなかった。そのウシの頭はまた、仏に誠をささげる行為のために艦砲にやられるという可能性を、さらに想像しなかった。その三人を、厨子甕たちは、あいかわらずしずかに、みおろしていた。

それから五分後に、ウシがすっかりご先祖に申しわけがたった思いで、厨子甕の群に合掌しているとき、栄太郎はタケと手分けして、自分はわりかた距離の遠い善賀先生を受けもって堤の上を走っていたが、ふりかえってみてタケの姿が木蔭にかくれてみえなくなったかとおもう間もなく、近くにあった墓がひとつ粉々に噴きあげられた。栄太郎は爆風をくらって、堤をころがりおちた。下はよく耕された畑で、ふかぶかと体をめりこませた。起きあがって、雨がようやくはれていることに気がついた。それは、いかにも孝行にたいする天佑とおもわれた。みあげると、稜線にかかった雲が、急速度で吹きはらわれつつあった。だが、ときたま、さっと煙をふきだした。弾着は、ますますはげしくなる様子であった。栄太郎はこんどは海をみた。その瞬間、彼は畑のまんなかに身の危険をわすれて棒立ちになった。軍艦が燃えあがっていたのだ。その上空に数機の飛行機が群れていた。それから数秒たつと、その一機が急降下してきた。とおもうと、それがみえなくなったあたりの軍艦がまた火を噴いた。「ううッ……」栄太郎は、うなるように息をつめた。彼は、かつてない勇気がわきでるのを感じ、急ぎ足で畑をふんづけていった。五十メートルぐらいいくと、けさ善賀先生をかくしたサトウキビの林であった。そのなかを突っ切ってゆけば、堤の上をゆくより、はるかに近道であった。畝のある林のなかは歩きにくく、こまかい歯をもった葉は顔や手をところきらわず切りとばして血をにじませたが、外からみえないだけ気が楽であった。彼は、林を抜ける一歩手前で一息ついた。が、前をみて絶望した。

「川に橋が落ちている！」

水面の幅が五間ばかりの川であるが、これを渡らなければ善賀先生の墓へはいけないのだ。ほかに橋はなかったか、と栄太郎は考えてみた。しかし、橋はこれひとつしかないことにあらためて思いいたると、深呼吸をして堤をおりていった。底の三尺ぐらいは、すべりおちるにまかせた。岸のところは腰のつかるほどの水深だった。まんなかあたりでは、水量がましているから、頭をしずめるかもしれない。しかし、その幅はわずかだ。片手でも泳ぎには自信がある。速くなった流れにちょっとぐらい押しながされても、こたえない。それだけの覚悟で、足さぐりをしながらいくと、川のなかは、地上のひらけた風景のなかよりは安全な感じがあった。ところが、その計算ははずれて、案外はやく水が身長を没した。足をとられて泥水をのむと、浮きあがって、

「くされ!」

一声はきだし、数秒およいでむこうの堤についた。堤に体をもたせて、息をついだ。そのとき、背後でばかでかいドロロンがきこえ、おびただしい土塊が降ってきた。ふりかえってみると、いましがた出てきたサトウキビの林のそこが、さっぱりもぎとられていた。そのさきの風景がいきなり見通されたが、むこうのそれとおぼしい位置に、海軍大将もいつ吹きとばされたか、もう見えなかった。川の水は、たくさんの土塊をあたらしくのみこみ、なおも濁りきって流れをはやめていた。と、

「やあッ!」

栄太郎は、たいへんなことに気がついて、あわてた。このままこの堤をあがって、たぶん三百メートルほどで、善賀先生たちの墓に無事たどりついたとしても、その老先生をつ

れてきて、この川をどうして渡るかだ。

ひたすら弾丸と泥濘と濁流とを突破することばかり考えて、ちっともそのことに思い及ばなかった迂闊さを、腰まで水につかったまま悔やんだ。

ドロロンがまた近くで鳴って、爆風がきた。栄太郎は、思い切って堤の草をつかみ、足をかけた。

「ええッ。くされッ。わんも葬るなら、どこにでも葬りくされッ。こうなったら、かならず善賀先生の前まで、とどいてやるど」

粘土に足をすべらせてはやりなおし、やりなおし、脛に血をにじませて、苦心惨澹、堤をのぼり切った。のぼり切ると、そこに体をなげた。体をよこたえたまま、たどってきたあたりをみまわした。と、彼はウシがしずかにそのなかで合掌している墓のある方角の遠い稜線に、動くものをみた。はじめのうちはよくわからなかったが、しばらくすると、そのあたりに艦砲よりは小さな、迫撃砲らしい弾着があり、その煙幕がはれると、またひとしきり動きがわいた。兵隊だ！

栄太郎はさとった。とうとう大勢やってきた。もう、ウシのところへは帰れないかもしれない。

「くされ！……」

ばらばらに解きほぐれそうな体を無理にまとめておこしながら、こんな苦労をしてまでつくしている誠実を、善徳も先祖もみとめてくれなければ、罰かぶるぞ、と考えた。

これらの一切をあずかり知らないウシが、孫たちといっしょに善徳の遺骸をみつめて誠実な親戚を待ちかねている、その亀甲墓に、火線はゆっくり、しかし確実に近づきつつあった。

棒兵隊

よくみないと読みとれないよごれ切った階級章と、熱気でにぶくひかっている抜身の軍刀とが、かろうじてその男を将校だと判断させた。うすぐらい壕にうごめく数もしれない男どもの汗と、薬物の切れたあとの絶望的な膿と、梅雨どきの黴《かび》とが凝って、声をあげて切り裂きたくなるほど鬱積した空気——そこにへばりついて、きたならしくいばった男が、一行の闖入《ちんにゅう》をはばんだ。眼玉はうごかず、だらしなくあいた唇からもれる息の臭さを、久場は眼で感じとった。

「G村の部隊なんて、そんなものは知らんぞ……。きさまらをよんだおぼえはない」

水平にかまえた刀の尖がふるえていた。

富村が、胸の前にあるその切尖をのみこむように、つかれた眼をとがらせた。

「自分たちは、G村で召集された防衛隊であります。G村の部隊で勤務中、突然ここの部隊へ転属を命じられたのであります」

すると、将校の口があいたままゆがんだ。そこから、おしころしたような嘲りの笑いがもれた。

「防衛隊だと？　きさまらあ、兵器をもっとらんじゃないか。食糧はもっとるのか。……兵器も食糧ももたんで、使いものになるか」

そこまでいって、いきなり頬が痙攣した。

「きさまらあ、スパイだなあ、いまどき、沖縄の島民がこの壕をさがしてくるのは……」

このことばは、あやうく腰から力がぬけそうだった二十五人の、全身の筋をふるわせた。富村の頭が、怒りで小きざみにゆれたとき、

「隊長さまアッ」

咽喉仏の破裂しそうなしわがれ声が、富村の横にとびこんできた。赤嶺だった。その六十歳の痩軀が、ネトネトした粘土まじりの珊瑚礁岩盤につんのめった瞬間、一行は壕外で雨にうたれながら、息をのんだ。

「わしらア、ボーヘイタイであります。わしの子供ア、兵隊さんでありますウ。わしらア、スパイは、しませんですウ……」

このときはじめて、壕内のカイコ棚にねている兵隊が二、三人、頭をもたげた。それらの鼻からすこしばかり笑いがもれたようだが、声にならずにまたカイコ棚におちた。

将校は抜身をダランとおとして、赤嶺をみた。唇がしまって、キリッと歯がなった。そして、刀を天井にとどけとふりかぶったのだ。

「この乞食どもおッ。でていかぬと、ぶった切るぞおッ」

坂をおりきったところに湧き水があった。地形のかげに休んで交替で口をあてがうと、腸が痙攣をおこすようにキュッといたむほど、うまかった。四昼夜、腹に一物もつめずに行進したのだ。

「二十五名の乞食どもか——」

富村は、じっと奥歯をかみしめて、空虚な頭をみたそうとする。いったい、何をしにここまで隊を組んできたのだろう……。

G村でこの郷土防衛隊が編成されたのが、ちょうど十日前、G村に群れていた避難民のうち働けそうな男を二百名、民家という民家、壕という壕を、兵隊たちがかけまわって口頭で召集して、国民学校の校庭で艦砲弾が生木をつんざくのを目撃しながら編成したものだ。二百名を五隊にわけて、四十名の長にN村の国民学校教頭である富村が命じられて、ちかくの壕にいたおよそ一個中隊ほどの高射砲隊に配属。あとの四隊がどこへいったか、かれらはもはや思いだすひまもなく、炊事、藷掘り、水汲みの勤務に熱中した。高射砲は偽装したまま撃つこともなく、壕のなかの兵隊たちは、一度だけ出かけていき散々に切りさいなまれて帰ってきたあと、じっと引きこもっていた。それもしかし四日前に首里の軍司令部の線へ緊急進出を命じられたとき、防衛隊員はS城址の壕にいる部隊に合せよと、どこからか命令が突然下って、富村の引率で壕をとびだすと、ほとんど同時に十名が機銃掃射ではねかえるように即死した。

S城址は、さがしにくかった。信じかねる話ではある。城址というにはあまりに卑小な、むしろ砦址というにこそふさわしいとはいえ、平和なときなら、部落筋をたどって道順をききただせぬ道理はない。だが、ゆく先々の部落は焼けただれて人は住まず、手あたりしだいの壕をたずねてきいても、そこで目印におそわる地形地物は、ときにさっぱりみあたらなかった。地図の上では直距離にして五粁はあろうか——と富村は考える。四昼夜を何のためにあるいたのか……。

「クフッ……クフッ……クフ、クフッ……」

ひとの笑い声か——富村が背後をみると、久場が、両膝をだいて頭をおもいきり垂れていた。

「久場……」

久場は頭をあげた。その両眼に涙がひかって、

「赤嶺さんは、棒兵隊……棒兵隊といいましたね……」

ひくい声のあとが、また泣いた。富村は、こたえずに赤嶺を眼でさがした。老人は、すこしはなれて腰をおろし、両足をなげだして遠くの空をみている。一昼夜ふりつづけた雨がいまやんで、西の雲が切れると夕陽の光芒が低空のグラマン三機をとらえた。毎日の朝

と夕刻に三十分ほど、米軍の食事時間とかでかならずある、静寂な時間であった。

〝棒兵隊〟とは、だれがいいはじめたものか。――昨年十月に、予備、後備役からはじめて国民兵役にいたる、島全域を蔽うての防衛召集のために、兵器の用意はなかった。竹槍の尖に握り飯をくくりつけて、防衛隊員は壕掘りと飛行場整地に通った。無学なとしよりは、〝棒兵隊〟というよび名をうたがわなかった。〽竹槍かついだ防衛隊……という唄がはやったが、〽竹槍かついだ棒兵隊……であったかもしれぬ。どれが元唄ともしれないままに、二通りうたわれた。

「ぼくらは、棒もありませんね……」

と、久場はぼやいた。

まったくだ、と富村は、充分に濡れつくした全身を両の掌でなでさすった。G村で家族に別れたときの着たままである。

「それにしても、この男は」と、富村は久場をみて、「考えて泣く余裕がまだあるとみえる」……久場は、さる一月の徴兵検査に病後の体重が極度に軽かったため丙種合格国民兵――実質的には不合格、になったのだった。

これからの行動をどうしようか、と富村は自ら問うた。S城址の壕に用のない以上、解散してもさしつかえのない口頭召集の一隊であった。

「どうしようか、久場、これから……」

こころみに問うてみた。

「解散しますか」久場はいいさして、「いや、どうでもいいです。先生のいいように」

かれは、まだ富村を隊長とよべなかった。

富村は、仲間をみわたした。石の上にからだをなげだして眠っている者が大部分であった。富村はとっさに、このまま放りだせば死ぬ、と考えた。痛むような空腹を筋肉の力でたえて、かれはいきなり起ちあがった。

「出発！」

かれがあるきだしたとき、夜の砲撃がはじまった。かれは、いまはふしぎに、それへの恐れを感じなかった。かれがいま恐れているのは、むしろ隊員の行倒れであった。徐々に隊員がそろってあるきだしたとき、かれはさけんだ。

「自信のある者は隊を脱けてもよい。ついてきたい者はついてこい……」

「アリガトウッ！」

とつぜん、豚の悲鳴のような声がしたかとおもうと、久場の数歩さきをあるいていたひとりが、はねかえるような足どりで道ばたへかけだしていって、そこにあった池にとびこんだ。一行は、池のふちの堤にしがみついて、ひたすら水心をみつめた。池は、めちゃくちゃに波紋をえがきながら、ふたたびかれを吐きだそうとはしなかった。

一行は、それから二日間に五つの壕をのぞいて、そのつどしめだされ、二人の負傷者をだし、かれらをひきずるようにしてあるきながら、久場が疲労のために昏倒したところへ、Y岳の壕から変装で他部隊へ連絡にでていた曹長にみつけられて、Y岳の自然壕に収容された。壕は、砲撃で樹木が一本もなくなったY岳の八合目にあって、標高百米と推定され、深さが七十米ほどあった。なかにいると、艦砲弾の山腹にあたる音が、鍬をうちこむようにきこえた。

久場が、十六歳という最年少の仲田の濡れ手拭から滴らす水にめざめて意識をとりもどしたときは、壕についてからでも一昼夜以上たっていて、富村以下元気な二十一人は、すでにふもとの泉から桶で第四回めの水を運んでいた。久場は、よろめきながら壕のそとにでて、大胆に遠く眼下の仲間をみおろしていたが、いきなりとんできた戦闘機が、かれの位置とすれすれの高さで左から右へとび去ったかとおもうと、あやまたず機銃掃射があって、二人がのけぞったまま動かなくなった。仲田は、壕の壁にしがみついて、ふるえていた。

壕に、まだ学生気分の脱けきらない、佐藤という名の少尉がいたが、その晩、曹長をよんで、情況が危険だから防衛隊員の水汲みをやめさせてはどうか、と考慮をうながした。四十にちかい思慮の深そうな曹長は、防衛隊員をひろってきていらい、実質上その指揮者になっていた。

「しかし、兵隊もだいぶやられていますし、水を汲まないというわけにもいきますまい」

曹長は、すこし考えてそういった。事実、壕には二百名ほどの兵隊がいたが、その約半数はどうにもならない負傷者で、壕内は身動きのとれないくらいの熱度をもっていたから、水の需要はたいへんなものであった。泉からは、約四百米もあり、遮蔽物もほとんどないから、相当に無理な作業であるが、富村は壕内の必要を知って、難を救ってもらった感謝のしるしという気で、なかば積極的にひきうけたものであった。兵隊たちは、ふかく感謝し、大げさに頭をさげる者もいた。それはまた防衛隊員をよろこばせ、赤嶺老人などは、無理するなというのをおして、「兵隊さんがよろこぶものを」と桶をかついでおりた。

少尉は、物いれからちびた煙草を二三片とりだして、一片を曹長にすすめながら、笑った。

「お前は、危険な使役につかおうとおもって、あの連中をたすけたのか」

「そういうわけではありませんが」

曹長は、しずかにまじめな答えをした。

けっきょく、あすからは晩にだけ汲むことにしようと決め、それが曹長の口から富村に伝えられた。曹長の命をうけながら、富村の顔におもわず微笑がうかび、それがすぐまた消えた。水を運びながら死んだ仲間を、上までは運んだが、壕内にいれると臭うだけだというので、相談のうえで、壕の入口でかたわらに埋めたのだった。

曹長が去ってしばらくすると、少尉がきた。かれは、一度富村のあいさつをうけただけで、隊員とつきあいはなかった。かれは、水汲みの話などせず、ただ「ご苦労だな」というこ とばににおわせたきり、戦況の話をした。北からおしてきた米軍は、戦車を主力とする地上軍と空軍との最大力量をしぼりだして、首里の日本軍陣地に焦立つような攻撃を加え、首里・那覇を結ぶ島の横断線はところどころ喰いこまれており、両軍の対峙線はW型になっている。日本軍のほうでは、正面攻撃のほかに、夜間の〝斬込み〟などで予想外の成果をあげており、また空軍は特攻隊がいま最高のはたらきをみせている。この二三日来、生身の人間が爆雷をもって敵艦めがけて発射される、いわゆる〝人間爆雷〟というのも一発一艦の成果をあげている。敵はこういう友軍の必死の防戦でたいへんな損害をこうむっているようだが、なにしろ、たいした物量をもっているから、ここのところはどうなるのか――というような話をした。

隊員たちは、じっと耳をこらしてきいていたが、話がおわると、ほっと息をついて、たがいに顔をみあわせた。考えればおかしなことだが、あまりにも卑近な生活に肌を荒らされていたせいか、このような大局的な戦況報告が、いかにも遠くからきたという風で、しばらくは肌につかない感じでいたが、話がおわると急速度に現実感をもよおしてきて、鍬をうちこむような艦砲弾の断続する音が、いまさらのように予言的な雰囲気をともなってきはじめたのだ。しだいに私語がたかまってきたとき、少尉はいった。

「しかし、きみたちは沖縄人だからいいよ。この壕からわれわれが撤退することがあっても、きみたちは居残っておくんだな。米軍はけっしてきみたちを殺しはしないよ」

このことばは、なかなかまっすぐには受けとられなかった。大部分の者が鳥のようにきょとんとしているのを、富村はなにか救いをもとめるような眼でみわたした。久場は、富村がなにかいいだすかという顔で、富村に視線をとめた。仲田が、――この少年は、それまでの話を無表情で頭にながしこんでいたのだが、このときめずらしく、いきなり表情をひきしめて、少尉の顔をみつめた。かれは、少尉がたっていって、壕の岩角に消えるまで、瞳をこらしてみすえていた。

少尉は、たちながら赤嶺をみとめて、年をきいた。そして、踵をかえしながら、

「それは、たいへんだな。しかたがない。がんばって生きのびなさいや」

といった。

「はい、隊長さま！　いっそうけんめいやりますです。どうじょ、隊長さまも、がんばって、おたっさで……」

老人の眼に、涙がひかっていた。富村だけが、この老人は息子をおもいだしているな、と感じとった。

翌朝、富村と久場と仲田とが、さそいあうともなく、ちょっとはなれたところに、あつ

まった。少尉にきいた戦況の話は、一様にだれの頭にもつよい印象となって、あたらしい思案をよびおこそうとしていた。富村と久場とは、仲田の郷里が首里の北のはずれにあることをおもいついた。かれら二人の郷里は、首里から北へ十粁以上もはなれていて、G村をでるころすでにそこらが米軍の手におちたことを知っていたが、仲田のほうは、いまさらに生々しい感じをともなっており、ことにその年齢を考えると、富村など、ここまで仲田をひっぱってきたことがはたして正しかったかどうか、などと考えてしまうのだった。久場は、濡れ手拭をもって自分をみまもっていた仲田をおもいだしたので、

「きみは、案外つよいんだから……」

といいさして、やめた。案外体力があるんだから、最後までがんばっていけ、というようなことをいってみたかったのだが、いいだしながら、きのう壕の入口で自分が仲間をみおろしていたときの仲田の恐怖を露骨にだした顔をおもいだして、なにかちぐはぐな感じがしたのである。仲田の顔は、恐怖にうたれるとき、いつも九つか十ぐらいのこどもにみえた。ところで、仲田は、この二人の仲田にたいする関心にはまるでこだわらないように、痩せてことにうすくなったような唇をながいこととじていたが、とつぜんいった。

「佐藤少尉は、スパイかもしれませんね」

「なぜ?」

はねかえすようにきいたのは、富村であった。久場は、

「スパイなら、ぼくらにあんなに親切にするものか」と、通路の奥をすかしみるようにしながら、おしころしたような声できめつけた。だが、いった瞬間、かれはこの自分のことばに違和感を感じた。

S城址をおりたあと、空腹と疲労とで昏倒するまで、久場の頭に、あのS城址の壕の将校のことばと赤嶺老人の嘆願の姿とが、からまりあって、ほとんどかれの全身をおしつぶすような圧迫感を生みだしていた。それは、前後左右をゆき交う雑巾のような避難民たちをみると、いよいよ肥っていって、ついにかれの喉から艦砲のうなりにいどむような自暴の叫びを吐きださせた。仲間たちは、その叫びにおどろいたとき、かれの昏倒しているのを発見したのだった。この壕内でめざめた瞬間の久場に、まだその余韻がのこっていて、壕内の兵隊たちの正体を警戒する観念をよみがえらせたが、食物にありつき、曹長にあい、一日たつうちに、その観念はかなり遠いものになってしまった。だが、この変化は、かれにとってまったく自信のもてるものであったかどうか。佐藤少尉の戦況談義に感じとった親切は、はたしてどれほど根のあるものなのか。かれは、いま仲田にはっきりと反ばくしたつぎの瞬間に、自分の観念がめまぐるしい速度で浮動するのを感じた。

仲田は、動物のようにだまりこんでしまった。富村のなかに、二三日間すくわれていた不安が、また急速に、あたかも溝のメタン気泡のように気味わるくブトブトと、よみがえってきた。「スパイではないかもしれぬが……」と、ほとんど他人にきこえぬていどにつぶやいてみた。——三人は、いっしょに、ひどく腹がすいてきた。

この壕にあたらしく、手負い猪のように獰猛な敗残兵の一隊がなだれこんできたのは、それから三日あとであった。人数はたった五十人ほどであるが、W線の一地点からくずれてきたものらしく、絶望とたたかうための横暴をきわめた。

「水、水、水はないのかッ。おい、きさまらアッ、島民の地方人だろう。どこかへいって水を汲んでこんかッ!」

そんなことをいって、靴のさきで富村をけとばしたことから、曹長と闖入した将校とのあいだに議論めいた相談がなされたあと、防衛隊の水汲み作業にあらためて昼間の一回を加えることになった。富村は、気のどくがる曹長に、「大丈夫です」などと気休めのようなことをいちおう告げながら、自分の淡い予感のようなものが、しだいにその輪郭をあらわしてくるのをみた。

情況は、この二三日のうちにも、とみにひどくなっていた。艦砲や迫撃砲の至近弾が多くなってきたのは、敵がこの壕の存在を知ったのかと、おもわれた。水汲み作業は夜間でも無理なようにみえたので、富村は、作業を当分中止させてもらうよう、機会をみて曹長に相談してみようとおもっていたところであった。

水より自分のからだを大事にするようにと、ことさらに注意のことばをあたえて、富村は作業をはじめた。だが、その日のうちにまた一人射たれたとき、富村は、この壕からでていくほかない、と真剣に考えはじめた。かれは、とにかく自分の仲間の隊員が、ひとりでもこの壕のために命をすてることにたえられないのだった。それがつまり国家のためだという論理は、もはや遠かった。しかも、水を汲まないといえば、闖入した兵隊のだれかが武器をかまえてあばれだすものとみられた。

かれは脱出の計画を相談するため、久場をよんだ。だが、久場はそこで意外なことを報告した。

ついいましがた、久場が便所へ行ったかえりに、闖入した将校のひとりと佐藤少尉とが話しているのを、なにげなく耳にして、おもわず立ちどまってきいた。佐藤少尉は最初、「まさか、そんなことはないでしょう」と、つい笑いだしそうな声で応答していた。しかし、あいては、「笑いごとじゃありませんぞ。たしかな筋の情報です。やつらに油断はできません」と、大きな声をだした。これが久場をたちどまらせたのである。あいてのいうことを総合すると、こういうことであった。

「サイパンの沖縄人捕虜が、ひそかに潜水艦で運ばれ、この島に上陸している。これらはいずれも米軍のスパイで、特徴としては、局部の毛がなく、赤いハンカチと小さな手鏡をもっている――」

だから、いますぐに、壕内にいる防衛隊と称する連中の身体検査をはじめるべきである、と主張する顔は、一面にたるんで黄色がかった皮膚のなかに、まるで何の判断力ももたない妄執そのもののような両眼がぎらぎら光っていた。久場は、話しながらその印象にあらためて顔をしかめた。

「まずいことになった。それでは、いまにげだせば、いよいよ疑われるばかりだ」

と富村は眉をよせた。

「いいじゃありませんか」と、久場は即座にいった。「殺されなければいいんです。どうせ、やつらは最後までぼくらを信用しはしません。ぼくらは、自分で自分の心配をしたほうがいいんです。この壕も、もとはぼくらのものなのに、やつらに追いだされるようで、しゃくですが、ぼくは、いま、そのようにしか考えきれないんです」

「命がたすかるならばだ」——富村は、まだ割り切れない気もちであった。「ぼくらは、ここをでていったって、どこまで生きのびられるか。もし、みんなどうせ途中でやられてしまうとすれば、スパイ、非国民という汚名は永久にのこるよ。なにもかも犠牲にして敵を生身でひきうけた沖縄県民として、久場君、きみはそれががまんできるかね」

「できません。しかし、ぼくは、やつらにそんなことで身体検査をうけることにも……」

久場が声をつまらせたとき、富村へ佐藤少尉からよびだしがかかった。

「間にあわんようだな」

富村は、あるかないかというほどの微笑を久場になげて、奥へはいっていった。それから、二十分ほど待った久場を、仲間みんなのところによんで、全員にかれの最後の命令をつたえた。

「首里の軍司令部の東がわに、R陣地という壕がある。友軍の重要抵抗拠点のひとつだ。当部隊は、師団命令をうけて、弾薬をR陣地へ運ぶことになった。その任務がわれわれの防衛隊に命じられた。今夜、日没と同時に出発する。方角と距離は北東へ約七粁、ふつうにいってあす未明につくはずだ。協同と危険防止の便宜上、三人組をつくる……」

そして、十九人にはじめて、手榴弾という武器があたえられた。最後の手段として自決するために……。

それから二日後の五月二十八日に、首里城内にいた日本軍司令部は南下した。すでに組織的な戦闘はなかった。あさから地球をひっかきまわすような豪雨が、硝煙をとかして、一面にあかちゃけた山野の土にくいいった。首里高原の南斜面のところどころに、艦砲弾で地盤がゆるんだための地すべりがおこって、徒手半裸の態でにげおちる兵隊のいくたりかを、散乱する屍とかさねて埋めた。

そのひるさがり、首里城の東南二粁の地点にある、この島特有のトーチカ様の墓のなかで、久場は、肋骨のかぞえられる胸をひらいて、仰むけにねていた。そのそばで仲田と赤嶺とが、骨と皮ばかりのからだをくっつけあったまま、南にむけてひらいた墓の口から、こわごわと外の情況をみていた。その二人のようすを、うす眼をあけてみながら久場は、富村の案じた〝三人組〟は正しかった、と考えた。

まる一夜を予定していた行程が、およそ倍になった。衣袴の裾を結んで銃弾をつめこんだ痩せ狗のようなからだは、平坦な街道筋をあるいてさえ難渋したのに、途中でゆきあった避難民の流言か、ゆくてに敵の将校斥候がいるとの報に、畑や丘のコースをとりはじめてから、難は比較を絶して迫った。木も草もない丘の斜面をあやまってすべりおち、帯びた銃弾の暴発におびえたりしているうち、一隊はついに割れた。久場、仲田、赤嶺の組は、二十七日の日没後に、眼鼻のおちた癩病やみのように家一軒もない首里市にはいり、一晩かかってRという地点はさぐりあてたが、陣地の壕をたずねえぬうちに夜があけた。雨のなかで、白い石灰岩だらけの首里市内をはいまわりながら、豪雨のもよおしたような人の洪水が南斜面をながれおちてゆくのをみたのだった。「軍司令部南下！」と、一敗残兵がもらしたとき、任務の銃弾を古井戸に投じると、絶望と疲労が一時にきた。

こんな墓のなかが、人ひとりもいなくてこんなに空いているのが、ちかごろめずらしいことだった。なにかしら、避難民の仲間からさえはぐれたような心細さがあった。Y岳の壕をでるときたべた拳ほどの握り飯の味は、からだのどこにものこっていなかった。

「久場さんよ。どんなになりますですかなあ」

と、赤嶺がめっきり落ちくぼんだ眼をむけた。

「さあ。負けるんでしょう」

「負けたら、どんなになりますですかなあ」

「さあ……」

久場は、力をこめて、からだをおこした。雨脚のたてるひびきが間断なく炸裂する艦砲弾の倍音のようにきこえた。

久場はふと、ながいこと忘れていた同級生のだれかれをおもいだした。正式に兵隊としていった連中が、いまどこでどうしているか、けれどやはり、丙種合格の久場のことなどおもいだしもせずに、どこかで死んだにちがいない、という気がした。自分がなにを支えにしてこんなに健康をもちこたえているか、ふしぎだった。

「富村さんたちは、どうしてるかな……」

いつしか、そんなことを考えていた。赤嶺老人は、なにもいわずに久場の顔をみたが、やがて腰の手榴弾を手にとってみつめた。

「やられたかな、自爆したかな」

久場は、ぼやいた。

ぼやいてみると、ふっと二日前のY岳の壕のことがおもいだされた。闖入した連中に、スパイ容疑で身体検査をされて、下手をするとみなごろしにされるか、または壕を脱出してスパイの汚名をそのまま被るか、この富村の困惑を佐藤少尉は、決死輸送の特務をあたえることで、おそらく救った。富村は、すくなくともこのしごとだけは国家のためになる、と考えてひきうけた。だが——と久場は、空腹にたえるために唾をのみこみながら、考える。佐藤少尉にとっては、狂暴な闖入者たちを説得するより、防衛隊を死地にだすほうが安易であったのだ。——死場所を得しめる、というつかいふるされた大義名分が、いまの久場にとっては、なんら佐藤少尉に使用をゆるされるものとは考えられなかった。仲田が少尉のことを「スパイかもしれませんね」といったとき、そのとおりの意味は別にして、二人のあいだにある断絶ができていたことはたしかなのだ。この断絶は、G村での口頭召集、根拠不明のS城址への移管、S城址での理不尽な拒絶、とそれらの体験をたどるうちにおそらくできた。いや、たぶんはその前からあったものかもしれぬ。国家、故郷、同胞……などというものが、すべて徒労を生むだけのものであったか。この空腹と疲労と生命の不安とを生むだけの……。

久場は、仲田をみた。例の幼い動物のような顔があった。こいつは生かしたい——というねがいが頭をかすめた。と、そのときだった。バタバタと足音がしたかとおもうと、襤褸と藁縄帯に身を包んだ汚れきった男が、とびこんできた。男は、三人をみて一瞬おどろいたふうであったが、すぐに膝をついて、歯くそにただれたような歯をむいた。

「あんたがたは、沖縄の地方人のかたですね。すみませんが、私をつれていってください。ね、どこでもいいんです。敵にみつからないように。ね、私は、これ、沖縄の百姓に似ているでしょう。ね、ヒヒ、ヒッヒッ、ヒヒ……」

唇が痙攣するような、きちがいじみた笑いの表情をみているうち、久場のなかに、とつぜん、こいつをだしぬいて生きのびてやるんだという欲望がわいた。

「赤嶺さん！　死んじゃいかん。にげよう。どこまでも。仲田、でろ！」

ほとんど背をたたきだすように、どなった。

仲田は、バネ仕掛けのように墓の口をでた。が、かれは下のほうから転びながらあがってくる中年の女をみとめて、足をとめた。そのつぎに、

「おばさあん、おばさあん……」

かれは、死にものぐるいに叫んでいた。

女は、十歳ぐらいの娘をつれていた。仲田をみとめておどろいた眼を、すぐにすえていった。

「どうせ死ぬなら、家で死んだほうがいいとおもって……」

仲田は、息をのんで女の顔をみつめていたが、いきなり久場へ顔をむけた。

「隣の家のおばさんです。ぼく、いっしょにいきたい」

そして、久場と赤嶺がうなずくが早いか、三人は、豪雨のなかですべってころびながら、丘をのぼった。それからものの三十秒もたったか、轟然たる音響といっしょに大きな震動を感じた久場と赤嶺が、顔をみあわせてとびだしてみると、墓の裏に径十米ほどの艦砲弾痕の穴があき、三人の姿はみえなかった。

「赤嶺さん。にげよう。おりるんだ」

久場は、やにわに赤嶺の腕をつかんだ。

幾時間はしったろうか。日が一度暮れて、夜があけた。二人は、ある部落の大きな共同井戸になっている泉の前にたおれていた。さきに眼をさましたのは赤嶺であった。かけてゆく避難民に足をふまれておきたかれは、雨のあがった空をまぶしげにみあげてから、久場のからだをゆすった。

「久場さんよう。また行くかねえ。みんな行きよるがねえ」

久場は、意識がはっきりすると、ためらうことなく眼で赤嶺をうながして起った。なにかいおうとしたが、声がでなかった。

「行くか。うん。水をのんでからな」

赤嶺は、なかばはうようにして、泉の口に顔をもっていこうとした。すると、崩れたコンクリート囲いのそばに、異様な男がひとり、じっとかれをにらんで佇んでいるのに気がついて、身をすくめた。シャツの胸も袖もちぎれ、ズボンも膝から下はちぎれているが、あきらかに敗残兵のひとりであった。

「きさま、よくもおれに、むだな苦労をさせやがったな」

男は、いきなりそういった。赤嶺と久場は、なんのことかわからずに、顔をみあわせた。

「きさまはきのう、G村へ行く道をおれにおしえた。おれは一晩かかって、またおなじところへきたんだぞ」

まるっきり記憶のないことだった。二人は必死に記憶をたどった。墓をとびだしてから、幾人かの人間にあった。たぶん、一言二言、ことばをかわしたこともある。けれども、その印象はすべて夢のようにどこかへ消えていた。そういえば、墓にとびこんできた男は、どうしたろう。いま眼の前にいる男がそうかと、考えてみたが、そうではなかった。G村は知っている。けれども、ここからの道筋を知るはずはなかった。二人が、ものもいえずに顔をみあわせていると、男は、どこにかくしもっていたか、いきなり拳銃をかまえた。

「きさまは、スパイだろう！」

「あ、スバイ……」

赤嶺が、しゃがれ声で叫んで、おどりあがった。同時に拳銃が火を噴いて、正確に赤嶺の胸を射抜いた。

太陽が無数の避難民と敗残兵とを照らしてぎらつく下で、久場はあるきつづけた。両の手をひらいて垂れたまま、あるきつづけた。避難民がときに追いこしながら話しかけたが、かれの耳にははいらなかった。避難民は、こたえないかれにこだわらず、追いこして走った。片足の靴がやぶれて脱げた。しばらくは片ちんばのまま、ケンクン、ケンクンとあるいたが、やがて他の片足のを脱ぎすてて、久場はあるきつづけた。

ニライカナイの街

宝海峡以南の列島を一貫して、眼に見えぬ海の彼方に、最も貴い国土(ニライカナイ)があるという信仰が、久しくまた弘くおこなわれていた。そこと人間の住む島々との間に、何か隠れたる法則によって、時々の往来消息が通じていたと伝えられる点は、すこぶる我が上代史の常世郷とも似ているのだが……

(『民俗学辞典』)

時子は、ピーナツを口へほうりこもうとする手をおもわずとめた。視線のさきは牛の眼玉である。相手の牛の眼玉とは輝きが話にならない。これは勝つ。そう思うと、その図体《ずうたい》のすべてがすごく見えた。地球をもおしころがしそうな牛だ。あの背にのって、ヤーッと矢声《やごい》をあげてみたい。

「ヤーッ!」

牛の綱取りが矢声をあげる。鼻綱を、牛の顔のすぐそばでにぎり、できるだけ地面に低くおさえて、裸の足で地球の砂地をたたくと、同時にまた、

「ヤーッ!」

それでも牛はうごかないのである。三百坪の土俵の中央で、黒く対峙《たいじ》したまま——。

時子は、ピーナツを口へほうりこんだ。暑い。麦藁《むぎわら》帽子の下で、こめかみから汗がなが

れ、顎《あご》をまわっておりたが、拭おうともしない。突いた。敏捷《びんしょう》に頭をかしげ、角《つの》を相手の顎の下へおとして、突いた。しかし、かすっただけだ。

「がんばれ！」

口のなかで、押し殺した声援がでた。急に押し殺したのは、瞬間に牛が夫のポールを思いださせたからだ。彼がベッドで挑んでくるときのはげしい力を思いだして、すこし恥ずかしかったのだ。

「お前、コーラ飲まんてか。我《わ》ん飲もう」

父の健康《けんこう》が手をのばして、眼の前においたコーラをかすめとって飲んでも気がつかない。観衆は、およそ三百人。スタンドになった堤の草地を埋めている。黒い洋傘の陰からはげしい声援がとぶことがある。赤児を抱いた女は、うっかりすると赤児をとりおとすかも知れない。子供などつれてくるものではない。時子はスージーを闘牛見物にだけはつれてこないことにしている。夏なら暑さにうだり、冬なら寒い風が吹きさらし、子供なら死んでしまうではないか、と思う。夫のポールも、ベトナムへ出征する前に、スージーを闘牛見物にだけはつれてゆくなと、言いおいていったのだ。日頃の、たとえば映画などでも、子供をつれてゆくのはアメリカ式でない野蛮なことだと、学びとっている。ほんとうは、私も行きたくないさ、あんな野蛮な闘牛なんかに、といちおう言った。そんなことを言ってはいけない、とポールは言った。ダディーの牛の応援ぐらいはしろ。——そうか、やはりポールはうちの父さんを愛してくれているのか。それでは、そのようにしよう、と安心して見物に出かけることにした。ほんとうは、それほど嫌いでもないのだ。戦前、小学校にあがったころ一度だけ闘牛を見て、すごい、すばらしい、と思った記憶がある。そのせいかも知れなかった。

相手が突いてきた。左をねらってきた。それをはずして、こっちの角がむこうの頸《くび》にふれた。相手が頭をとりなおして、また突きなおしてくるのを受けた。ガッ！　と頭と頭とがかちあう音が聞こえたと思った。そのまま双方とも動かなくなった。かなりながい間——。

「ヤグイ！」

と見物席から声がとんだ。綱取りに、矢声をかけろと、けしかけているのだ。

「ヤーッ！」

相手のほうの綱取りが、さけんで、地球をたたいた。それでも動かない。双方とも、頭を地面へ地面へとおとしていく。そのとき、相手の牛もあまり弱くはないな、と思った。でも、やっぱりこっちのほうが姿はいいし、やっぱり父さんの牛だ。ブルン！　とかすかに頭をふって、眼玉をギョロリとまわした。それがとてもおかしかった。観衆がどっと笑った。ざまァ見ろ、こんな愛嬌《あいきょう》もあるぞ。余裕があるのだ。

相手のほうの綱取りが交替した。

(あ、健二。こいつ、敵の牛を！)

おどろいても、健二は知らない。すばやく鼻綱をうけとると、

「ヤーッ！」

やっぱり、あのひどい反《そ》ッ歯から出る声は間が抜けている。あれで闘牛の鼻綱をとることが趣味だというからあきれる。反ッ歯の上の大きすぎる鼻の穴が、持ち主を笑っているにちがいない。弟ながら、いやになる。

「ヤーッ！」

やたらに矢声をかける奴である。敵の鼻綱をとっても、あれだけの声をだして力むのは、趣味なればこそか。勝っても負けても、楽しめばよい、というのか。アメリカ兵隊といっしょになっている女のなかにも、男がベトナムで死んでもいい、いまの生活をたのしめばよいではないか、と考えている者が多い。その女たちみたいなものだ、弟も。見さげはてた男だ。わたしなんか、ポールが死んでもよいと、一度も思ったことはない。そもそも、死ぬとは思っていないのだ。死ぬことなど、想像すらできない。誠心誠意、ポールがベトナムから帰る日のために、二人の幸せのために、その日その日を暮らしているのだ。それなのに、健二のやつ、敵の牛のために……。弟とも思えない。

「お父ッ！」

父の意見を聞く、というより、あんたもしっかりせんといかんでないか、なにかあの息子は、と、とっちめるつもりで、声をかけた。同時に思いだして、コーラをとろうとしたが、消えているのを知った。それにこだわる暇もなく、

「健二よ、健二……」

くわしいことを言う余裕はなかった。

「両雄、見合っております、見合っております。試合開始後、十三分目であります」

アナウンスが流れるのに、かぶせるように、父がこたえて、

「うん。気張らんとな、気張らんと」それからたたかいの場へ声をなげて、

「健二、ヤグイ!」

「オーッ!　ヤーッ!」

はじめのオーッは、父へのこたえで、あとのヤーッが矢声である、とみた。しかし、どうも変だ。健二だけでなく、父もおかしいのでないか、と時子がわずかの疑いをもったとき、相手の牛の口がいきなり割れて、舌を出した。ステレオ演奏中に停電したときの音のように、ゆるんだ涎《よだれ》がたれおちた。まことにだらしのないひと筋の太い涎だ。ワーッと観衆から歓声があがる。勝った。判定勝ちだ。涎は戦意喪失のしるしとみて、勝負をつけるのだ。

銅鑼《どら》が鳴った。まことに朗かに鳴りわたる。主催者がわから晒布《さらし》をもってきて、勝ち牛

の角に結んだ。鉢巻のかわりだろう。勝ったしるしだ。観衆のなかから、老婆が出て来て、砂をふんでカチャーシーを踊った。銅鑼にあわせて、まことに調子がいい。手の甲に針突《ハジチ》の青がみえるから、かなりの年よりなのだろうが、いままでに踊ったなかで、いちばん上手だ。見おぼえはないが、親戚なのだろうか。お母ァは、もともと闘牛場について来ためしはないが、来てもあれほどは踊れないから、それでよかったようなものだ。

「お父ゥ、あの婆さんは誰てか」

ためしにきいてみた。

「知らん」

健康のあいさつはそっけない。踊りのほうを見てさえいない。その視線を時子がたどっていくと、入口のほうへ、健二が負け牛をひいていくのが見えた。

「はァ……？」

時子がおどろいて父親をかえりみたとき、健康はすでに砂地にとびおりて、これも負け牛のほうへ、足ばやにあるいていくではないか。

（そうか。お父ゥの牛はあの負けたほうだったのか……）

応援に来ていながら、自分の牛がどれであるかも知らず、勝ちそうな牛をわが方だと勘ちがいしたのは、見事だった。がっかりさせることだ。しかし、応援しているうちは、いい気持ちだった。あの戦争のときだって、日本が勝つとおもったからこそ、一所懸命だったではないか。自分だけいい気持ちになって、お父ゥにいろいろ話しかけたが、そういえば、お父ゥや健二の態度に、いろいろ思いあたる節はある。かれらは、はじめから自信がなかったのかも知れない。可哀想だな——。

時子は起《た》ちあがった。とにかく試合は終わったのだ。

しかし、待てよ、——時子は歩きだしながら考えた。——負けた始末を、お父ゥと健二はどうつけるのだろう。また私に、牛を買いたいから金をくれ、というのではないか。毎度のことだ。だから私は、なんとなく牛の敵味方をまちがえたのかも知れない——。

暑い思いをして家へたどりつくと、母がやはり店番をしていた。いつものことながら、明日も日はあるさ、という顔だ。その前をよぎって離室《はなれ》へ渡ろうとすると、

「お茶、飲まんにゃ」

母がよびかけて、もう奥へ動く。この母は、ひとりでいるときも日に幾度お茶をのむためにに湯をわかすか、わからない。

「コーラ飲むてさ。はい……」

と十セント玉を母へ渡して、店のアイスボックスからひとつつまみあげる。

「暑いときでも、熱いお茶のほうが、いいてど」

母は、言った。また言う、と時子はおかしい。母は昔からそんなことを言って、こんな

時世になってもかわらない。よくそれで、コザにきて店をやれるものだ。もっとも、この店がちゃんと正確に儲《もう》かっているのかどうか、誰もわからないのだろう。確実なのは、時子とポールとの愛の巣である離室から、月々四十ドルの家賃が実家に納められていることだけだろう。

「また負けたてさ」

時子は、片手をあげて扇風機の風にノー・スリーブの腋下をそよがせながら、母に報告する。

「へえ」

母の返事はそれだけである。なにごとによらず反応がよわい。そこで、たたみかけて、

「また牛を買うてかね」

「買うてだろう」

「ほんとは我《わ》んに買わせたいてだよね」

すこし得意である。一家をあげて、山原《やんばる》の山のなかの部落を出て、コザ市に出てきたが、まことに頼りない暮らしだ。父の健康は、闘牛に熱をあげるようになって、軍作業をやめてしまった。年だからな、と本人は言いわけをしたが、百姓できたえた体が、基地内の草刈り掃除をつとめられないはずはない。要するに怠けて遊びたいのだ。弟の健二も健二だ。これは、仕事を怠けているわけではない。怠けるどころか、復帰運動などにも一所懸命で、

デモとなると、どこへでも駆けていく。ただ、日曜日にだけは、どんなデモにも行かない。闘牛があるからだ。親と子で、闘牛に熱をあげてしまって、物も見えない。父は牛買いが好きで、いろいろ牛を買ってみるが、いい牛をもった例《ため》しがない。健二は、自ら牛を持つ気はなく、鼻綱をにぎるだけが趣味だが、父がいい牛をもてばいい、とは考えている。店の儲けが、なんとなく牛のほうへ流れていく。どうもこれではいい牛が買えない、などとぼやいている。横眼で時子の財布をねらっている。

「こんどは、買うてくれたらどうか」

母が言った。

「ポールが帰ってきたらね」

なんとなく出た言葉である。ただし嘘はない。思いつきであるにはちがいない。金がないから待って相談しよう、というのでもない。貯金のあるだけは自分で使っていいことになっているのだ。父や弟を焦《じ》らしてからかってる、とひとは思うかも知れないが、それとも違う。ひとをからかうなどと、面倒なことはしない。自分で取り違えることはしても、ひとに間違えさせることはしない。まして、親兄弟にはすなおである。ではどういう意味の言葉かというと、要するに賭けているのだ。ポールがベトナムから生きて還って元気な顔をみせ、あのがっしりした胸で抱いてくれることを、いつも夢みている。その夢が崩れさることを疑ったことはなく、一日一日その再会の日を想像してたのしんでいる。その日のたのしさに賭ける気持ちがある。ポールに再会して抱かれ、息をはずませ、それからひっそりと、お父ゥに牛を買ってくれない？　とたのんでみる。いやと言うとは思えない。だけど、ちょっとはどうかわからない。その賭けがたのしい。

「こんどポールが帰ってきたら」

と母が言った。「籍をいれさせれど」

「そうね」

「スズーも可哀想でないてか」

母は、スージーのことをスズーと言う。「スジ」という発音からなにかつまらぬ連想がはたらくらしく、故意にさける。「スズ」といえば、日本の名前としても通るでないかと、いつか言ったことがある。

「こんどは話してみろうね」

結婚して五年になる。スージーは三つだ。そのわりに籍のことがあまり気にならないのだが、それはポールを信じているからなのだろうか。信じる信じないにかかわらず籍をいれることは大事てさ、と母は言うのだが、前にもポールに話したと思ったらじきまたベトナムにとんで行ったりして、埒《らち》はあかない。焦る気はないが、ただ、母の気持ちには同情しなければならない、と思う。

山原からコザへ出て来たことを、母だけがあまり納得していない。しかし、仕方がなかったのだ。生まれ育った山のなかの部落は、すっかりアメリカの演習場に接収されてしまい、二里もはなれた隣部落に移り住んだのだが、そこでも住み心地はよくなかったのである。農村を追われた者がみんなコザ市に集まっている、という話を聞いたから出て来たのである。もともと、あまり目当てがあってしたことではない。父と時子と弟とは軍作業に出たからまだしもだったが、母はおよそ生気がぬけて、ぼんやりしてしまった。この借家の表を店にして母に商売をさせるはずであったのに、店をかまえるのが半年もおくれてしまった。お金の勘定が仕事になるということが、母にとっては大変だったのだ。生まれ故郷の部落では、山が深すぎて、店は部落の共同売店がひとつしかない。部落の住民は国有林の伐採権をもらい、用材を伐《き》りだして売店に納める。売店はトラック一台をもって用材を売りだし、日用品を仕入れて来る。おたがい代金の受け払いは盆暮れにしかしない。母などが銭勘定にうとくなるのも、いたしかたのないものがある。母はこの家に住んでいらいしばらくは、表座敷にすわって、道行く人のしげさをただ見ていた。それに馴れてから店をはじめたのだ。それから、彼女がこの家を気にいらない理由がもうひとつ。裏がすぐ墓地になっている。コザという街は、戦前は寒村だったところに、いきなり基地の街ができて、無遠慮にふくれたものだから、作法のゆきとどかないところがある。住宅の裏にいきなり墓地があるのも、めずらしくない。墓のほうからお前たち生き身は無作法だと叱られるのだろうよ、と剽軽《ひょうきん》なところもある父が慰めたら、母は怒った顔で父をにらみつけ、自分の家の墓ならまだしもよ、と言った。時子はふきだしたくなった。墓は岡を掘りぬいたもので、三つもならんでいる。自分の家の墓なら、といっても、三つとは多すぎる。こだわらないことだ。そう思いながら、年々の清明祭に、その三つの他家の墓の庭にいならぶ人びととご馳走とを、彼女の部屋になった二階の裏窓からながめおろした。

母は清明祭になると、生き生きと故郷へ帰る。帰るのは母だけでなく、父も健二も時子も、うち連れて帰るのだが、いちばん生き生きとするのは母だ。お墓は、隣部落の原野に移した。小さな殺風景なものになったが、やむをえない。母は、そこで熱心に行事をしあげる。それだけではない。いまは米軍の演習地になってしまって訪れることのできない部落の拝所のある方角へ、母ははるかに合掌してお通し拝む。

彼女は遥拝《ようはい》が好きである。戦争で捕虜になったときも、収容所のテントのなかで、小石を三つそろえ、配給の乾燥ジャガイモなどを供えて、毎朝拝所を遥拝した。線香のかわりに父がせっかくどこからか仕入れた煙草に火をつけて供えた。

「こんごと戦争なって、神さまもおるてか」

父が、煙草をけずられるいまいましさ半分に言うと、

「神さまは、ここにおるではないてさ。海のむこうにおるてさ。拝所をとおして、彼方《あがた》を拝むんてさ」

きわめて信じ切った顔で言ったのである。

　時子は、そのころ十歳であったが、二人の言うことを聞いて、こんがらかった。どちらも正しいような気がした。どちらもそれぞれに実感があった。もっと正確に言えば、母の言うことのほうが本当は正しいのだろうが、父の言うことはうまいことごまかして、困ったときはそれでもよいのだろう、と思われた。大人になってから考えると、あるいは逆かも知らないのだが、時子は小さいころから、母の話で海のむこうの国のことを聞かされていたせいか。海のむこうに何もかも豊かな楽しい国があって、そこは神さまの国だ。そこの神さまは、いつでも我《わ》った島のことを心にかけて、何か事があると、それとなく土産物をもって慰めに渡って参られる、という話であった。戦場を彷徨して食糧にこまっていたところへ、捕虜になって、見たこともない食糧品をあてがわれると、これがその神さまのお土産かしら、と思った。

「海のむこうの神さまの国て、アメリカのことてかね」

　彼女がたずねると、母は、

「そんなては聞かんたしが」

と、こんがらかった顔をして、「たいがい似ちょーるーやさ」

　母のあたまのなかでは、自分のもっているアメリカ人への違和感と、時子のなんとなくもっているアメリカ人への親近感とをくらべて、こんがらかっていた。

　時子がアメリカ人へ親しみをもったのは、偶然であったのか宿命的なものであったのか。

彼女は、母や父などよりはやく、アメリカ兵に出会っている。米軍が上陸してから一か月目くらいのことであったか。米軍上陸いらい山の上に逃げのぼって身をひそめていた三百人の村人は、米軍が山狩りをはじめたという情報を得て、また移動することになった。夜、ぞろぞろと歩いて行った。東海岸に出ようということであったらしい。梅雨にはいっていたが、時子は顔に降りかかる雨を手でぬぐいぬぐい、闇のなかを大人たちについて行った。そのうち、すとんと穴におちこんだ。あっとおどろいたが、尻餅をついた瞬間の感触がなんともいえず気持ちのいいものであったので、つい息をのみこんで、誰にも知られなかった。あるいはとっさに、知られたくないと考えたのかも知れない。あれがタコツボというものであったか、大きな岩の陰になっている上に木の枝などをかぶせてあったせいか、雨水もたまらず、土のなかはあたたかかった。その後も、どういう加減か雨はおちてこなかった。あるいは降りやんだのか。よほどいい気持ちだったのだろう、そのまま眠ってしまった。翌朝、日がさして眼がさめた。どんなところでも、夜のあいだ眠って、朝になると眼ざめるものだと、あらためてへんな気がした。なんとなく伸びあがって顔をだしたところを、そのアメリカー――あとで知った名によるとシェリー一等兵に捕まったのだった。そのアメリカーは、眼の前でいきなり地面から人の頭がとびだしたので、びっくりした様子で銃をかまえたが、すぐ気がついて、なんだ子供かという顔で、時子を抱いて穴から出した。家族にはぐれてしまったことが、くやしくなかったのは、収容所まで連れて行ってくれたシェリー一等兵がよい人だったせいだろう、とのちに時子は考えることがあった。言葉はわからないから、手真似で話を通じ、財布のようなものを開いてみせたが、そこには家族の写真が貼りつけてあった。アメリカーも同じように仲よしの家族というものがあるのか、とあらためて感じた。お母ァに聞いた海のむこうのすばらしい国というのはアメリカのことで、その使いの神さまというのがこのアメリカーではないか、と思うはたで、まさか、アメリカーは敵でないか、と思いなおして、こんがらかった。物事の判断にこんがらかった最初の体験で、人間といわず牛といわず敵と味方とを取り違える癖が、そのときからついたのかも知れない。このとき、父や母はまだ山のなかをうろうろしていたはずだし、それを思うと、幸福とは見えないところから急にやって来るものだと、つくづくい気持ちであった。収容所では腹一杯たべることができた。

時子は、その収容所での捕虜第一号であった。一か月ほどして家族がとびこんで来た。連れて来たのは、偶然にもまたシェリー一等兵だが、時子は母がおどおどしているのを見た。母は、山のなかでひとりのアメリカ兵に犯されかかったのを、シェリー一等兵に助けられたのだった。母のアメリカーにたいする違和感は、このときにきざした。

軍作業につとめることになったとき、時子にはなんのためらいもなかったが、母が心配した。つとめ先がＰＸだったから、その後もなにかと物をふやすに役立った。母はそれを見て、いかがわしい収益ではないかと心配もしたが、なんとなく物がふえるたのしみにおぼれてしまったようだった。その頃には、店の商売にもなれてきたから、表情の生きもよくなってきた。海のむこうの国では、コザのことでなかったかね、と言ったら、狂《ふ》れ物言いすな、としぶい顔をしたが、不満の色はしだいに消えていった。ポールと恋仲になったとき、またあわてた。いい人よ、ＰＸにいつも来るが、と時子が宣伝すると、母は、それでもアメリカーだろう、と言った。これもしかし、なんとなく時子の意志のとおりにうごいていった。母があきらめたことになるのかも知れない。

時子は、これまでの人生をかえりみて、なんとなくうまくいくようになるものだと思い、母はなるようにしかならない、と思ってあきらめてきたようである。もっとも母だって、あきらめながらきたとはいえ、たびたびの不運がいつのまにかそれぞれうまい工合になってきたことに、なんとなく満足しているのであろうと、時子は感じている。時子にとっては、偶然の幸運がよろこびをかさね、母にとっては、偶然の不幸におどろき歎きながらも、それがなしくずしに解消してきたようである。ただしかし、母みずからは、なにもしないでうまくなったとは考えていない。彼女は、コザへ来てから、いよいよお願《がん》に熱心になった。巫女《ユタ》にも親しいのができて、ひまをつくってはあちらこちらの拝所をめぐって歩く。ときには清明祭でなくても、はるばる山原の部落まででかけていって、演習地のかなたを望んで、お通し拝む。

「おなじお通し拝むてなら、コザからお通し拝んでも、同じでないてか、お母ァ」

時子は、いつか意見を言ったことがある。すると、母はこたえた。

「なにがやら、見えにくいてだなあ」

神さまならどこからでも見えにくかろうに、とおかしいが、こんな母だから、自分がポールについてアメリカへ行ってしまったら、どんなにか心細い思いをすることだろう、と時子は気になることがある。それを考えると、母にもっと希望をもたせ、安心させることを考えなければならない。

「アメリカに土地買おうてか、お母ァ」

時子は、思いついて言った。

「茂雄さんは、きょうも来ていたてさ」

母は、すぐに反応した。いつも考えているせいだろう。

「へえ。また来ていたてか」

時子は、思いがけない反応に眼を輝かせて、

「そして、なんて？　我《わ》んこと訊いたてか」

「アメリカの土地は、いま買うのが得《とく》て言いおったてさ」

気になる風に、すこし言葉を節約しているが、土地を買うとよいと考えていることは、時子を見つめる眼つきでわかる。

茂雄は、時子の初恋人である。生まれた部落を接収されて隣部落に移ったところで、知

りあった。時子が中学二年のとき、高校二年だった。アルバイトで、近くの基地の将校クラブに働いていたが、知りあった当初、アメリカー部隊のおかげでスマートな生活ができる、と言って、時子を怒らせた。時子は、自分たちを追い出した基地のアメリカー部隊を好くわけにいかない、と言った。二人はよく口論をしたが、口論をかさねるにつれてたがいに魅かれていったのは、不思議であった。父や母は、この部落に来てから、しじゅうその部落のひとと口論して住みにくそうな顔をしていたが、少年と少女の口論は、しだいに住みよくするばかりであった。二人は、ときには基地の金網のそとの堤にねころぶことがあった。その外側には甘藷畑があった。そこで働いている百姓を指して茂雄は、沖縄の人間を将来あんなことをしなくてもいいようにしてみせる、と言った。時子は、その茂雄の夢を法螺《ほら》と思うことなく、いかすと思った。茂雄は山原《やんばる》の高校を出ると那覇に出てつとめたが、これを境に二人の交渉はそれきりになった。時子は、コザに出て来たとき、はっきりと茂雄との縁が切れて、もう逢うことはあるまいと感じたが、それから七年をへて、ポールと結婚し、スージーも生まれてから、コザの街で出会った。十字路通りの市場で買いものをしていたら、露地の奥からとび出して来た。そのときは立ち話をし、茂雄がアメリカに土地を買う斡旋業のセールスマンをするかたわら、夜間の大学に通っていることを知った。このときもいかすと感じたことに変わりはなかった。時子がアメリカ人と結婚していると聞いて、それではきみもアメリカに土地を買うといい、と言った。いまもその露地の奥でひとつ契約をしてきた、と茂雄がつけ加えたとき、急にその話を身近かなものに感じた。

半月ほどして、茂雄はいろいろ資料を携えて来た。時子には、資料を読むのは面倒なことであった。もっぱら茂雄の雄弁な説明を聞いて、納得することにした。値段は、いま住んでいるこのあたりの地価よりも安いことを、茂雄が強調すると、なるほどと思った。アメリカは物価が高いというのに、土地がそんなに安いというのは、いい商売であるかも知れない、と思った。人口の疎密については知らない。

「そんなことより……」

と茂雄は言った。「アメリカに土地を買うということそのものがすばらしいのだ。沖縄のこの小さな島で押しあいへしあいして暮らすより、はるかに結構なことではないか。きみはだいたい、アメリカ人と結婚するなどと、ロマンチックな人生観をもっているのだから、むこうに土地を買うのに、ちょうど適任なのだ」

二割ぐらいわからない言葉もあるようだが、気分的には気にいった。茂雄がかつて沖縄人の生活を改造すると言ったのは、ひょっとしたら、みんなアメリカに移住させるということではあるまいか、とさえ思いかけたが、それでは話がうますぎると思いなおし、それでは茂雄は今後どのように活躍するであろうかと、あらためて茂雄の服装など見まわした。背広の生地などそれほど立派な品とも思えないが、これからというところだろう、と納得した。適当な面積を買うには二千ドル必要だということで、問題はこれをポールに相談したものかどうか、ということであった。自分の貯金だから、使ってしまってもよいようなものだが、アメリカに土地を買うなどというのは、ちょっと大仕事のようなわくわくすることで、いちおうポールに話だけは打ち明けておくほうが無難なような気もしたのである。

時子よりも、母のほうがむしろこの話には乗り気であった。彼女は、時子が遠くアメリカに行ってしまうことを怖れたが、それにもまして籍をいれていないことに不安を感じている。それで、どうしてもアメリカに行くというなら、むこうに土地でも買っておけば、落ち着けるような感じがしたのである。不思議なもので、ポールの故郷の牧場をもった家に行って落ち着くといっても、頭の中心で納得できるものはなかった。時子が自分で別に土地を買っておくということになれば納得できるような気がした。その土地に時子の霊《マブイ》が行って落ち着くような気がした。そこへ向けてお通し拝むこともできようと思った。それはおかしな話てさ、と時子は笑った。アメリカにお通しというのは聞いたこともないし、第一、アメリカに行ったら霊《マブイ》も体質が変わってしまって、沖縄からのお通しを受けつけるかどうか、わからないのだ。彼女はやはり、アメリカに土地を買うならまったく将来の経済生活の安定のためだ、と考えている。

「アメリカの土地買ったら、牛は買われなくなるてだよ」

これも母をからかっているのではない。正直に、どちらがよいか考えているのである。

この家族のたのしみをささえているのは自分である、という誇りがあった。

「そうてなあ」

母は、またこんがらかった顔をして、扇風機を見た。扇風機は、ひたすらまわっている。

ポールがベトナムから帰って来た。

「まあ突然、ポール……」

時子は、店先で誰はばからずに鼻をつまらせて、ポールの首を抱く。感触なつかしい口づけのあと、離室の愛の巣にはいりながら、これは突然ではあるが偶然ではないのだ、と思う。

「幸福は突然やって来るのがよいのだと、トーキーは言ったろう?」

ポールは上着を脱ぐと、牛のように分厚な胸板に再びあらあらしく時子を抱いて言った。

突然やって来るのがよいどころか、いままでいつもそうであったことに自信をもっているのだ、と時子はポールの体臭のなかにおぼれながら思う。

「作戦だからいつも突然なのだ、トーキー」

そうよ、わたしも作戦なのよ。牛を買うか、土地を買うか、それから籍をいついれるか、わが家にとって、わたしにとって、大事な事を決定するのに、やはりポールに帰って来てほしかったのよ。いつ帰って来るかわからないポールだけれど、わたしが困ったときは、間もなく帰って来てくれるに決まっていたのよ。きのうまではっきりそう思っていたわけではないけれど、いまになってみると、そうに決まっていたことに間違いないのよ。……だが時子は、いそいで自分から話を切りだすことをしない。これまでにも、事はそとからやって来て、その解決もそとからやって来た。戦争のとき山のなかでタコツボにおちたあともそうだったし、山原にいられなくなってコザに出て来たあともそうだった。第一、コザに出て来なければ、ポールにめぐりあうこともなかったにちがいない。

「ポール、いつまで休暇？」

「三週間の休暇だよ、トーキー」

その三週間のうちには、なんとなく片付くにちがいないことなのだ。その間にあるいは、茂雄がまた訪ねて来るかも知れないし、難しい説明は茂雄から直接ポールに話させて決めてもらっても、よいことなのだ。

「こんどの作戦でね、トーキー。危い目にあったのだぞ……」

ポールが眼をやさしくつくりながら、自信ありげに時子の眼に語りかけると、

「オー、イエス。それでやっぱり無事だったのでしょう？」

どのように切り抜けたか、と聞くより、無事であった結末のほうが大事である。むろんそうさ、こうしてトーキーの前にいるじゃないか、ともういちどがっちり肩を抱きすくめてから、

「そのときの敵は、いままでになく、ずるくて強いやつでね、ベトコンめ！……」

このまま喋らせれば、遠いベトナムのジャングルのなかの凄惨な戦いを、眼の前にくりひろげて見せる勢いだ。時子はあわてて、

「今晩、家族みんなで、ポールの歓迎パーティーをするわ。そのとき、みんなに話してちょうだい」

「ではそうしよう。久しぶりに、みんなと一緒に夕飯をたべるのは、すてきだ。その戦闘でもね、トーキーとスージーのことを思いうかべて、勇気がでたのだ。それで戦い抜いたのだ……」

ポールは、なんとなく勇気ある戦闘の話を時子にしたがる。それは、あのはげしい戦闘を切りぬけた勇気と知恵のことか、それを切り抜けて来ていまこうして幸福な時間をもっていることの喜びか、あるいは思いだしてもぞっとする危険な瞬間の情況を再現してみせて、時子の幸福な心境にわずかの波瀾をおこしてたのしもう、ということか。時子はしかし、その疑いをもつことすら面倒で、

「ほら、ポール。ダディーとケンジが帰って来たのよ。もうパーティーに出かけなくては。はやく、シャワーを浴びて。シャワーをスージーといっしょにしてくれる？　喜ぶわよ」

夕食会に、レストランの八畳間を借りきった。和定食だが、豚汁のアシテビチがついている。これはポールの大好物だった。時子はこれをつくれるから妻にしたのだ、アハーハ

ー、と笑ったことがある。ポールの体のエネルギーは、この脂《あぶら》ぎった豚肉が好きだからだろう、と時子は考えている。あんたの大好物のアシテビチを電話で注文しておいたわ、とタクシーのなかで時子は、ポールの毛深い腕をだきこんでささやいた。

「畳の上にすわるのは久しぶりだろう、ポール」

健二が言う。アメリカ人を畳の上にすわらせたことへの遠慮はない。家族そろっての食事はいつでも畳の上で、ときまっている。

「サシミも久しぶりだ」

ポールは、多少はあぶなっかしい箸《はし》づかいで、ひとまず二切ればかり放りこむと、いきなり姿勢をひるがえして、そばにすわった時子の尻のあたりの畳表に鼻をくっつけ、嗅《か》ぐしぐさのあとで、さっと起きなおり、

「ベトナムにも敷き物はあるが、匂いが違う」

すると健二がすかさず、

「いまのは時子の尻をかいだと違うか。敷き物とは人間の敷き物か」

そこで二人でワハーハーと、無遠慮な声で笑う。これを母は単にまことに幸福な笑いとうけとる。眼にみえない彼方の海にお通し拝む思いだ。

「オトー、ビール、ドーゾ！」

ポールは、父にビールをすすめる。父はこうされるとご機嫌である。

「ありがとう。元気して、よかってあるなあ」

「ゲンキ。ポール、シナナイヨ」

それから、「オトーノウシ、ゲンキ？」

時子はひそかに、ポールが自分と牛と同じくらいの実力があることを自覚しているのかと、想像をはたらかす。

「元気よ。負けるが元気よ」

父は、そんなところから話にすべりこもうとするが、ポールの話は旋回して、

「ケンジたちのウシはどう？」

「なんのウシ？」

健二がとまどえば、

「ケンジの友達、みんな日本復帰の牛だろう。闘牛の牛とおなじだろう。ハハーハー」

「馬鹿を言え……」

健二は、わずかに癇《かん》をたて、「日本復帰と闘牛とをいっしょにするとは気にいらぬ。お前たちアメリカーにわかるものか」

「わからんな。きみの基地の兵隊に意見をきいたことがあるか。ぼくの友達にきいてみろ。沖縄人の日本復帰は夢をみているんじゃないかと、言っているぞ」

「それなら、アメリカにつけてくれるか」

「アメリカも夢だ。オキナワはオキナワだ」

「あたりまえ、オキナワはオキナワだ。そんなら、なぜオキナワのぼくらに、アメリカーのお前が物言うか」

母は時子に、ひそめた声で、喧嘩でないかとたずねる。時子がうれしげな眼くばせをそえて、

「仲好し喧嘩てさ」と言うと、母はより一層のうれしさをみせて、ポールの膳が案外おどろくべき速度でたいらげられていく光景に、衷心「いい婿てなあ」と嘆ずる。いまの彼女には、かつてアメリカーにもった怖れなど、過ぎこし海の彼方に置き去りにして来たようなものだ。

「籍いれる話は、まだてかね」

「こんごとな場所でも、そんごとな話できるてかね」

そうはこたえながらも、すくなくとも牛と土地の話はなんとか進めなければならない、と考えた。

ところが、きっかけを見つけないうちに、ベトナムの話にはいりこんでいた。なにしろポールは、その話をしないことには、帰還して平和な家に落ち着いている実感がない、という顔であった。

ぼくの分隊が、数人でジャングルのなかへはいりこんで、ベトコン・ゲリラにとりかこ

まれてね、とポールは話した。できるだけ実感を伝えるために、最大限に手足を動かし、起《た》ったり坐ったりして話を進めていく。箸づかいが下手だから、唇のまわりに醬油の色がついたままだ。ベトコン・ゲリラというやつほど、世のなかにずるい奴はいない。あれにくらべると、オキナワの民衆ほど素直なものはないな、と言うと、健二がそうだろう、デモでもおとなしすぎるのだ、と言った。時子は両親のために通訳にまわった。沖縄でむかしね、と父の健康がひきとった。薩摩が攻めて来たとき、沖縄は武器がなかったのだ。そうだってね、ナポレオンがおどろいたそうじゃないか、話に聞いたことがあるよ、とポールが言うと、いまでも同じだ、と言ったのは健二である。待ってよ、お父ゥの話はこれからだのに、と時子がひきもどしたあと、父の健康が語るには、武器がないから何で迎え撃とうかと評定したとき、ひとつの名案が出て、たくさんお粥《かゆ》を炊いておいて、薩摩の軍勢が浜からあがって来たら、上からそれを注げばみんな火傷《やけど》をするではないか、ということになったのだな。それは名案だというので、実際そのとおりにしたら、そのお粥は注がれ流れていくあいだに冷めてしまって、ちょうどうまい食べごろになってしまったから、折りしも腹のへった薩摩の兵隊どもは、それをうまいうまいと食って、よけい元気が出て攻めこんで来たそうだ。どうだおもしろいだろう、アハーハー。しかし、この話はうまく流れてうまくポールを笑わせることはできなかった。それは通訳の関係もある。「お粥」というのが、時子にも健二にも英語でどういうかわからなかった。二人で相談などしているうちに、その話のお粥みたいに冷めてしまって、パンチが利《き》かなくなった。それに、薩摩というものをポールに理解させるのが、なみ大抵のことではなかった。いまの日本のカゴシマのことで、沖縄に攻めて来たわけさ、と時子が言うと、健二が、ちょうど第二次大戦のアメリカみたいなものさ、とつけ加えた。するとポールは、ちがう、第二次大戦のときのアメリカは日本と戦ったのだ、するとカゴシマは日本全体とたたかったのか、と問いただしてきた。時子が、つまらぬ注釈をつけなければよかった、と後悔しているうちに、母がとつぜん、あんな昔にそんなたくさんのお粥をつくりきれたかね、我《わ》ったは子供の時分にはどこを見ても藷《いも》ばかりやたしが、と言った。時子は、とたんに、話をどこまで通訳してあったかわからなくなり、同時に、タコツボに落ちたときのように、どうでもいいさという気持ちになり、父と健二とがキョトンと顔みあわせているのに気づくと、闘牛の敵味方をとりちがえたことを思いだした。

「アハハハハ……」

時子は、思い切って笑った。

父も健二も、そしてポールも、つづいて大きな声で笑った。母は、すこし間をおいてから、ひそかに笑って言った。あんしても、我《わ》んの話は本当てだろう……。

「オトー、ビール、ドーゾ」

ビール壜《びん》がだいぶたまったところで、「イカガデスカ、オトーノウシ、ゲンキ？」

二度目である。酔っているのかと思ったら、そうではないらしい。父を相手に、知っている日本語で話すと、それしかなかった、というだけだ。

「元気よ。負けるが元気よ」

父は、これも同じ返事をくり返して、それから、「負けない牛、買いたいよ」

唱うようにつけ加えた。これが話のきっかけになった。時子は、寝物語りにわざわざ牛の話をもちだす必要もないと思って、ほっとした。かつて、ポールが帰ってくる前に、ポールに牛を買わせようかという話になったときは、寝物語りに、ポールの毛深い牛のような胸板に頰をうずめながら親孝行の相談をするのも、甘え話になってよいものだろうと、たのしく想像したが、いざポールが帰って来て現実になると、気持ちは変わった。ベトコン・ゲリラで苦労して、三日も食う物もなかったときに、時子とスージーのことを思いだしつつ精神力で切り抜けてきた、と言うポールに、その疲れもとれないうちから「牛を買え」とは言いにくかった。ビールをかなり空け、アシテビチも残るは骨ばかりとなってしまったが、歓迎会とはいえ、これらの代金はすべてポールの負担でしかないのだ。時子はようやく、今夜はこれからでもせめてポールのペースにしたい、と考えた。

「牛を買ったら……」

ポールは健二の腕をつかんで、声にも力をこめた。「ぼくにヤグイをやらせるか」

「いいよ。第一番目の試合のヤグイは、ポールにやらせるよ」

健二は、せきこんでこたえた。それくらい、お安いことだ。かれは父を見て、眼くばせしてうなずいた。

ところがポールは、

「よし、返事はすこし待て」

それから時子へ、「トーキー、帰ろう。帰ってねよう」

父は、うまいところではずされた思いに、起《た》ちあがったポールを見あげて動かなかった。

「大丈夫だよ、お父ゥ……」

健二が父にささやいた。「ポールの肚《はら》はもう、きまっているんだよ。婿じゃないか」

それはそうだろう、と時子は片肝《かたきも》で思った。が、あとの片肝では、ポールは体よくにげるつもりではないか、と思った。なんといっても、帰還早々の無心では胸中快くはなかろうし、とにもかくにも妻子を愛してから、ということにしかならないのではないか。酔いがさめ、妻を愛して、一夜明ければ、わかるものか。――彼女は、その考えがなんとなく状況をわが方《かた》へひきよせて考えたものにすぎないことに、気がつかなかった。

夜、数か月ぶりにポールに攻められた。ポールの筋肉も脂肪も、きびしいところもやさしいところも、からだ全体が犀利な角《つの》になって、時子のからだ中の骨と筋肉とを突きほぐした。突きほぐされて一挙に焼きほろぼされるような快感にしずみながら、時子はとぎれとぎれの英語でさけんだ。

も、無理はない。

「牛ね、牛が好きよ、……ポール……」

この瞬間、籍のことなどどうでもよい、というより、解決したような気になっていたの

翌朝、食事のとき、時子はきわめて簡単に、牛を買ってやることについて、ポールの了解を得た。それは、トーストとコーヒーのように、苦もなくポールの胸におちていった。なんだ、こんなに簡単であったか、と時子は自分であきれた。こんなに簡単であれば、牛のことより籍のことを言ったほうが得であったと、あとで反省したが、牛のことしかまず頭にうかばなかったのは、仕方のないことだった。

「ケンジの話では」

とポールは念をおした。「ぼくにヤグイをさせるということだったな」

「オフ・コース！」

時子は軽快にこたえながら、自分が籍より牛の話をえらんだことを、当然のこととして理解する。ポールが牛を好きなのは、その故郷に牧場があるせいか。少年のころからカウ・ボーイの仕事に親しんでいたせいか。牛の綱取りのことをかれは「ヤグイ」と呼ぶ。それを一度はやってみたいと、かねてから思っていたのかも知れない。あるいは、昨夜急に思いついたのか。それにしても、その執着の気持ちを、時子はなんとなく理解していた

ようだ。いまになって、そう思う。ポールを喜ばせるにはまず牛だ、と感じとったらしい。それにくらべると、籍のことなど、はるかに迫力のよわいものだ。ポールの喜びをたしかめることができれば、籍をいれるにまさることではないか。それにしても、と時子はすこし不思議に思う。ポールは昨夜なぜすぐにはＯＫせずに、あんな思わせぶりをしたのだろう。……しかし、彼女はそれ以上考えないことにした。くたびれるだけだ、と思う。

時子は、父に告げた。

「へへえ、果報しやあ」

父は礼を言って、さっそく牛を物色しに出かけた。健二が勤めから帰るのを待っていられない、という顔であった。親孝行にもなれば一石二鳥ではないか、と時子はうれしかった。

父が出かけたあと、母が裏口から離室をのぞいた。ポールがスージーと遊んでいるのを横眼で見て、

「お願《がん》にいかんね」

と時子を誘った。

「なんのお願？」

「ポールの武運長久てさ。ついでにみんなの体の頑丈あるごとてさ。ポールは、またベトナムに行くてだろう。できたら、ポールも連れてさ」

「ポールがお願に行くてかね」

しきりにポール、ポールという声が聞こえたせいか、ポールがなんだいという顔でのぞいた。時子が仕様もないと思いながらも話してみると、退屈だから行ってもいいよ、ということであった。あれにこうするんだろう、とポールは、眼の前にある他人の墓を指して、合掌のしぐさをした。他人の墓を拝むようで実感もなく、勿体ないような、わるいような気もするが、ポールが母につきあってくれるというのはうれしい。いずれ日どりをした上で、と母はひっこんだ。父にとって牛を買うことと、母にとってお願《がん》にまわることとは、この世いちばんの嬉しごとであるらしい、と時子はあらためて思った。そして、その両方をよろこんで叶えてくれるポールを、愛《いと》しいと思った。アメリカにもお願のようなことがあるかしらん、などとつまらぬことまで考えた。ないとわかっているのに想像してみたい心境だった。

健二が帰って来たのは、いつもよりすこしおそかった。それでも父はまだ帰っていなかった。健二は母から、父が牛を買いに出かけた経緯《いきさつ》を聞くと、いそいそと時子の離室の扉をたたいた。

「ポール、ありがとう」

ポールの手を大げさに握って敬意を表しておき、大きな声で、

「ぼくらの組合も闘牛の打ち合わせだった。それでおそくなった」

「闘牛？　どこの組合？」

時子が解しかねていると、

「デモさ。ストライキさ。ハハーハー」

それから、ポールにむかって、拳固《げんこ》をあげて英語で、軍の労働組合はストライキをやるぜ、と言った。ポールは、起ちあがるほどおどろいて、どなった。

「馬鹿でないか。それこそ人間の闘牛だ」

しかし、健二はそれ以上相手にならず、こそこそとひっこむようにして帰った。表情は急にしらけたものになっていた。その意味を時子は、翌朝知った。

翌朝、健二は出勤前に時子を裏からよびだした。かれらは、裏の他人の墓地をなんとなくいつのまにか、内緒話をする場所につかうようになっていた。時子は知らず知らず、そこにひき出されるとき、期待と不安をもつようになった。そして、他家のものとはいえ、墓の前で語られることには、疑いをさしはさんではいけないような観念ができてしまった。

「ポールは、アメリカに本妻がいるそうだぞ」

健二がいそいで吐きだし、時子が一瞬息をのんだ。疑ってはいけない、というようにしては、あまりに深刻な話であった。墓の前で話を聞いたのがわるかったような気にもなってきた。墓の前で聞いたから、そんな縁起のわるい話になったのだ、という気もした。不幸も突然にやって来るものであるか。それはたぶん、墓の前に住んでいるせいなのか。幸福はやはり、遠くの海にお通し拝んで望むべきものであって、すぐ眼の前に墓があって拝めるようなところでは、不幸しか望めないのか。そんな勝手な理屈さえ思いめぐらしながら、あらためて墓をにらみつけてみると、なんとなく気恥ずかしい思いが襲ってきた。他家のお先祖にまで墓のなかから見透かされているようであった。

「ぼくの職場に最近来たアメリカーで、ポールのステイツ時代からの友達だという奴がいるのだ。そいつが言った」

健二の報告はそれだけであった。かれの前でそれ以上疑ってみても仕方のないことであった。

「恩知らず!」

突如、時子は健二に浴びせた。

「は?」

健二は、口をあいて時子の顔を見た。

「なんで、それを言うね?」

「なんで、といって、ぼくもおどろいて……」

健二は、順序ただしく言って、時子の興奮をしずめようと試みたが、思いなおして、それだけで話を切り、姿を消した。

なるほど、わざわざ真実を知らせてくれた弟に恩知らずとは言いすぎであったかと、時子も多少気にならないでもなかった。しかし、どうしてもそう言っておかなければ収まりがつかないような気がしたからである。せっかく牛を買ってもらうようにしてあげたのに、そのお返しのように、取り返しのつかないことを喋ってくれるとは、このさい健二を罵るのが手っ取りばやいように思ったのだ。とはいえ、健二を罵っても事はすまない。むしろ、事はこれからはじまるのかも知れなかった。

「ね、ポール……」

寝物語りであった。「正式な結婚をはやくしたほうがいいと、マミーが言っている……」

本当の妻がステイツにいるかとは、いきなりは切りだしかねた。体をかたむけて、ポールの胸毛ゆたかな牛のような胸板をなでていると、この固い肌はやはり自分のものであって、自分より前に所有者がいると考えてはならないように思われた。

「正式な結婚……」

ポールはつぶやいた。闇のなかに、眼はつぶっているのか、見ひらいて天井へ向かっているのか、その片手が胸においた時子の手をまさぐり、もう一方の手が時子の頭をはねてすべりこんだ。

「賭けよう。こんどベトナムへ行って、無事に帰って来れたら、正式に結婚式をあげよう」

「無事にって……」

容易ならぬ言葉ではないか。「いつでも無事に帰って来ると、わたしは信じているわ。ポールは死ぬと思うの?」

「兵隊だもの。戦争だもの。死ぬか無事かは賭けだと思っている」

「わたしを愛しているの?」

「もちろん。ジャングルで思いだした話をしたろう」

「それなら、生きると信じていいはずよ」

「だから、こんども生きて還って来る。そのときはきっと結婚式をあげよう」

「きっとね……」

ポールの胸で組んだ手と手が、時子の胸に移って、はずみながら動いてゆく。時子は手でそれを追うていると、体のなかでなんとなく溢れ出るものがある。彼女は、やにわにポールにしがみついていった。ポールとの話はすんではいない。本妻がいるのかいないのか、まだよくわからない。ポールが再びベトナムへ行って帰って来るまで、というのは逃げ口上なのかも知れない。しかし、そうでないのかも知れない。ベトナムでポールが死ぬとはわたしは考えないことにしているが、ポールはやはり兵隊だからどう覚悟しているか、わたしなどにはわからないことかも知れない。自分が死んだあと時子やスージーを籍でしばって苦労させてはいけない、と考えているのか。いや、待ってよ。正式に結婚しておれば、戦死したら遺族恩給など出るはずだし、やはりむしろそのほうが、わたしやスージーへの愛になるのではないか。……時子は、ポールの表情を見ようと、眸《ひとみ》をこらして見た。闇で見えない。見えない闇をとおしてその表情をよみとろうとした。まじめで偽りのない表情であるかどうか、よみとろうとした。闇のなかで、一瞬間、ポールの表情はおそろしく遠くにあるような気がした。お母ァが海のかなたにお通し拝むようなものだった。すると、つぎの瞬間、すぐそこにはっきり見えるような気がした。どのばあいも、やさしく時子をいたわる表情に見えた。ポールの手の動きは、時子のからだではげしさをまし、時子のからだはその手を信頼してゆだね切り、闇のなかのからだが、すべてをやさしく解決してしまっていた。

茂雄がやって来た。土地の話である。

ポールは出かけていた。

「彼がいたらあんたと直接話して、わかりいいのにね」

時子は残念という顔をした。

「いやいや。いないほうがかえっていいのかも知れない」

茂雄は、妙なことを言いだした。言葉を切った拍子に、部屋を見まわして、「どうも、ここでは話しにくいな。二人きりになれるところへ行かないか」

おだやかでないことを言う、と思ったが、近所にある音楽喫茶で十分だった。

「彼を疑うような話になるかも知れないからな。彼の雰囲気のある場所では困るのだ」

茂雄はそう言って、いちはやく時子をおどろかした。

「いや、しいておどろかすわけではないが、近年アメリカでは、日本で結婚して行った日本人妻が、ぞくぞく離婚されている、という話があるのでね」

茂雄は、精力的にコーヒーの半杯ぐらいを一気に呑みほしたが、時子は、半分だけ口をつけて置いてしまったほどだ。彼女のなかで、なにものかが急速にふくらみをまし、なにものかがはげしい勢いで走りはじめた。それは、夜、ベッドの上の闇のなかで、彼女が眼にみえないポールの表情をもとめているうちに、なにかの拍子で紛失してしまったものであった。

「実際、日本人というやつはね。いや、われわれ沖縄人は、と言ったほうが正確だな……」

茂雄の口調が急に熱を帯びた。時子は、すなおにそれにひっぱられた。「沖縄人というやつは、根拠もないのに物事を信じたがる。信じることはいいことではあるがね。物事の判断と行動には、科学的に冷静でなければならない。実態をつかまねばならないのだ。それが沖縄人には弱いのだな。南方的な性格だといった人もある。ぼくの考えでは、なにかにあこがれるあまり、それに裏切られてはならないという用心がある。すると、それを目茶苦茶に信じるほかはない。ろくにくわしく調べもしないでね。他愛のないものだ。日本復帰だって同じことだ。復帰したら、なんとなくよくなるにちがいないと、なんとなく信じこむのだな……」

「それで……?」

六割ぐらいはわからない。それでも、わからない言葉だらけのなかからころがりこむものがあって、ポールがひょっとしたらベトナムで死ぬこともあるのではないか、という不安が洩れ水のように泌《し》み出てきた。

「そうだ。それでだね。こんなことをことさらに言うのは、時ちゃんにたいして酷《むご》いようだけれどもね、時ちゃんの将来にどんなことが待ちかまえているか知れない、ということを考えたことがあるかい。いま愛しあっているということで、未来まで保証されていると信じこむことは、甘いことだと思わなくてはならないのだよ。……冷静に言ってね」

ポールの本妻の顔が見えるような気がしてきた。見たこともないけれども、これまでに会ったいろいろのアメリカー女のあれこれの顔をなんとなくあわせてできた顔かたちであろう、それが見えてくるような気がした。闇のむこうか、海のむこうか、なにかしら無理にも見えなければならないような気がしてきたのだ。

愛しているならばアメリカへ行ったほうがよい。けれども、そのさきの運命を保証するために土地を買ったほうがよい。ポールの故郷から遠からず近からず、程よい地点に位置する恰好の土地を、というのが、茂雄が提案し自分が納得したことであったが、ほかに茂雄の知らないひそかな秘密として、時子自身であみだした理屈があった。たとい、本妻がいて自分がポールを離れなければならない事情になるとしても、アメリカ合衆国カリフォルニア州などに土地をもっていれば、生活安全この上もないことではないか……。

時子は、茂雄の示す契約書にサインし、手付けとして半額だけわざわざ銀行からおろしてきて渡した。半額とはいえ、これだけを貯金からおろしてしまえば、牛を買うことはできなくなるかも知れないが、このさい代えられないことだ、と思った。茂雄は、土地の譲渡証の取得をできるだけ急ぐが、その間になにか必要だったら連絡するように、と電話番号を言いおいて帰った。

半額だけ土地代を払ってしまったことで、安心してよいのかどうか、時子にはまだよくわからなかった。

「お母ァ。巫女《ユタ》は当たるがや?」

時子は、母に話をもちこんだ。母はまともに受けて、

「当たる巫女と当たらん巫女とあるごとあんな。当たる巫女は、手間が高いという話《はなし》やしが」

「手間が高いから当たるてか」

「神言《かみごと》読むのが多いても言うしが」

「そんなら、どこの巫女もみんなあんしたらよいでないてか」

「手間の関係てだろう」

なんだか理屈のめぐりがおかしい。結局は答えにならないのである。やはり、店の勘定は合っているのだろうかと、時子はここでも気になるが、そんなことを気にしてはおれない事情にあった。

急遽、お願を巫女買いに変更することにした。巫女の仕事もお願のようなものであり、大は小を兼ねるというものだ。むろん、ポールは連れていかない。三里ほどはなれた村に、名の通った巫女がいたので、それをたのんで、指定の拝所をまわった。費用は相当なものであった。タクシーに線香やお神酒《みき》や花米《ハナゴメ》や饅頭のたぐいを持ちこんで、巡拝するのだが、拝所は人里はなれた場所に多いので、借り切りにしたら、タクシー賃だけで九ドル七十セントもかかった。巫女《ユタ》手間《でま》は、普通は五十ドルだというのを、五ドルだけ余分にはずむ気になった。そこここで、時子や母に質問があった。時子のよく知らない先祖のこともあったが、母はよくこたえた。時子にポールとの夜のことまで訊問するようなこともあり、時子は腹のなかで「エッチ！」と叫びながら、答えかねていると、巫女はよしよしそれまで、という風に話をそらしていった。気にいった問答と気にいらない問答とがまざりあって、そのつど時子は、チップを十ドルにしようと思ったり五ドルにしようと思ったりしたが、最後に再び巫女の家まで寄って結論を聞いたとき、チップを五ドルはやろうか全然やるまいか、という選択にかわり、母と相談したあげく、五ドルはやることにしたのである。時子には気の毒だが、ポールには本妻がいるようだ、というのが、巫女のご託宣であった。そんな結論にたいしてはチップをやる必要はない、というのが母の意見であったが、時子はここで茂雄の教えを思いだし、それでは冷静と科学性を欠く、と考えたのである。それに――と、時子はつけ加えて考えた。その心づくしが神様に通じれば、あるいは運命がいいようにひっくり返ることもあるかも知れないではないか。

これも突然の幸運ということになるのかしら――時子は、あきれてしまった。土地を買ってしまったから、もう牛は買えない、と思いこんでいた。そのあと始末をどうつけようか、ということが、二、三日来の彼女の悩みであった。ポールは、折りからの梅雨に退屈してしまって、スージーと遊びながらも思いだしたように起ちあがっては、鼻綱とるしぐさで、「ヤーッ！」などと叫んでいる。期待しているのだ。いまさら事の経緯を話せるものではなかった。父と健二は、毎日のように牛さがしにでかけては、話しあっている。その意気ごみにむかって、真相を語れるものではない。土地買いをすこしはやまったかな、と後悔する瞬間もあった。さては、茂雄が言った「冷静さと科学性」を欠くのは、この場合のわたしではなかったのかな、と殊勝な反省もわいた。しかし、賽《さい》は投げられたということ。あのときは賭けるほかなかったのだわ。アメリカ人だって、賭けるじゃない。わたしは愛と生活に賭けたのだわ。が、それにしても……などと、小満芒種《しょうまんぼうしゅ》の雨のように思い切りのわるい気持ちをもてあましているところだったのだ。

父と健二が、堂々たる牛を買ってきた。堂々たる、といっても、時子もポールもまだ見ることはできない。委託飼育にまわしてきたのだ。話だけで想像するほかはなかった。想像はどうでもよいとして、掛けですでに買ってきてしまった、という報告が時子をおどろかした。なにしろ、競争相手がいたために、予想外に競《せ》りあがって、千八百ドルになってしまった。掛けで買わなければならない手前もあった。すこし値をはずんだことと、アメリカーがバックにいるということで、掛けが認められたのは、めでたいことといわなければならない。――父と健二と、そしてポールの喜びようを見ては、時子だって喜んでみせないわけにいかなかった。よかったねえ、と仕方なしに水を向けると、時子、ありがとう、と父と健二の両方から、熱っぽい感謝の言葉がとんできた。とたんに時子はおどろいた。むしろ慄然《りつぜん》とした。いつのまにか、一家の運命の中心にすえられてしまっていたのだ。――予算はなくても牛は買えるのだ、ということがわかった。これはまさしく予期しない幸運というものであろう。こうした幸運にめぐりあえば、いつもなら救われた思いでほっとしてしまうところである。だが、こんどの時子はすこしちがう。その幸運を幸運のままに維持する責任をもたされてしまっていることに、いまさらびっくりしてしまった。

「こんどの日曜日にでも雨があがれば、健康号の初舞台てさ」

買う前の名前をすてて、健康号と名前もあらためた。親父の健康は痩せっぽだが、牛の健康号はどんな豪傑やらと、時子はつきあって想像した。

「ゆかり号も負かすか知らんな」

沖縄一の選手権をもっているゆかり号に挑戦するつもりもあるらしい。海のむこうの神様に助けてもらうつもりでもあるのか知らん、と時子は気をまわす。

「厄介なっているな……」

健二が、ふとわずかに眉《まゆ》をくもらせた。「やがて、軍の組合の抗議運動の大きくひろげらるるてさ。日曜日にでも鉢合うなら、こんどはデモをさぼるわけにいかんてしなあ」

こんなことを言ったから、早速ポールから冷やかしの一発がおくられて、ひとしきり健二とポールとのあいだに、例の実のならない口喧嘩が散らかされたわけだが、時子はもう馴れっこになっている。復帰運動とか、軍の組合とか、アメリカとのいざこざなど、彼女にとって、はるかむこうの海のかなたとつきあっている気持ちだ。こんなことをやっていれば、いつか突然、復帰も基地撤去も、なにもかもできあがってしまうということになるのであろうか、と思う。ちょうど、戦争に負けて突然キャンプに入れられて、なんとなくアメリカーと友達にならされてしまったように。健二たちの運動なんかも、それぐらいのことだろう。そんなら、あんなにやりたい闘牛なら、やってしまえばいいのにさ。一所懸命、闘牛に念をいれていれば、そのうちに闘牛も勝ち、組合も勝っているかも知れないのに。そうすれば、組合をさぼっても勘弁してもらえるかも知れないのに。それに、うまくいけば——牛が勝った賞金やら何やらで、わたしの牛代金の問題も片付くか知れないのに。だが、これは取り越し苦労だった。彼女の思惑どおりにもならなかったし、それを裏切られたともいえないことになったのは、彼女にとって幸運であったか、不運であったか。

梅雨をついて、軍の組合はストライキとデモを敢行し、軍の武装兵が出動したり、機動隊とデモ隊とが衝突したりして、組合に十人そこらの怪我人が出た。その負傷者のなかに健二がはいってしまったのである。闘牛どころか、外科病院の病室で仔牛のような声で呻《しん》吟《ぎん》する健二になってしまった。

牛を買って最初の闘牛日は、完全に挫折であった。父も母も時子もポールも、スージーさえも打ちそろって、病室に健二をかこんでたむろする時間があった。

健二の頭に巻いた白い繃帯を見て、父は健康号が勝って角《つの》に晒布《さらし》を巻いた英姿を想像した。なんという違いであろうか。やはり、アメリカーは敬して遠ざけるに限るのだ。

「お前が治るまで、健康号は出さんからな」

父の慰めかたは、それしかなかった。

母は、健二とポールを見くらべながら、言った。

「アメリカーも牛のようなものてだが、これは名誉の負傷になるてかね」

世間にならって言えば、あれだけの米軍権力とたたかって負傷したのだから名誉の負傷になるだろうが、健二の本領は母から見ればむしろ牛の綱取りなのだろうし、しかもアメリカ兵が牛なみに見えるとすれば、このさい母がこんがらかるのも無理はない。時子は、母をわずかに哀れに思いながらも、やはりおかしかった。

「ポールは、いつまたベトナムへ行くか」

健二が、しずかに口をきいた。

「来週だ」

ポールがめずらしく神妙な顔でこたえた。

「それでは……」

健二は、父のほうへ向いた。「ポールにヤグイさせんといかんでないか。こんどの日曜日」

「サンキュー、ケンジ」

ポールは通訳をまたずに、健二の手をにぎった。

病室の扉があいて、夕刊がはいった。近くにいた母が受けとって、時子にわたした。実は奥のベッドにいる人のとっているものだが、母はあまり頓着しなかった。時子もなんとなく受けとって、なんとなく開いてみた。そのトップ記事の見出しに、時子ははっと息をつめ、眼をまるくしたのだ。

「太平洋をこえた夢、土地代食った男ども、契約者たち政府へ泣きつく」

時子は、家族に気取られぬように、息を細くして、いそいで記事を読んだ。やはり、茂雄たちの仕事のことであった。手っ取りばやくいえば、時子は茂雄から土地代を詐取されたことになるのだった。首魁《しゅかい》は本土へ高飛びし、相棒数人のうちの第一人者とみなされる茂雄が逮捕された、という内容で、その談話が出ていた。

「……沖縄の人間て、だましやすいですね。第一、本土とかアメリカとかに異常なあこがれをもってますからね。それをネタにつかえば、とたんに冷静な判断を欠いて……」

時子は、最後まで読めなかった。この台詞は、ほとんどそのまま、茂雄から聞かされた言葉なのだ。あのときはしかし、それはほかの沖縄人一般のことであって、自分はそれを克服するのだ、茂雄の協力でそれを克服するのだ、と思っていた。ところがどうだ、まるで逆じゃないか。茂雄は、あのときわたしを欺しながら、お前はいまおれに欺されているんだぞ、馬鹿、と笑っていたんじゃないか。それにまた、ごていねいにも、わたしはあとで、その言葉を思いだして、牛代を確保しなかったことの軽率さを、「冷静でなく科学的でなかった」と反省したように思う。すると私はここで――彼女は、またこんがらかってきた。

新聞をひきちぎり声をあげて泣きたいくらいの衝動をこらえて、冷静に、冷静に、と自分に言いきかせながら、新聞をゆっくりたたんで隣のベッドにとどけ、そっと脱けだして洗面所に行った。そこで音たかく水をだしっ放しにし、両手で汲んで口にふくんだ、含嗽《うがい》をし、ついで唇をごしごし手で洗った。十年あまりも前に山原《やんばる》の基地の金網の前で茂雄とかわした接吻のあとをおとしたつもりであった。口紅が見苦しく溶けて流れるさまを、鏡のなかに、むしろ爽快な気持ちでながめながら、つぶやいた。「なんね。自分もひとを欺したあと、すぐ捕まっているんでないね……」

時子は、すんでのことにまた牛を間違えるところだった。

いよいよ、うちの牛の番だぞ、と父がわざわざ告げたとき、言わなくてもわかっている、と思った。プログラムに印刷されているのだ。しかし、口には出さずに緊張して待った。時子が反応しないので、父はだまってしまった。ポールは、スタンドの下に、ほかの大勢の綱取りたちにまじってひかえている。彼が「ヤグイ」と間違えて称する綱取りの技術だけしか知らないから、最初の土俵入りの付き添いには向かない。あとで交替することになるらしい。知らない顔の綱取りが、牛をひいてきた。なるほど堂々たる牛だ。千八百ドルという金額を、時子は思いだした。これくらい常々たる体格の牛を見ると、その代金の始末などという心配も消しとんでいい、と思えるくらいだった。雨あがりの土俵の湿った砂地を、一歩一歩ふみしめて歩く牛の姿に時子は惚れた。

「強そうね」

時子は、父に言った。

「うちのがもっと強いてさ」

父は、時子をかえり見もせずに言った。

「へ？」

時子が、すこしく心をみだしたときに、もうひとつの牛がはいって来た。

「ポール、気張れよ！」

父は、下にいるポールによびかけた。ポールがふりむくと、父はいま来た牛を指して欣《きん》然《ぜん》と笑った。ポールも笑った。

時子は、あらためて、いま来た牛を見直さなければならなかった。これが健康号なのか。相手の牛より、はるかに小さいではないか。これが千八百ドルもするのか。時子は、ついさきほど間違えた牛を基準にして、値ぶみをする気になった。

「小さいがな、強いてど。掛け技《わざ》の専門てさ」

父は、わざわざ時子に言った。そして、いそいで、コーラを買いに起った。

体格が小さい、と見た第一印象を拭い去るのが、時子にとってはなかなか困難なことであった。なるほど、小さいながらも筋肉の張りはしっかりしているようでもあった。毛なみの色艶もよく、角《つの》のかたちも、ととのっていた。仕切ったあと、小刻みに動く四肢は、まことに敏捷であった。しかし、相手の牛にくらべてこれが強いのだとは、どうしても時子には想像ができなかった。たとえば、四肢が敏捷にうごけば、相手のおっとりした動きのほうがむしろ貫禄があるような気がした。掛け技といったって、相手の腹はあんなにたくましく大きいのに、この小さな角で打撃することができるかどうか、きわめて怪しいものに思われた。

父がコーラを二本買ってきて、一本を時子の前においたのも、案外ほんとは自信がないから、時子に精神的に応援させるために、機嫌をとっているのではあるまいか、などと考えた。

ポールがとびだしたとき、いよいよ落ち着かなくなった。ポールは、はねあがるようにして起ち、何の疑いもなく、闘いのまっただなかに進んで行った。このとき時子は、まったく不意に、ポールがベトナムの戦場でゲリラのまっただなかに突進していく姿を思い浮かべた。このまま行っては負ける、殺される、という妄想さえ浮かんだのである。ポールは、やはり小さなほうの牛——間違いなく健康号の鼻綱をうけとった。これでは負けるかも知れないではないか、という不安が、まだ時子の心臓を浮かせていた。

「気張れよ、アメリカー！」

堤の観衆から声がとんだ。ポールが綱をもちなおした瞬間のことだ。ポールは、その声にこたえようとして、破顔一笑、空いている手を高くあげたが、つぎの瞬間いそいで牛に注意をもどさなければならなかった。顔の表情も手の動きも中途半端にバランスを崩したが、それを一気にまとめるかたちで、

「ヤーッ！」

と一声、みごとな矢声《やぐい》であった。ポールは、ひとなみに沖縄の地球をたたいた。観衆がどっと笑った。思いがけない西部劇だ。この瞬間、時子にぽっと安心の影がさした。

ランニング・シャツと半ズボンに包まれた裸体が、真昼の太陽の光に刺されて、いちどきに汗をふきだす姿を、時子は美しいと思った。ポールがしっかり握った鼻綱を下に向けて突っ張ると、健康号は四肢を張ったまま、すなおに頭をすこしずつ落として行った。落としてピタリととまったところで、ポールはまた矢声《やぐい》をあげて、地球をたたき、たたいた上で、パッと斜にかまえる姿勢をとった。時子は、この姿勢を見たことがあった。西部開拓をしたポールの祖先の武勇伝の一節であったと思うが、猛獣を仕止めた話だ。ポールがその話を、家に代々伝わってきた話だといって聞かせてくれたとき、あの姿勢をとって見せた。アメリカ西部に猛獣がいるかどうか。あるいはアフリカ探険の話であったか。うろ覚えの話だが、あの姿勢だけ、よく記憶にのこっている。その祖先の強さの再現というので、印象にのこっている。ポールがいま、それをまた再現している。必要なとき、幾度でもあの姿勢がとびだすらしい。

「ポール、ゴー、ヘイ！」

時子の喉から、はじめて声援がとんだ。ポールにそれが聞こえたかどうか。

「両雄、見合っております。ただいま二十一分を経過いたしました……」

スピーカーがどなった。堤の下から、一人の綱取りが小走りに出ていって、ポールの綱をひきうけようとした。ポールはそれを断わって、いやいやをした。こういう綱取りもめずらしい。観衆が大笑いした。しかし、ポールは動じなかった。額から出る汗が眼にはいらないか、時子は心配した。

「ポール、ヤグイ！」

父が叫んだ。

「ポール、ヤグイ！」

「ヤーッ！」

時子とポールの声が、同時に空中にとびあがって、ぶつかった。時子のなかで、すでに健康号への不安は消えていた。あるものは、健康号とポールとが力をないあわせた闘いの姿だけであった。時子は、ポールがベトナムから帰って来て、急にヤグイをやると言いだした意味を、このとき本当にわかった気がした。いま、いまの闘いに賭けているポールを、時子は固唾《かたず》をのんで見守る。土地の夢もなにか。千八百ドルもなにか。——彼女のなかに、はげしい欲望がおこって来て、それをおさえようとすると、涙が出てきた。

（本妻もいるものか……）

一瞬湧いた思いに、自分でおどろき、ポールに向けて、間違いないねと視線で念をおしたときだった。野の彼方から、旋風《つむじかぜ》がよせてきた。旋風は、人々がおどろく隙もあたえず土俵にふみこみ、人々の傘や帽子を巻きあげ、砂を巻きあげ、牛たちをわずかに当惑させた。旋風のなかで視界がうすぐらくなる。健康号はしかし、ごくかすかにとまどっただけで、旋風と相手の牛とをひとつの敵とみなすように、いきなり四肢を躍らせて体をひねった。全身の毛から光を発したかとおもった刹那、犀利な角が相手の脇腹にまわった。

「でかした、腹掛け！」

父の叫びが、時子の耳にはよくはいっていない。大勢の観衆にさきがけて、彼女は起ちあがった。

「ヤーッ！」

ポールが、最大級の矢声《やぐい》をあげて、旋風のなかを、健康号とともに突きまくっていくのを、彼女は棒立ちになって見守った。

カクテル・パーティー

前章

守衛《ガード》にミスター・ミラーの名とハウス・ナンバーをいうと、いちおう電話でたしかめた上で、ゲートからの道筋を教えてくれた。「そのまま行って、何ともありませんか」と私はやはりたずねた。「何ともありません」と守衛《ガード》は無表情でこたえた。「どうしてそんなことを訊《き》くのですか」と訊きかえすこともしなかった。退屈になれたような表情であった。

ゲートをはいると、きれいに舗装された道が二手にわかれて、ハウスの立ちならんだ奥へ流れていた。奥のほうで、また幾手かに岐れて、基地住宅《ベースハウジング》、あるいは沖縄の住民のよびかたによれば「家族部隊」とよばれるハウスたちをつないでいる。この道路設計がくせもので、直線でなく曲りくねっているものだから、十年前にひどいめにあったことがある。やはり今日のように蒸し暑い午後だった。いまのように、このなかに知り合いがいるわけではなかったが、この近所まで所用できた私は、帰りにこのゲートの前まできて、出来心をおこした。ボックスに守衛の姿がみえなかったのが、幸か不幸か。この家族部隊のなかを突っ切って東のほうへ抜けてみようと、そのとき私は考えた。このヤードの東端はR銀行S町支店に接しているはずだ。……私は少年の頃から、知らない道の方角だけ見定めて歩きまわるという、妙な趣味をもっていた。いわば、ささやかな探険趣味である。私は、ゲートをすべりこんで歩きだした。ところが誤算に気づいたのは、およそ二十分ほど歩いたころか。私の計算では、ほぼ直線に突っきれば十五分、ぶらぶら見物しながら行っても二十分、というつもりだったのに、三十分ほど歩いても東端の金網らしいものは見えないのだ。私は、おなじ道をぐるぐるまわっていた。ハウスはどれもおなじ形をしていて、たまに植えこみの形がちがっていたりするだけだ。洗濯物の色やかたちで、おなじところへ舞いもどっていることに気がついた。外人やメイドたちは、私をみてもなんの表情もみせなかったが、道をみうしなったとき、ふと恐怖がきた。ここもやはり自分の住んでいる市のなかだという意識をにぎりしめようとするが、なんとも無理だった。あるメイドをつかまえて道をきいた。メイドは、無表情でおしえてくれた。その落ちつきかたは、彼女が私からずいぶんはなれた向こうの人だという感じを、私にいだかせた。結局どうにか東端の裏口にたどりついて抜けでたけれども、家にかえって妻にそのことを告げると、軍相手のある洗濯会社で働いたことのある彼女はおどろいて言った。「うちの会社のひとが御用聞きにいって、泥棒とまちがえられて、憲兵にひきわたされたことがあるのよ。パスをもっていてもそういうことがあるんだから」

もう十年になる。あれ以来、私のひとり歩きの楽しみも、いくらかセーブされた。とくに基地周辺では用心せざるをえなくなった。独身ならまだしも気楽なものだが、「子どもには責任をもってよ」と妻はいうのだ。用心するにこしたことはない。戦前なら、沖縄の島のなかで、どこの辺地へ行こうと安穏なものだったが、もうそういう世間ではなくなったのだから。ハウスで働いているメイドたちはどうなのだろう。ガードなどはライフルをもっているから怖くないだろうか。外人の子どもがバスの窓に石を投げたとか、空気銃をうちこんだとか、たまに新聞にでる。ああいう子供たちは、街なかで素手で沖縄人たちのあいだを歩きまわるとき恐怖を感じることはないのだろうか。あるのだろうか。たとえばまた、私の家の裏座敷を借りて愛人を住まわせているロバート・ハリスという兵隊は、週に二日ほど泊っていくが、沖縄人ばかりの町内で、恐怖を感じた経験が一瞬間ぐらいはあるのだろうか。

でも、きょうはいい気もちだ。ミスター・ミラーのパーティーに招待されたのだ。たとえば誰かにつかまったとすれば、ミスター・ミラーの名と電話番号とハウス番号とを告げればよいのだ。ミスター・ミラーは愛嬌のある奴だ。私の役所へぶらりとやってきて、チー・ウエイ・チュー・ホエに招待したいといった。酒会《チューホエ》はわかるが鶏尾《チーウエイ》がわからなかった。だされた招待状に鶏の絵があってCock Tailとしてあるから分ったのだ。まあ直訳だろうが、私がアメリカ人のミスター・ミラーから中国語を教わったというめぐりあわせが、おもしろかった。「孫先生と小川さんをよんである。それに私の他の友人たちと十四、五人になる」とミスター・ミラーはいった。孫氏は中国人、小川氏はN県の者だが、四人で中国語研究のグループをつくっている。研究といっても、中国語をしゃべりあうだけの集まりである。英語ではあまり話さないことにしている。英語を話しても私や小川氏や孫氏には勉強になるわけだが、なぜ中国語だけをしゃべるのか。ミスター・ミラーから誘いをかけた集まりだからであろうか。だが、それはどうでもよい。この、日本人とアメリカ人ばかりの土地で中国語を話すグループというのが、われわれに特別の親しみをいだかせていることは事実だった。われわれは、月に一度、軍のクラブの席をミスター・ミラーの名義でリザーブした。

今晩のパーティーにあつまる客が、みんな中国語に関係があるかどうかは、聞きもらした。しかし、それもどうでもよい。まず、ミセス・ミラーの愛嬌ある美貌と豊麗な体格にお目にかかれる(彼女に私たちは、クラブで一度紹介された)。それからうまい酒がのめる(私などの現地人サラリーではどうにもならない)。いつのまにか、中国語づきあい以外の楽しみを、私はいだくようになっていた。それは、月々に集まる軍のクラブでもそうだ。そのクラブの食事には税金がかからないから、とびきり安い。現地の人間が誰でもはいれるというものではないのだ。そういう選ばれた楽しみを、私は感じるようになっていた。

――ハウスのあいだを抜けながら、蒸し暑さを忘れて、私はたのしんだ。

「駈けつけ三杯！」小川氏が私を迎えるといった。私がついたとき、客はだいたいそろっていた。

「駈けつけ三杯を、中国語ではどういうのですか」この一流新聞の若い特派員はいった。

「後来居上《ホウライツオシャン》」私は、グラスをささげていった。

「それはちがいます。それは、〝あとの鳥が先〟だ」

「それもちがうさ」私は逆襲に出た。「後来居上を、日本ではふつうそう訳しているけど、私はちがうと思いますよ。後来居上はやっぱり〝駈けつけ三杯〟のほうが近い」

「怎麼《ゾンマ》了《ラ》？」孫氏がにこやかにグラスを向けた。グラスには、婦人向きのスロー・ジンが、紅く透明にたゆたい、あまり減っていない。この頭のきれる弁護士は、中国人にしては酒があまりいけない。

「後来居上を、英語にすると？」孫氏は日本語ができないから、彼にはそういうほかはない。

「英語？」孫氏は、ひろい額の下に、うすい眉をピクリと動かして、あたりを見廻した。

「西洋には、こうなると上席というものがないのでね」

ユーモアでそういったのか。知らないのをごまかしたのか。とにかく、これを潮に、私たちは笑った。

「愉快な話ですか」私とおなじくらいの背丈の外人が寄ってきた。コールマン髭がよく

似合う。と、そのわきへミスター・ミラーが、すうとやってきて、

「こちら、ミスター・モーガン。陸軍営繕部の技師ですぐ東隣りの家に住んでいます」

英語で言った。

「中国語でいわないのか」ミスター・モーガンがくすぐると、長身のミスター・ミラーは、コールマン髭をのぞきこむように小腰をかがめて、「紹介に陰謀がこめられていないことを証明するためにね」

「お会いできて幸せです。お話はかねてミスター・ミラーから」

ミスター・モーガンは、グラスをささげた。私のグラスとかちあったとき、ホステスのミセス・ミラーが、料理をはこんできて、

「七面鳥《ターキー》はいかが？」

黒いワンピースの大きな襟ぐりから、白い胸がひろく浮きあがっているのが、まぶしかった。が、いそがしく料理をひろっていると、

「あなたがたが沖縄で中国語をしゃべりあうグループを作っているということは、たしかにリアリティーがあります」

コールマン髭が、気取った言いかたをした。いよいよ来たなと、私は思った。沖縄は明治以前は中国の属領だった、という考えかたが、多くの日本人やアメリカ人にどれほど支配的であることか。――私がターキーを頰ばっているあいだに、ミスター・モーガンは小

川氏をつかまえて切りこんでいた。

「あなたは日本の新聞人《プレス・マン》だ。沖縄が日本に帰属するということについて、その必然性があると考えますか」

「必然性はどうか分りませんが、必要性はあると判断しますね」

プレス・マン小川氏は馴れたように動じなかった。

「なぜ？」

「いま行なわれているような占領体制を自然なものだと考えないからです」

「それは分る」コールマン髭はうなずいて、「それならば独立ということも考えられるわけだ」

「十九世紀の話をよみましたな。ある本には沖縄は十九世紀まで独立国だったと書いてある」

新聞人《プレス・マン》は笑って、「ちょっと失礼」それからスタンドへ酒をつぎたしに行った。

「たしかに十九世紀のものをよんだ」コールマン髭は、私と孫氏を等分にみて、新聞人《プレス・マン》を待たずに、「しかし、二十世紀にもその理論はありうるという証明をえた。あなたがたは、ジョージ・H・カー博士の『琉球の歴史』という本をお読みになったかな」

なかなかおしゃべりだ、と私は考えた。島津氏が十七世紀に琉球を侵略していらい、どんなに琉球を搾取したか、明治になってからも、日本の官僚政府はいかに沖縄県にたいして差別的な待遇をしたか、ということを、カーの本から現地のアメリカ人たちは学び、広報の機関をもつものは幾度か書いてきた。

「あの本は……」私は言いさして、よどんだ。あの本は、アメリカの政策のためにしようと書かれた本か――とは、さすがに口にだしかねた。「あの本は……きわめて多くのアメリカ人の沖縄観を育てています」

「そう。その沖縄観がまちがっているといわれるのかね」

そばで小川氏が、おかわりの酒をのみながら、私をみて、にやにやした。

「私のひとつの経験をお話ししましょう」私は搦《から》め手にまわった。「終戦直後、私は上海郊外で軍需品搾取の通訳をしていた。日本軍の嘱託としてです。相手の中国人の将校たちはきわめてやさしく、私的な交際もなごやかだった。そのころ、かれらの一人が私にきいたのです。きみは琉球人ならわれわれと同じじゃないか。なぜ日本軍の通訳などしているのだ……」

コールマン髭が、どういう意味かしらないが大きくうなずき、ミスター・ミラーが微笑とともに孫氏をかえりみた。孫氏は、あるかなきかというほどの微笑で、私をみつめていた。

「私はこたえた。そう、あなたがたの論理をもってすればそういう疑問がおこる。中国では琉球がむかしから中国の領土だったということになっているからね。しかし、私たちは琉球がもともと日本の領土だというふうに教育された。しょせん人間の観念は教育された通りのものだからね。どれが真理であるかは神だけが知っている……」

「ずるい、ずるい」ミスター・モーガンが大口をあけて笑い、「だがまあ、いいか。それが琉球人の歴史から得た、生きる知恵というやつか」

こんどは私が笑った。笑ったあとで、すぐ眼を皿におとして、ハムと野菜サラダとゆで卵を、たてつづけに口にほうりこんだ。これ以上ミスター・モーガンとおなじ話題をつづけるのが面倒になったのだ。

コールマン髭が満足そうにグラスの酒をゆすりながら去ると、ミスター・ミラーが、「子供たちは元気かね」中国語で、話題をやわらかいほうへ転じようという気配があった。

「子供は娘が一人だけです」

と私がこたえると、また笑いがでた。

高校生の娘は英語が好きで、夜間の英会話塾にも通っているが、そこの講師の一人にミセス・ミラーがいる。そのことも、私たちの間を近づけていた。

「そうだ、そうだった。しかし少ない」ミスター・ミラーがまじめな顔をつくった。「絶望だね。私は三人。もっと生んでもよいと思っている」

「そのこと、奥さんにたしかめてもよいですか」

「どうぞ。彼女は英語クラスの生徒たちの家族をしらべて、自分がやっと平均に達している、どうしても平均をオーバーしたい、といっている」

「アメリカではどう評価されるのですか」

「やはり、子供の多いのは幸福そうにみえるじゃないの」

「それは幸福そうです。しかし、やはりそれはうまく育てあげたときのことであって」

「いや。沖縄の人は、すぐ生活の困難ということを口にするがね」ミスター・ミラーは、それから視線を小川氏へ転じた。

「年よりを生活苦のために山へ捨てるという習慣は、あなたの故郷のことではないかね」

「オバステヤマ伝説のことでしょう。とりたてて私の県ということはないと思うが、だいたい日本全国にはああいうことは一般的におこなわれたと思う」きわめてあいまいなごまかしかたをして、「沖縄にもあったのではないですかな」

「聞きませんな。いわゆる間引きということはあったようだ。生まれ育つべき子の可能性を残酷な手段で断ってしまう……」

「それをさせたのは、たしか、蔡温《さいおん》という政治家でしたっけ。十八世紀の」小川氏は学をひれきしたが、「物の本をよむと、むかしの政治家はたしかに人口問題で苦労したようですな。しかし考えようによっては苦労したとはいえないかもしれない。残酷な手段がゆるされるというのは、問題の解決に苦労しなくてもよいということだ」

私は、小川氏の話がすれすれのところまで来ているのを感じた。人口問題は二十世紀もなお大きな人類の課題であったはずだ。論をなす者のなかには、戦争を人口削減の手段として讃える者がいるほどだ。世界人類の人口を一瞬にして激減させてしまう核爆弾のイメージが私のなかにひろがった。あるいは小川氏のなかにもそれがないとはいえまい。かれは一流紙の新聞人《プレス・マン》だ。ミスター・ミラーのなかにもそれがあるかどうか。しかし、そこまでたしかめることをさけて私は、孫氏に問うた。

「中国にもそのようなことがありましたか」

「さあ、私は歴史や伝説のことはよく分らないのです。ただ、これだけは言えるように思います。中国のように三千年も苦労してきた国になると、たいていの経験はみな積んできているのではないか、ということです」

ひろい額、その下にある度のつよい眼鏡、この奥にある眼はほそくやさしく私をみたが、私は彼が中共の支配する大陸から香港へ亡命した人々の一人だということを思いだした。彼はいつか私にその話をしてくれた。三人いた子の二人までが中共の兵隊に殺されるのを目撃しながら逃げてきたが、妻とのこる一人の子を大陸にのこしたままで、いまだに音信不通だという話を、彼はしてくれた。私は、上海に住んでいたという彼の生活について問いただそうとしたが、彼は生活についてあまり多く語らなかった。その沈黙のなかに、私はやはり彼の苦労を感じとらないではいられなかった。

「郭沫若《クオモールオ》の『波』という小説のなかに、中日戦争のさなかに敵の——つまり日本の飛行機の爆音をきいた母親が、泣きわめくわが子の首を扼殺《やくさつ》するところがありますね」

新聞人《プレス・マン》が言った。孫氏が無表情でゆっくりうなずいた。そうですね、そうですかとも、どちらとも受けとれ、あるいはなにかに堪えて仕方なしに調子をあわせている様子とも受けとれた。「沖縄にもありましたよ」私は小川氏にむかった。「沖縄戦では、そういう事例はざらにあったということを、私はきいています。しかも……」私は、またよどんだ。ときには日本兵がやったのだ、といおうとしたのだ。が、「ま、よしましょう。酒をのみながら、どうも戦争の話は」

ほんとうは戦争の話ではなく、その奥にもうひとつの核があるのだ、と思いながら、このさいそこを避けて通りたい気もちがあった。

「ところで……」ミスター・ミラーであった。「いまあなたがいわれたクオモールオという作家は、台湾？　それとも香港にいるの？」

「いえ」小川氏はこともなげに、「北京。しかも枢要な地位に。ね」と孫氏をかえりみた。

孫氏は苦笑のような微笑をもらして、まあね、というような顔をした。

「北京？」ミスター・ミラーが苦笑しようとする表情をひっこめて酒をのんだ。

「ミスター・ミラー。郭沫若《クオモールオ》の名前ぐらいは、心得ておいたほうがいいですよ」小川氏は、そろそろ酔いがまわったという口調であった。「なるほど、あなたがたアメリカ人としては中共の作家というと、あたまから裏切り者のように考える。はては人類の敵……いや、失礼。とはいわないまでも、はじめから敬遠する。その精神がアメリカを不幸にする」

ミスター・ミラーがどう応じるか、私はいくらかひやひやした。むきにならないまでも、何とか無理したユーモアでこたえるだろうと思った。が、ミスター・ミラーは相かわらずにこにこしていた。

「沖縄には」孫氏が私に向けて問うた。「固有の文学というのがあるのですか」

「固有の、という意味は？　内容的に？　形式的に？」

「さあね。そう反問されると、かえってこちらが分らなくなる」孫氏が久しぶりに破顔した。

「つまり、日本文学一般が持ってないようなものであればいいでしょう」

「さて」私は真剣に困った顔をした。「沖縄の言葉は、もともと日本語そのものなのです……さきほど話した〝人間の観念の源泉は教育だ〟という意見は伏せておいて聞いてくださいよ（私は、できるだけ楽しく話すようにつとめた）。沖縄では十三世紀以来文学作品があったということになっている。今日でも作られつつあります。しかし、それが本来日本語を以て作られているものであれば、固有の、日本にないものということは……」

「あるじゃないですか」小川氏が切りこんできた。「おもろ、組踊り。立派にあるじゃないの」

「いや。あれはぼくは、そうは考えないのだな」

「どうして。もともと日本語だという理由でですか。無理しなさんなよ。文化というものを、そう窮屈に考えることはないと思うな。それは沖縄人が日本民族の一部だということは認めますよ。孫先生の中国人としての主観にかかわらず、私の主観はそうです。しかし、われわれ外部の者に直観的に『独特だ！』と思わせるような自分自身の生活文化、芸術文化の存在は認めてよいのではないかな」

「その独特が曲者なのだよ。……よくはいえないけれども、たとえば、ローカル・カラーという。日本の一地方の文化ということで、なぜいけないのだ。なぜ、本土と別ものでなければいけないのだ」

「ちょっと待ってくださいよ。その本土という言葉、それは沖縄人が作った言葉だな。すくなくとも沖縄のひとたちは、本土というばあい、日本を二大別して、その一方に自分をおく。自分で自分を特殊視している証拠です。それが独特の文化を否定するのはおかしい」

「ちょっと待ってくれ。いつのまにか二人だけ日本語でしゃべっている。孫先生が退屈そうだよ」

「日本語になっちまったのは、あなたのほうがさきですよ」

孫氏が感じとって、愉快そうに笑った。私たちも大いに笑った。ミセス・ミラーが皿をもって廻ってきた。

「マダム。ね、あなたはどう思います？　沖縄独特の文化について」小川氏が、さっそくつかまえた。

「おお。ワンダフル。ワンダフル」ミセス・ミラーは即答した。「紅型《びんがた》、壺屋、舞踊、三味線、みんなワンダフル」

「日本文化とひとつのものだと思いますか。別のものだと思いますか」

「基本的にはおなじでしょう。しかし個性がある。……いや、ちがうかな。基本的には独自のもので、かなり日本に近い」

「どっちなんです？」

「わからない」

肉づきのよい肩をすくめると、また大笑いだ。

「わたしはホステス。料理をもって廻らなくちゃ」

豊麗な肉体が笑いながら去ると、小川氏が、

「そうだ。思いだしたことがある。何年か前にここへ来た作家のI氏が、琉球料理を御馳走になりながら、つぶやいたものです。さびしそうな色調ですねと。ぼくは、つくづく不思議に思うんですがね。紅型や漆器などのあれだけ華麗な色を創った沖縄で料理だけが

あのように貧しげな風情をもっているとは」

「それはやはり、貧しさの象徴ではないかね」ミスター・ミラーであった。「私は琉球料理についていては多くを知らないが、一、二度たべた経験からすると、中国料理にちかいのではないか」

「するとやはり」小川氏が割りこんだ。「中国文化型を主張なさるわけ？」

「急ぎなさんな」ミスター・ミラーは話しながら笑い声をたてた。「要するに貧しいということだ。中国料理も、ね、孫先生、中国の民族が貧しさとたたかう過程から発明されたのでしょう」

「私たちは、そう教えられたことがあります」孫氏が慎重な口調でこたえた。「三千年の飢餓と戦乱の歴史があれだけの充実した料理を創造したというのです。つまりどのような食糧難にあっても、自然のあらゆる物を用いて食うに耐えるものを料理する技術というわけ」

「なにが幸いするか分らないものだな」小川氏は大げさに感にたえたような顔をしてから、私にいきなり、「沖縄もこのさい何かを創造しようと思えばできますね」

「こんどは日本復帰尚早論かい？」

「冗談いいなさんな。早合点するんじゃない。復帰の見込みがたたないからといって、早のみこみであきらめるな、ということです」

「なにを創造するの」

「精神的な栄養。いかなる困難な時代にもめげない――」

私はふと、この小川氏がいわゆる部落の出身ではないかと疑った。こうもさばさばとストイシズムをロマンチシズムに切り換える感覚というものは、沖縄人のインテリのものなのだろうと考えていたが、おそらく本土《ヤマト》では、いわゆる部落民なるものにそれがあるのではないかと、かつて考えたことがあるからだ。そういえば、中国民族だって同様なものがあるのではないか、と私は思いついた。そこで孫氏へ、

「中国人はずいぶん語学に堪能ですね」

「そうですか」

「いや。そうまともに応じられると困るんですが」私は、いくぶんはにかみの笑いをまじえて、

「じつはぼく、上海の学院に留学していたころ、上海の庶民がいかにも日本語に巧みなことに感心したのです」

「占領下の民衆としては、やむをえない生活の工夫でしょうね」孫氏は、すなおに乗ってきた。

「日本が進出する前は英語をよく使っていたそうですね。終戦後もそうだった。やはり生活の工夫でしょうね」私ののどの奥に、出したくてうずうずしている言葉があった。日

本人学友のひとりが言った〝亡国の民が本能的に身につけた技術〟という言葉だった。私は、かろうじてその冗談をさけて、つづけた。「私は、このごろよくそれを思いだします。それにくらべると沖縄人はなんと英語が下手なんだろうと」

「上手ではないですか、みなさん」

「いや。上手なのもいるが、総じて下手だということになってるらしい。たとえば学生の語学力を日本の学生にくらべてね」

中国語で本土とか内地とかヤマトとかいう概念を翻訳するのが難しく、日本とよんだことにひっかかるものを、私は感じた。

「それは全くそうだ」小川氏がくちばしをいれた。「それはどういうことなんだろうね。たんに怠慢ということなのだろうか。学ぶ機会ならここのほうがはるかに多いわけだが」

「ミセス・ミラーにきいてみたらいい」孫氏であった。「沖縄人に英語を教えている体験から」

孫氏にしてはめずらしく茶目ッ気のある半畳であったが、残念なことにミセス・ミラーは、むこうの外人へのサービスにいそがしいようであった。

「いや、むしろこれは、国語力の貧しさだと思う」私はいった。かねて考えていたとおりの意見であった。「英語力といったって、その基礎は国語力だから。――なんといっても地理の隔たりと日常語の隔たりが宿命的な障碍になっている」

「やはり文化の隔たりじゃないですか」小川氏の冗談に皮肉がこめられていた。私がさきほど主張した、日本文化の一部分としての沖縄文化という考え方を、私みずから崩したということになっているようであった。

「いや、それは……」私は、なにか言おうとして、うまく言えなかった。でも、その困惑は、容易に笑いに転じうるものであった。みな笑いだした。

「沖縄の言葉には、ずいぶん中国語がはいっているそうですね」孫氏がいった。

「そら、おいでなすった」私は、別の笑いで受けた。「私が上海の学院に入学した当初のこと、一緒に行った連中がいうんです。沖縄の出身なら中国語が上手でしょうね。また、沖縄出身の学生がみな中国語が上手だということが、『やはり……』という表現で認められたのです」

「いや、そういう意味でなく」孫氏があわてて手をふった。「私は、あなたに名教育論を発明させた中国軍将校のようなことは言わない。もうすこしまともな話です。まともなかわりに肩のこらない。……(話にだいぶ笑いがまじってきた)こないだ、あるお年寄りの知識人にあったら教えてくれました。たくさんの沖縄の方言が、その源は中国語だという」

「ほう。たとえば?」興味をそそられた様子でのりだしたのは、ミスター・ミラーであった。

「お父さんのことをターリーというそうですね」孫氏がいった。「中国語の大人《ターレン》からきたものだとききました」

「士族――サムライの家門では、そのように言ったそうです。そのほか、かんざしをジ、ファ、ーファーと称したのは結髪《チエファ》でしょう。お正月などに御馳走を盛るのにつかう東道盆《トンダーボン》……」

饒舌に五つ、六つならべてみた上で、「ここから三里ほどはなれたある村に打花鼓《ターファークー》という集団舞踊が伝統芸能として受けつがれている。題名だけに文字がのこっていて、歌詞の文字がのこってない。私もきかせてもらったが見当がつきません」

「爬竜船《はりゅうせん》競漕の歌詞は教えてもらいました。いい詩ですね」

「長崎の爬竜《ペーロン》を思いだした」小川氏がひきとって、「あれもやっぱり、中国のどこかから来たということだった。ええと、どこだっけ。上海でもなし、福州でもなし……」

小川氏が、つまらぬことにこだわってしまって、酔いのまわった眉をよせて考えこんだその表情が奇妙におもしろいので、見つめていると、その視界のさきに、ミスター・モーガンがあらわれて、こちらを一瞥すると、せかせかと扉口のほうへ行き、そのまま戸外へ消えた。

「ペーロンとハリュウ船。ふしぎな暗合だな」小川氏は、そこで淵源をたずねる思索を断念したとみえて、「琉球から長崎へ渡ったのか。長崎から琉球へ渡ったのか」

「あるいは、それぞれ同じ源から渡ったのだろうよ」私は、なんとなく相槌をうっていた。

「そうかも知れません。十八世紀ごろ倭寇が運んだものかもしれぬ」

「まさか。倭寇があんなものを運ぶものか」

「運ばないかもしれないが、そう考えるのは楽しいことではないですか」

小川氏はそれから、また日本語になってしまったことの詫びを孫氏にいれて、倭寇の講釈をした。

「倭寇はね、孫先生。中国を荒らし沖縄を荒らし、日本を荒らした。荒らしたという点で民族的差別がなかったといってよい。そしてかれらは、文化の交流に役立った」

「危険思想だ、それは。侵略礼賛ではないか」孫氏が即座にコメントした。

孫氏のそのコメントを頭のなかでふり払い、私はふと、アメリカがこの沖縄にいろいろの文化をもたらしたことを思いうかべて、ミスター・ミラーをかえりみた。ミスター・ミラーは、いつのまにか私たちのそばから姿を消していた。他の客たちの喧騒があらためて耳についた。

「いいじゃないですか。いや失礼。侵略礼賛にアクセントをおいてもらっては困る。歴史をながい目でみる。そこに文化移動の真理というか、世界の諸民族の文化をたがいにふくらませてゆく論理をみる——いや、また脱線したくはないが、要するに話をひきもどせば、長崎と沖縄とを中国という大きな糸で結ぶ歴史のロマンを思ってみたいということですよ」

「いや。そういうわけにはいきますまい」孫氏がおだやかな口調でさえぎった。おだやかだが、それはなんとなく私をはっとさせる執拗なものをおびていた。「いかに文化に貢献しようとも、侵略は侵略ではありませんか。それに、貢献しているようにみえて、その実なんら貢献になってないこともあるのですよ、歴史をながい目でみればね」

孫氏にしてはめずらしく、正面切った反論であった。小川氏は、めずらしいものを発見したという眼で孫氏をみた。酔いがさめるのかな、という笑いに似た気もちと、孫氏の胸のなかにいまおよいでいるであろう本意をおしはかる気もちをおさえて、私はごまかすように、グラスを口へはこんだ。

そのとき、ミスター・ミラーの声が、みんなを黙らせた。

「たいへんお愉しみのところを恐縮ですが、しばらく中止して、ミスター・モーガンに協力してもらえませんか。彼の三つになる坊やが行方不明になったのです。夕食にみえなかったというのですが、いまだにあらわれません。知りあいにはのこらず電話できいたというのですが、まだ分りません。ミスター・モーガンはそれを知らずに、いまさきまでわれわれと歓談していたのですが」

「われわれができるだけの協力はしなければなりません」

いちばん若いとおもわれる客がいった。メキシコ系の風貌で、とても親切な男だという印象をあたえた。

戸外へ出て、さがしまわることになった。

「この村のなかをさがしまわるったって……」私は十年前の迷い子になった体験――あの、茫漠としたとらえようのない不安の気もちを思いだして、それを孫氏に話した。孫氏はなんとなく私と肩をならべて歩きだした。「野原と住宅ばかりで、きわめて開けっぴろげだし、そこにまた一種の不安感も湧くのですがね。いまの問題に即していうと、どこにも隠れようがない、また隠しようがない。それだからなお不安になる、つまりほんとうに子どもが行方不明になったとすれば」

「とにかくひとめぐりしてみましょう」

孫氏は、かるくながして歩いた。

私はひとまず孫氏に妥協した。ミスター・ミラーのハウス番号をおぼえている。十年前のように私自身が迷いこむことはあるまい。すくなくとも不安に襲われることはあるまい。私は、なんとなく身分証明書をもっているような気もちで、孫氏とならんで歩いた。星が無数に美しくきらめいていた。どこか南のほうに台風でも発生しているのか、ひどく蒸し暑い。上層気流があわただしく流れているらしく、星のまたたきが、いつもより落ちつきを失っていた。

「沖縄の夜空は美しいといわれます。中国はどうですか」

私は、なんとなくミスター・モーガンの不安など忘れていた。二人の歩調は、まるで散歩のようであった。

「あなたも中国にいらっしゃったのでしょう」孫氏は笑いをふくんでいった。

「私はもう忘れました……」事実、二十年前のあの江南の自然など、ほとんど私の記憶から消えてしまった。

「故郷というものは、なんとなくいつでも記憶のなかで美しいものではないのですか。もっとも、私の頭のなかで中国の自然の思い出などというものは、生まれた土地である上海から、南京、湖南、江西、広西と転々としているうちに、印象がごっちゃになってしまいましたがね」

孫氏の転々というのが、日本軍に追われて移動していったことにほかならないことを私は知っている。そのような転地の連続では、むしろ自然の印象などというものを脳裏にきざみこむ余裕などない、というのが真実なのだろう。

「しかし、……」私は話題をかえた。「ただこうしてぶらぶらしても申し訳ない。どうしましょう」

「一軒一軒、たずねてみましょう。他のひとたちは別の道を行っているようですから」

「そうですね。それよりほかには」相槌をうちながら、私のなかに一瞬また十年前の不安な気もちがよみがえった。この夜なかに、大義名分があるとはいえ、沖縄人と中国人が連れだって、アメリカ人の住宅の一軒一軒を訪ねてまわり、アメリカ人の迷い子の子供がいないかどうかたしかめる——そういうしぐさが一抹の不安もなしにやれるというものではなかった。だいいち、自己紹介をするのが面倒な手続きであるにちがいなかった。しかし、

「ミスター・モーガンの友人だということでいきましょうよ」

そういって、孫氏は笑った。なるほど、と私も苦笑した。結局、それでうまくいった。私がほっとしたことには、ミスター・モーガンの友人ですが、といった途端にどの家でも用件を察してくれて、電話をもらったが当家では誰も知らない、というようなことを言ってくれたのである。そして、その言いかたがいかにも親切そうであり、なかには、あなたがたお二人とも沖縄人？ときく夫人もいて、ひとりは中国人だとこたえると、あらためておどろいたしぐさで愛嬌をしめすのであった。

「みんな案外親切ですね」私は感にたえて、「こんなふうに、異国でひとつの部落をつくっていると、ひとつの運命共同体みたいな気もちで同情するのでしょうね」

「そうですね」孫氏はすこし言葉を切ってから、「最悪のばあいは誘拐されたということも考えられるし」

「誘拐？」私はおうむ返しに、「沖縄人の手にですか」

「かならずしも沖縄人とは限りますまい。不良外人というのもいるわけだから」

孫氏はなぐさめのようにいったが、私に生じたこだわりは消えなかった。しかし、このさい私は、むしろ私の怠慢を責めるべきであった。私のあたまに誘拐などというイメージが一片も浮かばなかったということは、それだけこの事件にたいする私の関心がうすいということであるのかも知れなかった。せっかくこうして捜索の手伝いに出て、訪ねる先々の米人たちの関心のあたたかさをみていながら、私の関心の程度はそのようなものであった。私は、モーガン二世がこの部落にみあたらないという不安より、むしろ私自身がこの部落でいかに安定していられるかということへ、多くの関心をはらっているようであった。

「いま、ある記憶がよみがえりました。二十二年前のことです」孫氏が語りはじめたとき、私たちは部落のはずれの金網の前にきていた。三メートルほどの高さをもった金網のむこうに、最近また急速度に伸びをみせた街の灯が、いかにもこちらとは無関係だという表情でかさなってみえた。「私は家族をつれて、重慶のひとつ手前のWという町にきていました。家族というのは、妻と四つになる長男と二つになる次男とです。三番目の子はまだ生まれませんでした。国民政府はもう重慶に移っていたし、反日分子といわれる人々は大方重慶であたらしい生活をはじめていたのですが、そのしばらく前に私は妻が病気になって動けなかったのです。にげた政府にとりのこされた生活というものが、どんなに不安なものか、そのとき身にしみました。いや、政府そのものが頼りになると思うわけではないが、そのとき私たちは政府に見落とされただけでなく、敵日本軍に追いつかれ、Wではもう日本軍占領下で生活しなければならなかったのです。私は、ごまかして良民証をもらい、隙をみて脱出しようと図ったのですが、なかなかうまくいきません。そのうちある日、四歳になる長男が行方不明になったのです。家の近所で子供たち同士で遊んでいたというのに、夕方みんなが家へ帰るころ、いなくなっていることが分ったのです。私は当然捜しあるきました。戦争中ですから、街の夜は暗いのです。それに私はよそ者です。知り合いも多くはない。手あたりしだいに訪ねてあるくうちに、誰かがスパイであって私の身元がばれるかもしれないという不安がきざしてきました。そして、その不安は相手の側にもあったのです。敵中にあって同胞がおたがいに疑いあうということは冷酷なものです。その冷酷さとたたかって、私は子供を捜しあるいたのです。子供は日本軍の憲兵隊で保護されていました。ひき渡してもらうのに、いろいろの訊問をうけました。なんとか切り抜けたものの、暗い夜の街を家へ帰りながら考えたことは、これが自分の国のなかだろうか、軒なみの家々に住んでいるのは自分の同胞だろうかということでした」

孫氏の記憶をさそいだした契機ははっきりしていた。そのひと齣ひと齣が、あまりにもいまの状況と照応していた。が、あるいは似て非なる照応であるのかもしれない。第一、軒なみに尋ねあるくときの応対なるものが全然ちがう。それに、もっと大事なことは、行方不明になった当の子供が、一方は占領者のそれであり、他は偽りの良民証をもった家族のそれだということだ。日本軍の憲兵隊ははたして保護していたのか。あるいは誘拐していたのか。いまモーガン二世を誘拐していた沖縄人がいたとしたら、それはなんのためだろう。占領者の幼児を誘拐している沖縄の一男性あるいは女性の心境はどのようなものであろうか。

——孫氏が黙り、私も黙った。

「やあ、こんな場所にいらっしゃったのですね。子供はみつかりましたよ」不意をつく声は、あの親切そうな、メキシコ系だと私がみた男だった。「なんのことはない。メイドが一日暇をもらって帰ったんだけど、ことわらずに連れていってしまったのだそうです」

男は、屈託なく笑った。

「とんだ誘拐だ」

私も、つい大声をだして笑った。無論会ったこともないメイドだ。たぶん年端もいくまい。主人にだまって主家の幼児を連れて里帰りをしたという無分別にたいする怒りは、生じると同時に蒸発してしまって、そのメイドの底抜けの善人ぶりを、声をはりあげて謳歌したくなった。

「ついに沖縄人は、アメリカ人の子供を誘拐なぞできませんでしたね」

「そのとおり。だいたい考えられないことです」

孫氏と私は、ひさしぶりのように明るく笑いあいながら、ミスター・ミラーの家へもどった。

ふたたびパーティーがはじまった。どの会話も、事件のことでもち切りのようであった。一部では、小娘の心事についての忖度《そんたく》がいろいろと語られた。もちろん、非難する者もいた。だが、そういうひとに対しては、好意のある弁護が向けられ、非難した者も、それもそうだというふうに言いなおしたりした。おもしろいことに、私はその時までなんとなく、私たち四人――孫、小川、ミラーとのグループだけにかかわっていたのが、あらためて、他の西洋人の客たちの誰彼といそいで会話をかわすようになっていた。ちょうど、われわれの世間で、二次会はこれからだぞというようなはしゃぎようであった。

「あなたもほっとしたでしょう」例の親切そうな男が私にいった。名はリンカーン、軍の劇場の照明係、母がメキシコ系で国際親善のおかげで生まれた、リンカーンという名にふさわしい、などと彼はみかけ通り、すこしおしゃべりであった。「あなたがたの土地で外国からのお客さんの子供が行方不明だなんて、気もちのわるいことでしょうからね」

私は、微笑でうなずいた。お客さんという表現にひっかかるものはあったが、このさいはリンカーン氏の好意をうけとめるほかなかった。

「いや、じつの話」と他の一人が割りこんできた。車の輸入をあつかっている会社の支配人で名はフィンク、という自己紹介であった。「事件が片付いてみると、なるほどとあらためて感じるのだが、アメリカ人の大人にならいざ知らず、子供にたいして悪事をはたらく沖縄人というものを私は想像できない。私の会社では、労働争議の経験があります。

組合をつくっている沖縄人の従業員は、結局はむしろおとなしすぎるくらい善意の人たちなんですよ」

お世辞かもしれない。しかし、それはそれでよかった。そう語っている表情には、安堵と親しみ以外のものはないように思われた。

「まったくね」小川氏がいった。私にささやくような声であった。「半年ほど前K島にいったことがあるのです。夕方宿の二階から往来を見おろしていると、島に駐屯している通信隊の兵隊さんの奥さんらしいのが赤ちゃんを抱いて散歩している。すると、そこらで夕涼みをしていた四、五人の島の青年たちが、あいさつをして代りばんこにその赤ちゃんを抱きあげたりしている。沖縄本島で、アメリカ人がそのようなことをさせるか、あるいは沖縄人の青年がそのようなことをするかどうか、分らない。ああいう小さな島ではそれが可能らしいのだね。なにか、ほっとする気もちでしたよ」

小川氏の話は、理屈を語っているわけでなく、あまり要領をえなかったが、やはり彼なりに安堵をみせたかったのであろう。

ミセス・ミラーがにこやかに近づいてきた。事件のせいか、あるいはすこし酒をのんだのか、わずかに頰が上気しているようであった。いよいよ美しかった。私はふと、彼女が英語会話を教える合い間に、沖縄人の大人の生徒たちとの間に子供のことなど語りかわしている姿を想像した。それから、かの生徒たちのうちの男が彼女の豊麗な肉体に感じいるとき、罪の意識をもつであろうか、どうか、詮索しはじめた。

後章

その蒸し暑い夜、たぶんお前がミスター・モーガンの幼い息子を探しあぐねて、家族部隊の金網の内側で孫氏の思い出話をきいていた時分に、M岬でお前の娘の身の上の事件はおこっていた。

お前がパーティーから微醺《びくん》をおびて帰宅したとき、娘はもう床をとって横たわっており、妻が緊張した表情でお前を迎えた。妻は、娘が脱いだ制服をお前に示した。ところどころが汚れ破れていて、それだけでもうお前は大きな事故がおこったことを理解させられた。

驚きと狼狽は、矢つぎばやにやってきた。娘を犯したのは、裏座敷を借りているロバート・ハリスであった。事故のおこる三時間前、つまりお前が家族部隊のゲートをはいって、きょうこそはなんの怖れもなくこのなかを歩けるのだと、いい気もちでミスター・ミラーのハウス・ナンバーをさがしていた時分、お前の娘は、友達の家から帰る途中、町内にはいってから、ロバートの車によびとめられた。二人は、借間人と家主の娘という気安さで、街で夕食をとったあと、M岬に夕涼みにでかけた。なるほどM岬は、その蒸し暑い晩の夕涼みには好適であった。が、街から十里もはなれたM岬は、近くの部落からも二キロははなれており、その晩、ほかに夕涼みの客はみあたらなかった。そこで突然不幸はおこったのである。

お前は、直接娘の口からその残酷な事情を聞かずにすんだことを、ありがたいと思った。が、そのひと晩は、まだ事件が実感として信じられなかった。第一、ロバートには愛人がいて、その愛人のための間借りである。そして週の半分は訪ねてきて泊る。その縁でお前の家族と親しい。あれこれ話し、つきあった経験を思いおこすと、まだそんなことがおこりうるとは信じがたいのである。もちろん、敗戦このかた世間いたるところに起こっている事柄ではある。しかし、実際に親しくつきあっている外人にそのイメージをかさねあわせるのは難しい。愛人は十日ほど前から離島にある実家へ帰っていて、翌日借間へ戻ってきた。お前は、彼女に事件を告げた。告げたが、別になんの要求もしなかった。告訴や罵《ば》詈《り》や賠償要求や、ということはまだお前と妻の頭にうかんでこなかった。ただ表情を動かさず、声をたかぶらせずに、お前たちは愛人に事件を告げた。愛人は、はじめ驚きの眼でそれを受けとめたが、お前たちがひととおり告げたあと、じっと黙って坐っていると、突然声をひきつらせて、「私だって犠牲者なのよ」と叫んだ。そして、ただちに動きまわって、荷物をまとめ、翌日にはもう引っ越していった。おそらくは、その世界の友達のところへでも身を寄せていったのか。ロバート・ハリスとは別れるつもりであるのかないのか、彼が来たらどう伝えてくれとの頼みもなく、とにかくお前は、あらためて自分の生活と彼女の生活とがとてつもなく離れていることを覚った。同時に、事件にたいする実感と憤りがこみあげてきた。告訴を決意したのは三日目の晩である。

しかし、娘は告訴につよく反対した。その理由を言わなかったが、はじめお前はそれを羞恥心からだと判断した。その羞恥心についてはお前も分らないではなかったが、しかし事件をそのままに流しては、ロバートやその愛人との関係がきわめて不安定なままに埋もれてしまうし、自分の周囲に自分の手の届かない世界がいつまでも存在するということが、お前には到底耐えられない気がした。お前は娘を説得しようと努めた。娘は、そういう理由ではない、といった。お前が問いつめると、娘は幾度かそれを言おうと表情をうごかしたが、ついに明かさなかった。判明したのは、そのまた翌日のことである。

翌日、一人の外人が二世の通訳を伴って訪れ、お前の娘を連行していった。娘はM岬でロバートに犯されたあと、彼を崖からつき落として大怪我をさせたのだと判明した。もっとも娘がロバートから犯されたということは、この際問題でなかった。CIDから派遣されたと自称した男たちの話では、娘は米軍要員にたいする傷害の容疑で逮捕されたものであった。被害者ロバートはいま軍の病院に入院しているということであった。その告訴によるものだときいたとき、お前は口ばやに、それが正当防衛だということを説明しようとしたが、甲斐はなかった。それは別途に告訴すればよい、という示唆があたえられただけで、娘は連行された。告訴はＣＩＤにするのかと質問すると、琉球政府の警察署にするのだといった。

お前と妻と二人だけになった家のなかに、暗く重い空気がしのびよってきて、二人とも一日食事をとらなかった。妻は、思いだしてはしきりに泣き、泣きやんでは物凄い形相で、なにかをみつめる眼つきをした。お前は、娘が連行されていった場所の様子を想像しようと懸命であった。この土地では犯罪捜査を琉球政府の警察と米軍のＣＩＤとの二本建てでやっていて、軍関係のものはＣＩＤがやるのだということぐらいは知っていた。しかし、ＣＩＤの捜査というものが、どのような形でおこなわれるかということについては、具体的なイメージが浮かばなかった。もっとも、沖縄人の警察がおこなう犯罪捜査についても、実際に捜査の現場をみたわけではないし、小説や映画などにでる日本の警察と当然同じかたちのものだと考えるだけであったのだが、それにしても、なにしろ警官というものを見知っているし、警察署、警察本部を見知っているので、まだ身近に感じられた。しかし、ＣＩＤやＣＩＣについて、お前はなにも知らない。それらの本部あるいは司令部などというものがどこに在るのか、友人と茶飲み話に語りあったことはあるが、結局いまだに知らない。事務所の様子なども知りうるはずがない。留置場などもあるのだろうか。――娘を連行されてはじめて、それらのことを微細に脳裏に描いてみようと試みた。が、イメージは一寸もひろがらなかった。想像を頑固に拒否するなにものかが、あった。発言を拒絶される世界として、そこは感じられた。それは結局想像の拒絶につながっていた。娘を連れていった人たちが普通のみなれた人間にかわりないということが、なにか不思議なことのように思われた。すると、そのような人たちが、どのような形で娘を取り調べるのか、あらためて未知の事柄として、お前の胸を攻めた。保護者として出頭を命じられるのなら、まだ気もちの据えどころはあるのに、と思った。が、それもなかった。それでもよい、ただ娘が取り調べられるとき、正当防衛だという主張をゆるされればよい。というよりせめて、そう娘が発言するだけの心理的余裕をあたえてくれたらよい。——お前は、告訴の手続きをとるために、市の警察署を訪ねた。

「それはお気の毒に」と中年の思慮深そうな警察官はいった。「で、本人は?」

ＣＩＤに連行されたことを口ばやに説明しながらお前は、ここで千万言を費やしてでも事態をなんとかしなければならないという焦燥にかられた。

「ですから、娘は暴行されたので、悲しみと憎しみとで、前後の見境もなく……と本人の言い分からよみとられたのです」

「しかし、……いや、詳しい事情はいずれ調べる機会もありましょう。ただ、ここでまことに申しあげにくいことを、とにかく率直に申しあげて理解していただかなければならないのですが……」

係官は、そう前置きして、説明した。それによると、まず、娘が犯されたという事件と、娘が男に傷害をあたえたという事件とは、別個の事件として取りあつかわれる――これは、よく考えればそうかもしれない、とお前の納得しやすいことであった。第二に、男の裁判は軍で行ない、娘の裁判は琉球政府の裁判所で行なう。娘がいまＣＩＤに連行されたのは、たぶん男から軍へ訴えがあったから取り調べの便宜上そうしたことであって、いずれはこちらへ移管されるであろう、ということであった。それも、それでよいのかもしれない、とお前は、お前のつとめる行政機関が政府とはいいながら、その上にもうひとつそれを監督する政府があることを思いおこしながら理解した。しかし、そのつぎの説明でお前は完全に息のつまる思いがした。

その一、軍の裁判は英語でおこなわれる。のみならず、強姦事件というものは、この上もなく立証の困難な事件であって、勝ち目がない。ふつう、告訴しないように勧告しており、すでに告訴したものでも、事実取り下げた例が多い。

その二、琉球政府の裁判所は軍要員にたいして証人喚問の権限をもたない。被告人が正当防衛を主張したところで、ロバート・ハリスを証人として喚問しない限り、その立証は不可能であろう。

「ということは……」お前はまったく混乱して、声をうわずらせた。「泣き寝入りしろということですか」

「そうはっきりいうことを、さけたいのですが」

係官が、こういう場合にこうした役人がとる通例の手段として、質問に率直にこたえるかわりに同じ説明をくり返そうとするのを、おしのけてお前はかさねた。

「民の裁判所に喚問権がない？　では、本人が自発的に証人として立つならばそれでよいのですか」

「自発的に立てばね」係官は少々おどろいたような表情をした。そんなことはありえない、と言いたそうであった。

「勧告するのです。こちらから」

「誰が？　あなたが？」

「します、私のほうで何とか。そして、その裁判で正当防衛が立証されれば、軍の裁判で有罪判決になるのも望めるのではありませんか」

「いえ。軍の裁判はやはり別のものです。それに……」係官は、あわれむような眼をした。

「正当防衛ではありませんね。おっしゃる通りですと、すでに行為は終ったあとの傷害ですから、正当防衛でなく、情状酌量といっても別の情状になるわけです。……さっきじつはご説明を聞いたとき申しあげようとしたことなのですが」

係官の説明が、混乱したお前にはすこし理解しにくかった。相手の眼を一瞬間、淵のような深い暗さがよぎった。同時にお前の脳裏に、あの十年前家族部隊の東端へ抜けでようとして道に迷いいらだったときの記憶がはしった。あのときお前が無性にいらだちながら方角の定まらない舗道を歩きまわっている姿へ、同胞のメイドたちが一瞥とともに投げた感情は猜疑《さいぎ》、軽蔑、憐愍《れんびん》、嫌悪、擬装された無関心、そのどれであったか。いま眼の前の警官がお前にいだいている感情は、そのいずれとも違うものではあろうが、ただひとつ、「お前をどうにも救うことができない」という絶望を底にかくしている点で一致する。その絶望を脱けだす道はなにか。……蒸し暑い夕方、人通りのすくない家族部隊内の舗道を、招かれたパーティーの場所へ守衛《ガード》から許されて楽しい気もちで急いだときの感情が、このときさわやかによみがえった。

「成功させます、証人出廷を、かならず」

「そうですか」係官は、まだ憐れむような表情をかえずに、「では、告訴はそれが成功したらということに」

ミスター・ミラーへ電話をいれて至急に会いたいというと、すぐ承諾して、その夕刻勤めをひけたあと自宅でということになった。守衛《ガード》にその旨伝えてくれとつけ加えると、OK、OKという声がはずんだ。お前のなかに、なかばほっとするものがあった。パーティーの余韻が、まだミスター・ミラーにのこっていて、自宅でということになったものらしかった。

訪れてゆくと、ミセス・ミラーも出てきた。パーティーの感謝をお前がのべると、自分たちも楽しかったといい、お前は話し易さを感じた。

「ところで、お嬢さんはこの二回ほど英語クラスへ出てきませんが」

と、ミセス・ミラーがいった。

きっかけができた。お前はさっそく用件を切りだした。さすがにミラー夫婦にそれとない緊張がきざした。表情がかたくなるのをみとめながら、それはやむをえないことだとして、お前はつづけた。ミセス・ミラーが、それとなく席をはずした。お前はロバート・ハリスの部隊名を聞きおぼえのままに言って、しかしいまはたぶん病院にいると思うから、いっしょに訪ねて会ってもらえまいか、と結んだ。

「ぜひ彼に証人として法廷に立ってもらいたいのです」

「突然の話で」とミスター・ミラーは言った。「しかも私の数多い経験のなかでも難問題のひとつだ」

「申しわけないと思っています。あなたが、おなじアメリカ人を責めるような立ち場に立つことは辛いだろうと思います。しかし、私はそれを誰かに頼まなければならない。自分ひとりで彼を病院に訪れることが許されるのかどうかも分らないのです……」

「正規の手続きをとれば許されるでしょう」

「かりに私がひとりで訪ねて行って、成功するとお考えですか」

「成功するかどうかは、彼の考えにかかる問題なのだから、あなたがひとりで行こうが同伴で行こうが、関係ないのではないかな」

「ただの同伴ではないのです。あなたです。アメリカ人のあなたなのです」

「悲しいことだと思います。これはアメリカ人と沖縄人との決定的対立の事件になる可能性がある」

「可能性がある、ではない。現にそうだと私は考えます」

「いや。私はそうは考えない」ミスター・ミラーの視線がするどくお前に迫り、お前も緊張した。

「もともとひとりの若い男性とひとりの若い女性のあいだにおこった事件です。あなたも被害者だが、娘の父親としての被害者だ。つまり世界のどこにでも起こりうることだ。沖縄人としての被害だと考えると、問題を複雑にする」

「どういう意味でしょう」お前は、しだいに首すじが熱くなるのを感じた。

「それは私のほうから訊きたい。あなたが、ひとりのアメリカ人の青年の行為を批判する目的に、おなじアメリカ人である私をわざわざ協力者としてえらぶ。そのお気もちが私には分りかねる」

「迷惑だとお考えですか」

「迷惑だとは考えない。ただ、ひとりずつの人間対人間として話しあうべきではないかと考えるのです。私がそのロバート・ハリスという青年と知りあいだとでもいうのなら、意味はある。しかし、彼にたいして他人であることにおいて、あなたと私はおなじだ。こんなことをいまさら言いたくはないが、おたがい民族や国籍をこえた友情を築きあげるのに努力してきた。対等の関係をおたがいにたしかめあってきたと信じている。こういう事件で、その折角つくりあげたバランスを崩したくはない」

「そういう難しい理屈を、私はいま考えようとは思いません。崩れたものなら、あとで建てなおします。ただ、私は協力がほしいのです。私ひとりでは当事者であるだけに角が立ちすぎるから、仲にはいっていただけば助かると考えたのです」

「孫先生ならどうでしょう。あのひとなら、弁護士で話の進めかたも上手だろうし、沖縄人でもなくアメリカ人でもないということで、むしろ立ち場としては最高だろうと思う」

「アメリカ人としてアメリカ人の恥に対決するのが嫌ですか」お前は起ちながら言った。

「いまこういうことをいっては失礼になるかと思うが」ミスター・ミラーが、やはり起ちながら、はじめて遠慮がちに言った。「私は、ロバート・ハリスがほんとうに破廉恥なことをしたのかどうか、その証拠をもっていない。それを追究する立ち場にもまた、ないのです。あなたなら、それを追究して何の不思議もない。孫先生だって」

「わかりました。お邪魔しました」

「ちょっと待って。誤解しないでいただきたい。くり返すが、私はアメリカと沖縄の親善に努力してきた。ここで非協力をよそおって辛いことだが、アメリカ人同士の均衡を必要以上に破らないことが、沖縄人との親善を保つ所以でもあるのだ。理解してもらえるだろうか」

「理解したいと思います、できれば」

そういう種類の理解とは何だろうか。孫氏にきけば分るだろうか。小川氏にきけば分るだろうか。あるいは、かれらのどちらかをここへ一緒につれてくれば話は成功したであろうか。――お前は戸口まできた。

「あら、お帰りですか。お話はどうなったのでしょう」ミセス・ミラーの声が追ってきた。

「せめてお嬢さんに精神的ショックが大きくなければと祈ります」

ミセス・ミラーの豊かな二重顎がお前の眼をつよく射た。お前は、布令刑法の一節を思いうかべた。

「合衆国軍隊要員である婦女を強姦し又は強姦する意志をもってこれに暴行を加える者は、死刑又は民政府裁判所の命ずる他の刑に処する」――かりにその法律にかかわる事件がおこったとしたら、かりにその被害者がミセス・ミラーだとしたら、そしてまた加害者がお前だとしたら、ミスター・ミラーの感情にどのような変化がおこるか。孫氏や小川氏がどのように動くか。世間にある沖縄人とアメリカ人との交際のそれぞれにどのようなことがおこるだろうか——。舗道をゆっくり歩きながら、お前はそのようなことを考えた。ミスター・モーガンの息子をさがしあぐねたときに見た覚えのある植えこみが眼についた。その蔭であるいはいつか事件がおこらないとも限らないのだ。——だが、この想像はそのさきいくらもふくらまなかった。守衛《ガード》のあいかわらずものうそうな勤務が遠くにみえ、お前は孫氏にたのんでみることを考えなければならなかった。

「私は裏切られたと考えてよいのでしょうか」

お前はまず小川氏をアパートに訪ねて話した。

「初の試練に逢ったと考えたほうがよいのでしょうね」小川氏は、しずかに応じた。「彼の立ち場として、故ないことではないと思います。あなたとしては、そうも言っていられない、そのお気もちはよく分りますが」

「腹が立つというより、不思議だという気もちです。私を迎えたときの表情は、まるでパーティーのつづきなんです。それが用件を切りだすと、ストレイトに冷たく、というか事務的になっていく。私も彼らとつきあって以来、論理的な話しかたには相当強いつもりだったのですが」

「親善というものが、彼らのなかで、かなり抽象的なものになっている、とお気づきになりませんか。たとえばパーティー。こないだもそうです。ひとしく招待されながら、彼らと私たちのあいだにはかなり距離がある。もっとも、あとではかなり交流したが、それは例のモーガン家の失踪事件というおかしな事件があったからです」

「でも、ああいうパーティーの限界というものについては、もともと心得ていたつもりですが」

「おたがいのなかに、なんとなくコンプレックスがあるせいもあるかも知れませんね。しかし……」小川氏は起っていって、手帳をもってきてみせながら、「これは、米琉親善会議のメンバーのリストです。こないだペルリ来航百十年祭行事のときにはじめてしらべたのですがね……」

「あ」お前は目ざとく一行をみつけて、小さなおどろきの声をあげた。「ミスター・ミラーの名がでている。職業はＣＩＣ！」

「そうなんです。すると、あなたもはじめてこのことを？」

「ちょっと待ってください。これだけつきあっていて、どうしていままで知らなかったのだろう」

「教えてもらえなかったというだけでしょう。あなたは彼とのつきあいはじめは、どういうきっかけからです？」

「彼のほうから訪ねてきたのです。誰かに私が中国語ができると聞いて、つきあってくれといってきたのです」

「私のばあいとまるで同じだ。その情報網がだいたい見事ではありませんか。……さて、ほかに私の秘密の何を知られたか」

小川氏はかるく笑った。お前にはその余裕はなく、

「そういうことでしょうか」

「職業は何かと彼に質問したことは二度ほどありますが……」

「私もある」

「そのたびに適当にはぐらかされたわけですが、考えてみれば迂闊だった。あるとき彼に中国語をどこで習ったかときいたら、陸軍だと答えた」

「私にも」

「あなたなら上海の学院で、私なら北京生まれな上に東京の外国語大学で、ということになるでしょう。しかし、アメリカ陸軍で中国語を習う目的というのは、どういうことでしょう。諜報、宣撫、そのどちらが多く考えられるでしょうか。しかも、職業をあまり人に教えたがらないというのは、なぜでしょう」

「こないだのパーティーではじめて会った人たち数人からは、ただちにその職業まで自己紹介をうけました。ミスター・モーガンは、あなたにずけずけ突っかかってきたが、そのほうが、いまとなってはむしろ、フランクだったということになりますか。皮肉なもの

です」

「子供の失踪事件なども、案外けろっとしているのかもしれない。ミスター・ミラーのほうがむしろ陰険な感じ、結果としてはそういえるのではないでしょうか。まったくうっかりしていたものです、新聞記者ともあろうものが。……ＧＨＱ時代にね、あちらの小役人でひとり、香港に小娘をかこってあるというので中国語を習っている奴がいたのですよ。その思い出が先入観になって邪魔されたのですね。ミスター・ミラーのも道楽かと思ったが、まさか諜報とは思いつかなかった」

「パーティーであなたは、郭沫若《クオモールオ》の小説をミスター・ミラーに紹介して、中共の作家にも尊敬を払えとかなんとか、言ってましたよ」

「おぼえています。尊敬しろとまでは言わなかったと思うが」

「ミスター・ミラーの職業を知ったのは、そのあとですか」

「前です。知ったあとで最初に会ったのが、あのパーティーなんです。最初から咽喉になにかひっかかっている感じで、始末にこまった。それを引き抜きたい気もちがひとつにはあったのでしょうね。そこで酒の勢いをかりて、冗談めかして皮肉をいったということでしょうか。抵抗だなどというと、大袈裟でおこがましいけれども」

部屋のそとの階段から、すこしざわめきがきこえてきた。このアパートの階下は食堂になっていて、アパートの住人たちのほとんどが独身でそこで食事をするのだった、とお前は思いだした。

「夕飯をいっしょになさいませんか」と小川氏が誘った。

「いや、それより……」

「分ります。あとで孫先生に電話して、明日にでも二人で訪ねてみましょうよ」

「ひきうけてもらえるでしょうか」

「ミスター・ミラーとおなじ態度をとると、想像されますか」

「ただひとつの望みでも、できるだけながくもっていたいと思います」

「そうでしょう。なんと申し上げたらよいか。孫先生は弁護士だから、よく協力する気にさえなってもらえれば」

「中国語で結ばれた友情、といういいかたは面映ゆいのですが……そういう意味で孫先生が頼まれてくださるとよいと思います」

「その点は、私も期待しています」

「実をいいますとね、私はどちらかというと、孫先生よりミスター・ミラーを頼りにしていたのです。なにしろ、アメリカ人ですからね。私のこともよく知っていてくださるし、第一、あの家族部隊のなかを歩いていても、ミスター・ミラーを頼りにしていて、ちっとも怖くなかったし」などという、おそらく小川氏には通じないはずの話を、つい愚痴で交えながらお前はしゃべりつづけて、「私の立ち場をいちばん理解してもらえるのは、あの人だと考えたのです。こうなると、よけい孫先生が身近に感じられて……身勝手でしょうか」

「いいえ、ちっとも。電話をかけてみましょう。それはともかく、いかがです、夕飯を、ほんとに」

「ええ、ほんとに。このところ、女房にひとりで夕飯をとらせる気になりませんのでね」

孫氏を住宅に訪れたのも、お前にははじめての体験だった。電話で約束をしてあさ九時すぎに小川氏といっしょに訪れると、孫氏はいまゴルフから帰って朝食をとったばかりだといいながら、庭の仏桑華《ぶっそうげ》の植えこみを刈りこんでいた。咲き群れている花弁の紅が水気をあびて新鮮にみえた。

「美しい！」お前が、もってきた用件を一瞬間忘れていうと、

「沖縄では、この花を来世の花と称しているそうですね。ハワイのハイビスカスという名はロマンチックなイメージだが、沖縄のその観念もやはりロマンチックですね」

孫氏は、未亡人らしい中年のメイドを通いで使って、ひとりで住んでいた。官製の基地住宅《ベースハウジング》でなく、この三年ほど前から沖縄の企業家たちが争って建てた外人向け貸し住宅地帯のひとつであった。五百棟ほどもあろうか、丘陵にはいあがる形に建ちならび、業者が思い思いに塗った壁の色はとりどりで、塗料をいくら塗っても中身のコンクリートの地

肌がのぞける感じが、遠くからながめると索漠たるものを帯びてはいるが、車をいれてしだいに登っていくと、それがむしろ部落の柵がないこととあいまって、基地住宅《ベースハウジング》とちがったリベラルな雰囲気をおしだしていた。孫氏のハウスは、そのずっと上のほうにあり、車をおりてふりむくと、真青な海のひろがりと浜沿いにひと筋白くよこたわるハイウェイとが、油絵のように眼に痛かった。音をたてる剪定鋏《せんていばさみ》から仏桑華の花が紅いままにころげおちると、ふとお前は、孫氏がいつか話した、その妻子が中共の大陸で生きているというのは嘘で、じつはもう死んでしまって、孫氏がそれを確認してからここへ渡ってきたのではないか、と疑った。すると、不思議にお前の用件を切りだすことが容易になった。

かねては、小川氏に口を切ってもらう手筈であったのが、その手数がはぶけた。そしてお前は、孫氏にになら何でも話せるという自信のようなものを、説明しながら感じていた。小川氏はだまって壁にかかった中国の山水画をみつめていた。お前は書画にはうといが、その山水画は、幅がひろく水墨の間にところどころ朱がさしていて、全体に煤けた感じなのはよほど古いものなのか、清潔で明るい洋間にめだった。孫氏のしずかだが怜悧な光をおびた眼は、まばたきもせずに、お前の眼にみいった。お前は、話の筋を混乱させないように、努力を払った。

「結局、わたしの務めは」と孫氏は、冷めかけたコーヒーを飲みほして言った。「その被害者に、自発的にお嬢さんの裁判の証人として出頭してほしいと説得することですか」

「被害者はこっちなんです」お前は、ほとんど叫ぶように言った。

「では、ミスター・ハリスと言いなおしましょう」孫氏は、さからわずに、「しかし、あなたは私にお嬢さんの弁護を依頼するのではないでしょう」

「まだ決めていません」

「琉球政府の法廷なら、日本語だし、私は不向きです。誤解しないでほしいのですが、弁護人でない私が説得しても、利き目がありましょうか」

「しかし、沖縄人の弁護人のいうことなら、なお聞いてくれますまい」

お前は、軍の病院のベッドによこたわっているロバート・ハリスの姿を思いうかべた。娘を告訴したのだから意識はあるのだろう。崖からおちてどこを怪我したのか。頭か、脚か。それすら判明しない。あるいは、怪我をしたというのは嘘ではないか。かすり傷ていどのことを大袈裟にしたのではないか。そうだとすれば、たいへん厚顔にこちらを軽視していることになる。

「私とて、アメリカ人ではない。中国人と沖縄人とが、アメリカ人の前でどれほどの差をつけられるものでしょうか」

この言葉を、このさい皮肉とみるか同志意識とみるか、一瞬間お前は迷いながら、

「ただはっきりしていることは、アメリカ人にとって、私たち沖縄人は被支配者であり、あなたがた中国人は第三者だということです」

「それはある程度いえるかもしれませんね。では私が説得を試みてみましょう。しかし、承諾してくれなければどうします。あきらめますか」

お前には即答できない質問であった。

「私が気になるのは、いま彼が証人として出頭することは、あきらかに彼がお嬢さんにたいしてとった行動を自ら明るみにだすことであり、とうていそんな冒険をすまいということです」

「では、はじめからあきらめろといわれるのですか」

「私があきらめてほしいのは……こんなことを言うのは辛いことですがね、あなたの方の告訴をやはり断念したほうがよいと思うのです」

「暴行にたいして？　孫先生、娘も私も自分が傷害で裁かれるのは怖れない。しかし、あの暴行をゆるせるはずがありません。むしろそっちのほうが大事なんです」

「お気持ちは分ります。しかし、それだからこそ、なお慎重に考えてほしいのです。警察で言っていることは正しいのです。証拠づけが難しいということは、それだけお嬢さんは度重なる裁判で徹底的に精神を傷つけられるということです。耐えられますか」

「……この種の事件で勝ったためしはない、とやはりあなたもおっしゃいますか」

「勝った例はありましょう。しかし、いまのあなたの場合、勝ち負けの問題ではない。お嬢さんの精神の安全の問題です。相手は自分の犯罪を完全におおいかくして、逆に傷害でお嬢さんを告訴した。厚顔無恥というべきでしょう。それだけに余計、あなたからの告訴にたいしては罪状を否認して争うでしょう。アメリカ人ばかりで裁判官も検事も弁護士も構成している法廷で、それだけの訊問のきびしさに、お嬢さんが耐えられるとお考えですか」

お前は、娘がいまCIDか警察かで訊問をうけているかもしれない様子を思いうかべた。

「裁判は何日ぐらいかかるものでしょうか」

「公正な裁判というものは、時間がかかるものなのです。中国の人民にたいして、旧日本軍隊と中共はしごく簡単に短時間で判決を下しましたがね」

旧日本軍隊という言葉が、かすかな翳となってお前を襲ってきたが、それを振り払って、

「公正にということはありがたいことです。しかし、こういう裁判制度そのものは公正なのですか。軍事法廷と琉球政府法廷、そして軍人にたいして証人喚問権をもたない裁判官というもの……」

「それを議論することはよしましょう。軍事基地体制というものを論じたら、あなたと私とはかならず対立しなければならなくなる」

「そんなことはないと思います。まさか誤解されてはいないと思いますが、私は共産主義者ではない。それに、今日の国際情勢のなかで、この沖縄における米軍基地がやむをえないことも分る。しかし、それとこれとは別の問題だ。そうは考えませんか」

「さきほどあなたは、私がこの土地では第三者にすぎないとおっしゃった。そうなのです。残念だが私は、この土地の政治については発言権がない。あなたからみると、私はここで居住権をもち職業をもっていて、しかも政治の圏外にいて安泰だと思われるでしょうが、私のそういう権利など脆《もろ》いものです。私はあなたがた以上に発言に注意しなければならないのです」

孫氏は、それだけを言うと、視線をめぐらして、壁にかけた山水画をみた。結局は何を言いたいのか、お前にはよく分った。ロバート・ハリスを説得することも、さきほどひきうけてはくれたものの、それは決して心からの承諾ではないのだと、お前は悟らなければならなかった。何を遠慮するのだろう、とお前は、孫氏の用心深さを理解するのに苦しんだ。ハリスへの説得ということは、法律に準じる仕事ではないのか。しかも、専ら人間の良心にかかわることであって、政治とは関係のないことではないのか。それともあるいは、ロバート・ハリスの犯罪にかかわることによって、万一、お前やお前の娘もあずかり知らないところで、ハリスの公務やひいては軍事上の機密にかかわってしまって、退《の》っぴきならない立ち場に追いこまれてしまう、——そういうことを怖れているのか。孫氏は山水画から眼をはなさない。自分の生まれた土地にも住めなくなった孫氏が、法律という専門学識ひとつを生活の武器にして沖縄の米軍基地を頼りにしてきた、という心の経緯をお前は考えてみた。この体制そのものがいわば生活の拠りどころであるのかもしれない。それだけに不安もあろう。五百余棟の部落のなかには、いろいろの国の人間が住んでいるが、やはりアメリカ人が多く、彼はやはり他国者なのであろう。そこで、母国の古い時代の芸術作品などをみて暮らす。仏桑華という土地の植物を愛しはするが、そこへこれまでお前すら訪れさせなかった生活――お前は、あらためてこれまでの孫氏とのつきあいを考えてみた。ミスター・ミラーの紹介でつきあうようになり、お前が中国で学院生活を送った経験から、三年も親しく話しあってきたのだが、ついぞ家庭を訪れたことがないというのは、はたして偶然なのだろうか。孫氏の孤独な私生活まで立ち入るだけの資格をお前が持ちあわさなかったのか。そして家庭の大事にあたってそれに助力せしめるだけの精神的財産を、三年かかっても築きえなかったのか。孫氏の姿が山水画のなかの遠山の霧に没してしまうようなイメージが、お前をほとんど絶望させた。

お前が小川氏をかえりみたとき、

「こういうときの友情にたよって」と小川氏がお前を見ずに言った。「私たちは、けさわざわざ訪問したのです」

「ですから」孫氏は小川氏からお前に視線を移して、「病院のほうへは行きましょう。……それだけの努力はしなければ」

しまいのほうの言葉が、ほとんど独白めいて、自分自身に言いきかせているもののように、お前には受けとれた。

「会いたくない」とロバート・ハリスは言っていたという。それを「容態のせいで会ってはいけないのか。そうでなければ、当方でぜひ会う用があるのだ」と押したのは小川氏であった。年輩の、温厚そうな主治医が出てきて、「右脚骨折だけだから、生命に別条はないが、手術後間もないから興奮するのは好ましくない。それを約束してもらえるなら」と言った。「努力します」と言ったのは孫氏であった。

ほとんど白一色の明るい部屋に、十人ほどの白人の患者がいた。ロバートのベッドがいちばん端にあるのは、なんとなくお前をほっとさせた。

「用件は、だいたい分っている」とロバートは会うなり言った。そして孫氏へ「あなたが弁護士か。日本人か」

「中国人だ」孫氏が自分でこたえた。

「中国人？　なるほど、中国語ができるという話だったな」ロバートに私生活を知られているということが、まるで嘘のようにいまでは思えた。「中国人が彼女の弁護をするのか」

「弁護はしない」

「では、おれに何を話しにきた。ことわっておきたいが、この部屋にいる者はみな病人だ。分りきったことでなが話をしてもらいたくないし、病人を興奮させる権利はあなたがたにはない」

「もちろん、私たちは法的にあなたを拘束しにきたのでもないし、またその権利もありません」孫氏は、ゆっくりとおちついた口調を保った。「私たちも、あなたに興奮しないでゆっくり相談に乗ってほしいと思います。この気もちを理解して、努力してください」

「私たちは、合意の上での行為をおこなったのだ。そして、私は裏切られたのだ」

「そのことを、法廷で証言してくれますか」

「なに？」

「あなたは、なにか誤解している。私たちはまだあなたを訴えようとは考えていない。ただ、この人の娘が訴えられて、裁判を待っている。その裁判で、あなた、証言してくれませんか」

「なにを証言する」

「あなたはいま、合意の上でやった行為の末、裏切られたといった。それを証言してくれますか。むろん、あなたを裁く法廷ではないが、娘がこの上もなく依怙地《いこじ》にあなたの犯罪を主張すると、あなたへのこだわりが、世間からなかなか消えない。沖縄人の理解のなかで、あなたが……」

「下手な誘いだ。その手には乗らぬ。私が娘のおかげでこれだけの怪我をしたのは、まちがいのない事実だ。そして私は、沖縄の住民の法廷に証人として立つ義務はない」

お前は幾度か口をさしはさもうとして、小川氏から袖をひかれてやめた。お前のなかに怒りと絶望とが混乱して、しだいにふくれ、もつれを大きくしていった。お前の眼の前のそのロバート・ハリスという患者は、お前の家の裏座敷に女を間借りせしめて、週に二度泊りにやってきて、お前の家族とも片言の日本語でつきあった、あの男なのか。たまにはカリフォルニアの故郷の農場と家族の話もして、お前たちに彼の家族ともつきあいがあるかのような錯覚さえおこさしめた、その男なのか。お前は、ときに俳優が役柄で性格を千変万化させる現象というものを疑うことがある。素顔がかならずしも真実ではない、と論じた芸術論かなにかをよんだおぼえもある。だが、それは芸術の世界だけのことだと考えていた。実生活にそれがあるというのか。それは何を意味するのか。ロバートの真実はどれだというのか。お前の家族とロバートとの関係の真実はどれだというのか。かつてロバートの姿をみて、ヨットに乗せて波を切らせたらさぞよく似合うだろうと想像したことがある。女は籍に入れたのかどうかは聞きもらしたが、ロバートとは似合いの容色で、仲もいいようであった。その男がお前の娘を。ああも醜い行為を。

「お前の女はどうした」お前が質問した。

「お前に関係はない」ロバートはこたえた。にべもないのは、女とはもう切れたといういまいましさの表現なのか、いまのこの場面の問答をやみくもに払いのけようとする意志の表現なのか。

「あなたの権利は……」

孫氏が言いかけるのを、お前はおさえた。「もう権利、義務の問題ではないのです。帰りましょう」

しかし、孫氏と小川氏が扉へむかったとき、お前はロバートに向かいあった。

「合意の上の行為だとお前はいった。だが、私は絶対に信じない。それは、いまのこの場所で確認したことだ」

孫氏の提案で、お前たちはまっすぐ街へ帰らずに近くにあるゴルフ場へまわった。ゴルフを遊ぶのではなく、芝生の上で話しあうことにしたのだ。もう昼がさかりなので、クラブをもつ人は多くない。夏が近く、花模様のアロハ・シャツを風になびかせている姿は、いまのお前にあらためて彼らが生活をたのしんでいる様子を感じさせた。

「私はできるだけのことを試みようと努めた」と孫氏がいった。なかば独白のようだがあきらかに弁解をふくんでいた。

「ご努力に感謝します」お前はうけて、「私がもっとねばるべきだったかと思います。しかし、権利とか義務とかいう言葉のやりとりに、もはや私は耐えられないのです」

「そうでしょうね。しかし、理解してもらわないといけません。この二つの言葉には、人間が歴史のなかでかぎりない苦労をなめてきた跡が、その苦労を克服する呪術のかたちで表現されているのです。法律家の悪い癖だといわれるかも知れないが、現代の生活にはこれでしか片づかないことが多すぎる」

「しかし、こんどのばあいは、それでも片付かないようです。あるべき権利がない。あるべき義務がない」

「悪法も法だということを、言いたくはないが、私ども法律家はそれでしか仕事ができないのです」

「この法を」小川氏が割りこんで、「批判してみてくださいませんか。法廷でなしに、ここで」

「残念だとおもいます。私は第三国人。さきほど家でお話ししたとおりです」

「第三国人というより中国人として。いかがです」

「といわれると?」

「中国は、戦争中に日本の兵隊どもから被害をうけた。いま沖縄の状態をみれば、その感情も理解できるのではありませんか」

そのとき孫氏は、小川氏の顔をじっとみつめた。その顔に一瞬怒りのような翳がはしって、それが刹那に消えるとしだいに悲しみの表情が蔽ってきて、お前をおどろかせた。いけない、とお前がさとったときは間にあわず、孫氏はしずかに唇をひらいた。

「あなたは、私のおそれていたことをおっしゃった。私は、けさ事件の話をききはじめたとき、もうそのことを思いうかべていたのです。でも、できるだけその感情をおしかくすことにつとめてきた。しかしいまは……」孫氏は、あらためて二人の顔をみくらべて、「いや。あらためてうかがいましょう。一九四五年三月二十日に、あなたがたはどこで何をしていましたか」

お前と小川氏は、おもわず顔をみあわせた。

「私は」

小川氏がさきにこたえた。「北京の中学をまだ卒業してなかった。三月二十日はたぶん修学旅行で蒙古へ行っていたと思います」

「私は」お前がつづいた。「その前の年に学院を卒業して兵隊にいき、将校になって南京の周辺で兵隊を訓練していました」

言いながら、お前はようやく孫氏の質問を訊問と感じ、それにたいして後ろめたいことを報告しているかのような自分を感じた。

「私はね」孫氏は、お前たちの話に反応をしめさずに言った。「重慶の近くのWという町に住んでいました。いずれは重慶まで行くつもりでいたのが、妻がしばらく病気でねたおかげでおくれたのです。そして三月二十日のことです。四歳になる長男が行方不明になったのです。家の近所で子供たち同士で遊んでいたというのに、夕方みんなが家へ帰るころ、いなくなっていることが分ったのです」

話をききながら、お前は、家族部隊のなかの金網の前を思いだしていた。星空の下で孫氏はその思い出をしんしんと語っていた。孫氏がその幼い長男を捜して、夜の暗い街をあるいている姿を、アメリカの家族部隊のなかの舗道をながめながら、お前は想像した。——その記憶は、かなり遠いもののようでありながら、つい二、三日前のことなのだ、とお前は思いながら、ゆっくり話のつづきを迎えた。「三時間も捜しまわったでしょうか。日本軍の憲兵隊に子供が保護されているところに出会ったときの気もちは、ほんとうに何といったらよいか。たとい、この保護がじつは誘拐されてきたものであったとしても、そのときの気もちは感謝で一杯だったわけです。そして、長男を連れて、すっかり暗くなった街を家へ帰ってきました。そのとき、妻が日本の兵隊にすでに犯されていたのです」

「それは……」お前は、おどろいて叫んだ。「その最後のところを、あなたはこないだ話されなかった」

「あのときの話は、そこまでは必要でなかった。というより、その話にできるだけふれたくなかった」

「しかし、あなたがほんとうに言いたいことはそれなのでしょう」

「ほんとうに言いたいことを、現実には言ってはいけないということが、現代には多すぎます」

「あなたはそれでは」小川氏がいった。「あなたの奥さんが日本兵からそのような目にあったから、こんどの事件もあきらめろとおっしゃるのですか」

「両方の責任を差引き勘定で帳消しにするということは、よくないことなのですよ」

孫氏は、やわらかな眼差しで小川氏をみたが、小川氏はかまわず、

「あなたは卑怯です。私が中国のことをいったのは……」

「現実というものは、そういう風にみるものだと思うのです。なるほどあなたは、日本対中国の関係をアメリカ対沖縄の関係にあてはめて、ひとつの真実を示された。そして、そのときあなたは、日本が中国にたいしておこなった行為を批判しているような態度を示された。しかし、私からみれば、あなたの理解は非常に抽象的だ。あなたが具体的にその関係を理解するには、あなた自身の中国における生活、あのときの中国人と日本人との接触のしかたを見聞した実例を思いださなければならないと思うのです。三月二十日にあなたは蒙古に旅行された。そこで蒙古の人たちがあなたをどのような態度で迎えたか、思いだしていただきたいのです。そこに駐屯していた日本の兵士たちと蒙古人民との接触のしかたがどうであったか、思いだしていただきたいのです」

「中学生だったから、深いことは知らないかもしれません。しかし、蒙古のひとたちは私たちに非常に親切でした。すくなくとも私たちには」

「心からの親切だったのでしょうか」

「それは知りません」

お前は、ある体験を思いだしていた。それは、三月二十日のことではなく、それより八か月ほど前、お前自身が兵隊で訓練をうけていたころのことだが、夏の暑い日の行軍演習でお前は落伍をした。隊からはるかにとりのこされたのは、お前のほかにもうひとりいた。大陸の夏の日ははげしく、隊員のなかには行進中にたびたび路傍の田の水に靴のまま足をひたす者さえいた。お前とその戦友は、どうあがいても隊に追いつけなくなったのを、むしろ気楽に思っていた。戦線の最後方では、兵隊たちになんの危機感もなかった。途中、一軒の百姓家に出会った。水がほしい、と二人は思った。水筒には一滴もなかった。二人は気がるに百姓家にはいっていって、水を求めた。初老の夫婦らしい二人だけがいた。かれらはお前たちの乞いをうけると、さっそく茶碗になにか盛ってきて、お前たちにささげた。冷えた高粱粥《コウリヤンがゆ》であった。それはほんとうにささげるという物腰であったのを、お前は思いだす。この弱虫の兵隊め、東洋兵《トンヤンピン》め、と内心は思っていたにちがいないが、いかにも親しみをこめたような、わざとらしい笑顔に、お前は劣等感を感じたものだ。のこらずおいしく腹におさめてから、「謝々《シエシエ》」と一言のこして出ていった後ろ姿に、百姓たちは何とささやきあったことだろう。

「でも私は……」

小川氏がなにか言おうとするのをおさえて、

「あなたは何の悪いこともしなかったとおっしゃりたいのでしょうが、あなたの眼の前で日本人が中国人にたいしてとっている態度にあなたが批判的でありながら無関心をよそおったことはありませんか」

「それはしかし、あなたがいまこの土地でとっていらっしゃる態度とおなじだ」

「そうです。恥ずかしいと思います。私もいずれは懺悔しなければなるまいと考えています。それでもしかし、私はあなたがたの責任を追及しなければならない。あなたは……」孫氏はお前に転じて、「将校になって兵隊を訓練しながら、部下の兵隊が中国人にたいしてどのような態度をとっているか、充分みていましたか」

「やっぱり卑怯だ」小川氏が叫んだ。「そのような話にそらして、いま当面の問題からにげようとしている」

「そうですね」孫氏は、ほとんど涙ぐみながら、「ただ、あなたがたが当然考えるべくして考えなかったことを言ったのだということも事実です。もちろん私が正しかったとはいいません」

お前はだまっていた。なぜだまっていたのか。お前は自信がなかったのか。孫氏を論破する自信がなかったのか。部下兵隊のひとりが中国人の物売りからひったくりのようなことをやったとき、義憤のようなものできつい折檻をしたものの、あとで中隊長からそれを批判されて一言も反論しなかった、ひとつの経験をお前は思いだしていた。それはあるいは三月二十日のことであったかもしれないのだ。――しかし、それだから孫氏への言い分があってはいけないのか。いったい、お前の当面の問題は何であったか。娘の屈辱を告発することではなかったのか。孫氏からお前の過去の罪を問われたからといって、お前がお前の主張を叫ぶ権利は失われてしまうはずがない。——お前はしかし、沈黙をつづけた。お前の耳に、孫氏の言葉がきりのない残響となってひびきつづけるような気がした。というより、その残響をききながら、「娘の件で告訴しても、もう絶望だ」という宣告が同時にたたきつけられてくるのを感じた。それは、いつのまにかお前をそこへとじこめた孤独感のせいだったのだろう。「それとこれとは関係がない」と、お前のどこかでたしなめていた。しかし、お前はその声にたいしてかぶりを振り、しだいにつよく振りつづけた。

「あそこに」孫氏が遠くを指さした。「二人のひとが歩いて行きますね。ひとりはアメリカ人で、ひとりは沖縄人です。二人のあいだは、かなり距離をおいているが、仲間のようです。話しあっているが、ここからは聞こえないから、なんとなく二人のあいだの隔たりを感じる。ちょうど、あれみたいですよね、私たちの関係は」

三人は、起ちあがった。

小川氏が、歩きながら、お前にささやくようにいった。

「感傷におぼれちゃいけません。あれはあれ、これはこれ。割り切らなくちゃ」

しかし、お前はそれを聞きながら、小川氏がパーティーで郭沫若《クオモールオ》の『波』について話していたのを思いだしていた。

「郭沫若《クオモールオ》の『波』という小説のなかに、中日戦争のさなかに敵の——つまり日本の飛行機の爆音をきいた母親が、泣きわめくわが子の首を扼殺するところがありますね」

そのときお前は言った。

「沖縄戦でもありましたよ」

そして、そのつぎに言おうとして言えなかったことを、ふたたびお前は思いおこした。

「ときには日本兵がやったのです。日本兵がおなじ壕のなかで、沖縄人の赤児を銃剣で刺したのです」

ただ、ここでもふたたびお前は、そういう兵隊と縁のつながっているかもしれない小川氏の前にその言葉を出せなかった。

娘が帰ってきた。お前が孫氏や小川氏と別れて家へつくと、しばらくして姿をみせた。妻は夕食の支度にかかろうとしていた。娘は玄関をはいってくると、お前たちの顔をみるなり、すーっと笑った。かすかな笑いで、そのような娘の表情をみたことのないお前は、おどろいた。ほんとうに取り返しがつかないという表情だ、とお前は感じた。しかしつぎの瞬間、二日間の訊問をうけたにしては、顔色もおとろえず服装も行ったときのままなのが、いかにも不思議におもわれた。それまでは、その訊問がどのようなものであるのか、想像もできないだけにそれだけ怖ろしく、夜もろくに眠れない思いをし、しかもミスター・ミラーや孫氏にかつて思いもかけなかった壁を発見してきた、その三日間のあとだ。お前は、娘が帰ってきたという安堵より、これまでどう過ごしてきたかを、まず知りたかった。

　しかし、娘の答えはお前たち夫婦をさらにおどろかした。娘は、あの晩おそくまで訊問されたが一晩も泊らされることなく釈放された。あとは市の警察署に移管されるはずだ、と告げられた。彼女はそのまま家へ帰らずに友達の家へ行って泊った。もとの級友で数か月前にコザ市に引っ越して転校したのがいたからだ、とすらすら説明した。家へは帰りたくなかった。これまで一度も外泊をしたことがなかったが、はじめて気もちが家からはなれた。父母の哀れをこめた眼差しに終始つきまとわれるのがたまらないと思った。——淡々とそのように報告する娘のこころを推しはかるのに、お前は苦しんだ。娘がはじめて外泊した心事を、お前は疑った。しかも、コザにということは、あるいはその友達というのがすでに不良なのではあるまいか。しかしまた、一方では、父母の哀れをこめた眼差しを怖れるというのは、あまりにもまともすぎる、といえるのではないか。まともでなければ、正直にコザとは報告しないのではないか。お前は、ミスター・ミラーや孫氏からうけた信じがたいなにものかを、娘からもうけたような気がした。そう感じると、お前はいらだった。お前は、この二日間のことを娘に告げた。ミスター・ミラーや孫氏に協力を求めてロバートを証人台に立たせ、同時に彼を告訴しようとしていると。

すると娘がいきなり笑いも憂いもうしなって叫んだ。

「やめて！　やめて、そんなこと！」

つぎの日、お前は娘のつき添いで市の警察署に行った。前に会った中年の警官が娘をとりしらべるあいだ、隣の部屋で待った。二時間ほどで取り調べがすむと、警官はお前に、娘の身柄を不拘束にして、これから送検の手続きをとるのだ、弁護士の用意はよいか、などと話したあと、告訴のほうをどうしますか、ときいた。お前は娘をみた。娘はうつむいていた。お前は警官にむかってふかく頭をさげて、いちおう見あわせますと言った。

なにか腰の抜けたような思いで、孫氏と小川氏にだけ電話で報告した。孫氏は、告訴をやめにしてよかったとあらためて言い、裁判の相談には十分協力させてもらうと言った。それから小川氏に電話すると、考えてみるとやはりそういうことになるのかもしれませんね、でもそれでよかったようなものではありませんか、とあいまいな感じで、しかしやはり事が片付いたような相槌をうった。

娘は学校に通いはじめた。事件のことは幸いに知られず、ただ検察庁の調べと裁判を待った。いずれは明るみに出ることになるのだろうが、その罪には決してやましいところはないのだ、という自信が、なんとなく娘やお前を勇気づけていた。ミスター・ミラーへの憤りや不満もすこしはうすれてきた。そして、十日ほどたった土曜日の午餐に、ミスター・ミラーからクラブへ集まってほしいという通知がきたのだ。小川氏が電話で伝言してきたとき、さすがにすこしためらう気もちがあったが、ミスター・ミラーはいくらかあやまる気もちなのかもしれないから、と小川氏からなだめられて、出席することになった。ただ、ミスター・ミラーとどう話のきっかけをつけたらよいか、というのがすこし心配だったが、出てみてそのことは何ともなくなった。ミセス・ミラーも一緒で、彼女が会うなり、「お嬢さんが元気な姿でまた教室にみえたのでほっとしています」というのへ、ただあいまいな微笑を返していると、ミスター・ミラーは、早速他の二人をつかまえて、パーティーの礼をいっていた。

なるほど、パーティー以来の会合なのだ、そういえばあれから幾日もたっていないのになにかずいぶん日数がたっているような気がする、などと考えていると、いつのまにかミラー夫妻と小川氏、孫氏の四人のあいだに沖縄文化論がはじまっていた。

「妻が」とミスター・ミラーはことさらお前に向けて、「こないだの話題でいちばん面白かったのは、沖縄文化論だということだった。私は、さっそくあらためて博物館を見学してきましたが」

あのことをことさら忘れたような表情で話すのを、善意にうけとるべきかどうか、あるいはそうすべきなのかもしれない、などといくらかの迷いをのこしながら、

「この問題は、われわれ沖縄人のあいだで議論しても、なかなか片のつかない議論なの

ですよ」

お前は適当に相槌をうった。その議論がいつの世紀まで平行線でおこなわれるかなどと考えるはたで、ゴルフ場で孫氏が遠くを歩いている二人の人間を指さして言った言葉を思いだしていた。そこへ、

「やあ、おそろいですね」

いきなり声をかけてきたのは、あの要領のよさそうな男、リンカーンであった。彼は、お前たちのひとりびとりを指さして、「国際親善もこれは最高のものでしょうな」

それから、ひと呼吸したかと思うと、「あ、そうだ。例のミスター・モーガンの息子の件ね。みんなをさわがせた事件。あの件で、ミスター・モーガンがメイドを告訴したそうですよ」

「なんですって？　ほんとですか」

お前はフォークを音たてて皿になげた。

「ほんとうですよ。私の友人にＣＩＤがいましてね。もちろんまだ参考ていどに出頭させて取り調べているところらしいのですがね。まあ、あまり気もちのいい事件ではありませんね。無実で告訴したとなれば面白くないけれども、実際に誘拐かなにかの意志があったとすれば、ほっておくわけにいきませんしね」

お前は、ミスター・ミラーから順に三人をみた。三人ともリンカーンの話の途中から、

難しい顔でおしだまった。あのパーティーの親善の雰囲気をリンカーンだけがもちつづけていた。小川氏も孫氏もミラー夫妻も、もちろんお前の事件をただちに思いおこしたにちがいない。

きょうのこの突然の集まりは、たしかに小川氏が言ったように、それを含んでミスター・ミラーが、お前を慰めようとしているのかもしれない、とお前はあらためて信じこむ思いをした。

「まったく、おかしな夜でした。われわれは結構おもしろかったですけれどもね。人生って結局そういうものなのですね。やあ、私の連れに待ちぼうけを食わした。ここの今日のスペシャルはあひるの蒸し焼きです。私はこれが最高に好きでしてね」

リンカーンは、ステージの向こうへ廻っていった。お前の眼の前を、左から右へ白人の男がひとりネクタイをなおしながら横切っていった。ちょっとはなれたむこうのテーブルに、外人の夫婦らしいのがいて、いま来たばかりのやはり夫婦らしい沖縄人と笑いながらあいさつをかわしていた。お前のうしろで子供の声がしたのでふりむくと、外人の家族らしいテーブルだった。ちょうどデザートのアイスクリームがきて、ウェイトレスが子供たちに配ろうとしているが、ひとりの子が、注文とちがうとかいってごねていた。ついているメイドが、ウェイトレスと日本語で相談をしていた。話しているメイドの二の腕を、ごねた子が人指し指でちょいちょいと突ついていた。

ようやく客がふえて、テーブルが満員になりかけた。お前は、モーガン二世とメイドとのあの晩の夕食の光景を思いうかべ、お前の娘とロバート・ハリスとの街での夕食のテーブルを思いうかべた。

「いったい、沖縄と中国との交通は、何世紀からはじまったのかね」

ミスター・ミラーが、とつぜんお前に質問した。

「その問題にそれほど興味をおもちですか」

お前の語調に突然はっきりと固いものがまじった。

「え？」ミスター・ミラーは、かすかにとまどいながらも、「もともと歴史はきらいではないのです。この機会に文化交流の歴史でも研究してみようかなと思って」

——よしたほうがいいでしょう。

ミラー　え？　なぜ？

——この機会に、とおっしゃる。その機会の意義を私は疑うのです。

ミラー　あなたは……

——こないだあなたから断られたことを、孫先生にやっていただきました。

ミラー　……そうでしたか。

——あなたは、孫先生ならちょうど適任だとおっしゃった。しかし、孫先生でも正面から協力できる事件ではないようです。

ミラー　やはりね。あなたには気の毒だが、やはりそういうことかもしれない。

――だがあれははたして自然なことだったでしょうか。

ミラー　え？　あれとは？

――私が彼に会ったとき彼からうけた処遇のことです。私がアメリカ人から侮辱をうけたといったら、あなたはどういう感情をおもちになりますか。

ミラー　その侮辱の性質による。そしてそのときの環境と。

（ミスター・ミラーの腰がたちなおった）

――私が外人から侮辱をうけたのは、戦後二度目です。最初は一九四五年九月。八月に現地除隊をして上海で暮らしていた私は、ある日人通りのすくない舗道をあるいていて、向こうからやってきた白人青年にすれちがいざま拳固で腹をしたたか突かれた。私は『日僑』とかかれた腕章をつけていたのです。その場にしゃがんで痛みをこらえながら私は、戦争に敗けたことを身にしみて感じた。

孫　中国人のほうは、終戦後も日本人に親切だった……

――そうです。おどろいたことに、奥地から進駐してきた中国軍隊がとくに親切でした。私たちはおかげで敗戦国民の実感を半分しか味わっていない。それだけに、あの外人から腹をなぐられたとき、よけい精神的にこたえた。

ミラー　それはアメリカ人ですか。

――分りません。上海にはいろいろの国の人がいましたから、アメリカ人ではないかもしれない。しかし、私はそのとき彼をアメリカ人だと思いこんでしまった。

ミラー　ちょっと待ってください。あなたの被害にたいして同情をこばむわけではないが、あなたの結論はあまりにも感覚的すぎる。アメリカ人であるかないか分らない加害者をアメリカ人だときめつける。それはあなたが、戦争でアメリカに敗けたと意識していたからだ。こんどの事件でも、その事件の感覚をもって私にまで感情的影響をあたえるのは、あなたらしくない。

――感覚的すぎるかもしれませんね。しかし、ロバート・ハリスは論理的すぎました。彼には私の依頼に応じる義務はない。いまの沖縄の法律では、娘の裁判に彼を証人として喚問する権利はない――そう自らはっきり宣言した。その理屈は私も知っている。しかし、ロバート・ハリスがそのことを私にいうことは、あまりにも正しすぎる。

ミラー　論理というものは、ときに犠牲をともなう。

――孫先生とも、そのことで話しあいました。孫先生も、やむをえない論理にしたがっているのだとおっしゃいます。しかし、おたがいはほんとうに論理に忠実に生きているでしょうか。いや、論理的に行動すべきことと感覚的に行動すべきことを、生活のなかできびしく定めて生きているでしょうか。

小川　(日本語で)それからさきは言わないほうがいい。

——（日本語で）ありがとう。しかし、まだ本題にはいらないのだ。（中国語で）いま小川さんが言ったことの意味がわかりますか。彼は私がこの私たちの安定したバランスを破ることを心配しているのです。しかし、やむをえないと思います。この安定は偽りの安定だ。ミスター・ミラー、あなたは私がほかのアメリカ人からの被害であなたにまで感情的影響を及ぼすことを心外に思っていられるが、しかし、あなたは他のアメリカ人より、どれほど私に近いのか。たとえばあなたは、自分の職業について正確に私に伝えたことがない。私の質問にさえも、あなたはごまかして逃げた。

ミラー　それには他意はない。職業上のマナーにすぎない。

——他意があったと、いまでは私は考えるほかはない。あなたの職業を知ったいまでは、そう考えるのも自然なのです。あなたと私との間は、まだかなり遠い。

孫　私がせっかく努力してきたことを、あなたはすべて破壊しようとしている。

——孫先生、あなたは努力する必要がなかった。いや、その努力は立派なことだが、その前にすべきことをあなたは怠った。

ミラー　何の努力です、孫先生。

孫　終戦直前に蔣総統が軍隊はじめ全国民に訓辞をたれたのです。自分たちはかならず戦争に勝つ。勝ったら日本の国民とはかならず仲よくせよ。われらの敵は日本の軍閥であって日本の人民大衆ではない……

——私も聞きました。だから私たちは甘やかされ私たちは甘えた。

小川　しかし、中国人はほんとうはあの怨恨を忘れていないのではありませんか。

ミラー　それはやむをえない。忘れようとしても忘れられるものではない。いかなる大義名分があろうとも。

孫　怨恨を忘れて親善に努める——二十年間の努力というのはそれです。それを、あなたは破壊した。

——私ではない。小川さんでもない。ロバート・ハリスがそれを破壊した。ミスター・ミラーが破壊した。ミスター・モーガンが破壊した。

ミラー　気違い沙汰だ。親善の論理というものを知らない。二つの国民間の親善といったって、結局は個人と個人ではないか。憎しみにしたってそうだ。一方で憎しみの対決がある。それが幾つもある。しかし他方でいくつもの親善がある。それをわれわれはできるだけ多くつくろうとする。同一の人間どうしの間でもそうだ、この時に憎んでもいつかは親善を結ぶという希望をもつ。

——仮面だ。あなたがたは、その親善がすべてであるかのような仮面をつくる。

ミラー　仮面ではない。真実だ。その親善がすべてでありうることを信じる。すべてでありたいという願望の真実だ。

——いちおう立派な論理です。しかし、あなたは傷ついたことがないから、その論理になんの破綻も感じない。いったん傷ついてみると、その傷を憎むことも真実だ。その真実を蔽いかくそうとするのは、やはり仮面の論理だ。私はその論理の欺瞞を告発しなければならない。

ミラー　どうするのです。

――ロバート・ハリスを告訴します。

小川　あなたは、告訴を断念したのでは……

――仮面の論理にあざむかれたということでしょうか。腹の底ではその仮面に気がついていながら、なんとなくそれを受けいれようとしてきたのですね。あの侮辱と裏切りをなぜこうも忘れようとしたか、腹立たしくさえなります。おそくはないでしょう。徹底的に追及してみます。

孫　お嬢さんが苦しむだけです。

――覚悟の上です。

孫　ミスター・ミラーのいわれた仮面の論理は、いまだに正しいと私は考えている。あなたの傷は私の傷にくらべてかならずしも重いものだとは考えていない。しかし、私は苦しみながらもそれに耐え、仮面をかぶって生きてきた。そうしなければ生きられない。

――しかしあなたはやはりこないだ、その仮面を脱がなければならなかった。小川さんの要求はたんなるキッカケにすぎない。あなたは自らそれを脱いだ。そして、なまの視線で私たちを凝視して追及した。二十年間その機会を待ちかまえていたような語調があなたにはあった。私もいま、それをしようと思う。あなたはゴルフ場で、アメリカ人と沖縄人とが沈黙のまま平行線をたどっている姿を指さしてみせたが、その必要はほんとうはなかったのです。

孫　私は必要があったと思う。

——孫先生。私を目覚めさせたのは、あなたなのです。お国への償いをすることと私の娘の償いを要求することとは、ひとつだ。このクラブへ来てからそれに気づいたとは情けないことですが、このさいおたがいに絶対的に不寛容になることが、最も必要ではないでしょうか。私が告発しようとしているのは、ほんとうはたった一人のアメリカ人の罪ではなく、カクテル・パーティーそのものなのです。

ミラー　人間として悲しいことです。

——ミスター・ミラー。布令第一四四号、刑法並びに訴訟手続法典第二・二・三条をご存じですか？

ミラー　第二・二・三条？

——あとでみてください。合衆国軍隊要員への強姦の罪。あれがあるかぎり、あなたの願望は所詮虚妄にすぎないでしょう。さようなら。

お前はクラブを出た。

クラブの前に横断幕がひるがえっていた。

Prosperity to Ryukyuans
and may Ryukyuans
and Americans always be friends.

琉球人に繁栄があり、
琉球人とアメリカ人とが
常に友人たらん事を祈る。

パーティーのあった一週間ほど前におこなわれたペルリ来航百十年祭行事で作られたものだった。ひとつひとつの文字をたんねんに読んだ上で、お前は警察署へむかって歩いた。

一か月たって、M岬で娘の傷害事件被告としての現場検証がおこなわれた。とくにゆるされて立ち会うことのできたお前にとって、M岬のたたずまいはあまりにも平和だった。ときには釣竿をもった遊客が四、五人はみられるというが、その日はそういう姿もみえず、かなり沖を鰹船がはしっているほかに生活の翳らしいものはみえず、珊瑚礁で突兀《とっこつ》とした崖の下にざざざと打ちよせる波音がものうくきこえるだけだった。そうした風景のなかで、この上もなく人間臭い事件の再現が実験されるということは、いかにもふさわしくなかった。お前は、あらためて大地をたたきのけぞりたいほどの悲しみにおそわれた。しかし、耐えなければならなかった。

娘は、裁判官の指示にしたがって、実験をすすめた。検事の現場検証のときお前はゆるされなかった。いま娘がときどきやりなおしたりすると、あるいは前回の実験のときと食いちがっているのではないかと、お前は気にした。ロバート・ハリスは証人出廷を拒否したし、娘は終始ひとりで証言しなければならない。海風に髪をなびかせながら、ワンピース姿の娘は、手つきで架空の相手をかたちづくりながら、周到な訊問にこたえていった。休んでいた場所から行為の場所へ、それから争いの場所を移動してゆく、その過程にいくどか駄目おしをされてはくりかえす、娘の努力をお前はみまもった。その検証をすくなくともう一度は実験しなければならないのだ。ロバート・ハリスを告訴した以上、その裁判のための証言に積極的な発言を覚悟しなければならない――。告訴したことを娘に告げたとき、娘はもうなにも言わなかった。その無言がお前には妙にこたえて、このさい告訴がどうしても必要なのだということを、お前はくどくど説明した。お前が二十年前の大陸でのことなどもちだして話すのを、娘は理解しえたかどうか。妻はそばで、そのようなことをいまさら言ったところで、と気をもんだ。娘がだまりこんでいると、お前はなおもくどく言いわけめいて話をつづけた。話しているうち、その告訴のために娘がいずれひどい苦しみを体験するであろう姿が、想像のかなたからしだいに逆流してきてお前を不意に攻め、瞬間的に後悔の気もちにおそわれることもあったが、それはやはり一時の感情なのだ、そういうことに負けて人間としての義務を裏切ってはならない、とお前は自分に言いきかせた。その覚悟をいまもっている。そこでお前は耐えている。

ただ、お前はまだ気づいてはいなかったが、娘はなんのためにお前の二十年前の罪をあがなって苦しまなければならないのか。おそらくは娘もそのような理屈に気づいてはいまい。彼女にとっては、これからさきどれだけかつづく苦しみの重みだけが問題であって、その理屈などどうでもよいのだ。だが、お前はそれを考えなければならない。ふたつの裁判に娘は敗れるであろう。それまでの娘の苦しみのなかにお前は分けいって、それを考えるべきだ。いま娘が実験をやりなおしやりなおしたしかめているものが何であるのか。それが、娘の苦しみやお前の昔の罪やいまの怒りと、どのような形でかかわりあうのか。娘のひとつひとつの動作のなかから、それを探っていかなければならないのだ……

お前はまだそれに気づいていない。ただお前は、娘の動きから眼をはなさなかった。ときどき刹那的に、このような平和の風景のなかで、まったくああいうことがありえたのだろうか、いま娘が虚空にかたちづくっているロバート・ハリスという人間がほんとうに生存しえているのだろうか、という疑いがこころのなかをかすめた。あるいは、この風景のほうが虚妄なのか。やはり孫氏が中国の故郷について告白したように、あまりにも生命の危機にさいなまれていると、自然の風景など存在しないのとひとしくなってしまうのであろうか。――しかし、いま実際に娘は崖に片腕ついて眼の芯まで染まりそうな青い海を背景にもうひとつの小麦色の腕をかざしている。その動作は、あの醜いものを命がけで崖につきおとした瞬間の動作なのであろう。沖のリーフに白波がよせる。お前は息をつめて、娘の全身の形をみつめ、きたるべき裁判に、おそらくミスター・ミラーや孫氏が傍聴する前で、健康いっぱいにたたかってくれと祈る。そこに虚妄はない……

戯曲

カクテル・パーティー

プロローグとエピローグをもつ二幕七場

時と場所

プロローグとエピローグ　一九九五年夏　ワシントンDC
本編　一九七一年夏　沖縄

人（年齢は、ベンを除き一九七一年当時）

上原（四八）
洋子（一七）
ミラー（四七）
ヘレン（ミラーの妻。四五）
小川（四三）
楊《ヤン》（五七）

モーガン（四五）
リンカーン（三五）
ロバート（二三）
ベン（ミラーの息子、一九九五年にのみ登場。四〇）
警官
日本軍中隊長、下士官（ともに声）

注　中国人の名を原作小説では「孫」としてあるが、これを英語で「Sun」と表記すると、アメリカ人は「サン」と読む惧れがあり、「お日様」になってしまうので、「楊」に変更した。

プロローグ

ワシントンの洋子の家。中流のマンションのリビング。
子供は居ないので、小綺麗にしている。
正面の壁に沖縄の風景。
洋子がコーヒーの支度をしている。

洋子 お父さん。冷たいコーヒーを淹れましたから。
上原 (登場)ああ、シャワーを浴びたら、さっぱりした。ワシントンも暑いものだ。お母さんを連れてきたら、かなり無理をさせるところだった。
洋子 お母さんの心臓は、そんなに悪いの?
上原 なに、家でゆっくりしている分には、どうということはない。
洋子 元気なうちにアメリカ見物をしてもらおうと、ベンとも話したわけだけど、すこし晩《おそ》かったわね。……でも、お父さん、今日は頑張ったわね。ワシントンも広いでしょう?

上原 さすがアメリカの首都だが、リンカーンの銅像というのが、一番印象に残ったね、沖縄から来ては。

洋子 沖縄が日本に復帰してから二十三年。いまごろこうしてお父さんをアメリカで迎えようなんて、想像もしなかったわ。

上原 お前がアメリカの大学に行きたいと言い出したときは、驚きもしたが、それもよいかと思って、送り出した。あれから二十四年経ったか。

洋子 不思議なものね、アメリカ人からあんな酷い仕打ちを受けながら、そのアメリカに留学したいなんて言い出したんだから。……でも、ここに来て、ベンと知りあったのだから、幸せというものね。

上原 だいたい、お前は強い女なんだ。それで父さんも母さんも気持ちの上で助かっているようなものだけれども。

洋子 相手しだいよ。ベンはそれこそ私を愛してくれるし。

上原 ただ、そのベンがあのミスター・ミラーの息子だと知ったときは……そのときの私とお母さんの気持ちがお前に想像できるか。

洋子 たしかに、返事の手紙をもらったときは、半日ほども、どう考えてよいか分からずに、ぼんやりしていた。でも、これが運命だと考えるほかはなかった。娘として我儘なだけかもしれないけど。

上原　沖縄は米軍の占領下といっても、日ごろは平和な一市民の生活だった。私も戦争のとき中国で日本軍の一人として戦ったということを忘れて、戦後はあらためて一人の公務員として、なんとなく時間の流れるにまかせて生活していた。そこで不意に癌細胞が暴れだしたような事件だった。

洋子　選りに選って、国際親善の見本のようなカクテル・パーティーで、お父さんが楽しんでいる夜になんてね。

上原　もちろんお前は……ベンにそのことを話してないだろうな。

洋子　話すわけはないでしょう。……だけど私、想像するわよ。もし私が真相を話したら、ベンはそれこそ、そのために弁護士になったようなものだと言うにきまっているわ。これからは、そんな目に絶対遭わせないぞって。ベンは学生時代から正義感の強い男だったし……。だっていま、アメリカの弁護士の競争って、それは凄いのよ。金儲けの出来る機会、事件を求めて、どの弁護士も鵜の目鷹の目よ。その中でベンは、たといお金にならなくても、できるだけ正義のタネを探して……などという言い方は、すこし気取りすぎるけど、でも、本当よ。私、その予感でベンに魅かれたのかもしれない。

上原　そういえば、ベンはそんなに忙しいのか。私の相手もできないくらいに。

洋子　でも、今晩、お友達を呼んでパーティーよ。ベンがお父さんのためにって。

上原　パーティーか。それは有り難く受けなくちゃね。

洋子　かつて沖縄でお友達同士だった人の息子と娘が結婚したなんて、素敵だと、大学時代の仲間も言っているわよ。

上原　お前からそういう手紙をもらったときは、正直いうと、お前がなにか復讐のようなことでも企んでいるのか、と思ったよ。

洋子　ミスター・ミラーのことを、ベンの話やお父さんの手紙で知ったときは、正直言って驚いたわ。でも、私たち二人の仲はもう後戻りできなかった。皮肉な運命を乗り越えようと、私は決心したのよ。

上原　ミスター・ミラーが親子して歓迎してくれたことに、私は母さんと一緒に感謝しなければならないのだと、話しあいはしたがね。

洋子　だから、今夜のパーティーは楽しくしましょう。新しいパーティーにするように。

上原　ベンは今日も法廷か。でも、アメリカは夕方にはちゃんと帰ってくる習慣はあるのだろう？

洋子　今日は法廷じゃないの。

上原　裁判関係でもなしに、忙しいのか。

洋子　退役軍人のために、国際法の勉強会を手伝っているの。

上原　退役軍人？

ベン登場。

ベン　やあ、お父さん、ごめんなさい。

上原　忙しそうだね、ベン。なに、私なら洋子さえ従《つ》いていてくれたら大丈夫だ。

ベン　お父さんが英語が上手なので助かります。

洋子　昔、お父さんとベンのお父さんたちが、沖縄で中国語を話しあう会をつくっていたんだってベンに話したら、お父さんのことをとても尊敬するって。

ベン　日本人で中国語も英語も話せるなんて、素敵ですよ。

上原　きみのお父さんのミスター・ミラーも、日本語と中国語を話した。（日本語でのつもりで洋子へ）お父さんは亡くなったんだって？

洋子　私たちが結婚してまもなくね。結婚したいとお願いしたとき、お父さんのことを話したら、涙ぐんで喜んでね。

上原　私はショックだったけどね。

洋子　私もそのことをお父さんにどう伝えようかと悩んだけど、むしろそれが過去の悲しい思い出を葬り去ることにもなるだろうと思って。

上原　そういう治療法というものも、あってよいかもしれない。とにかく、こうなった以上はそれを生かすことだ。

ベン　おいおい、二人だけで日本語で話さないでよ。
上原　すまん、すまん。昔話だ。
ベン　そうだ。お父さんにお聞きしたいことがあります。真珠湾をどう思いますか？
上原　真珠湾？
洋子　いまね。スミソニアン博物館で原爆展を企画しているんだけど、それに退役軍人が反対しているの。
上原　ああ、新聞で知っている。
洋子　アメリカでは、太平洋戦争のきっかけになった真珠湾奇襲のことを、日本で私たちが想像するよりも深く恨みに思っているのよ。
上原　それも知っている。
ベン　ヒロシマ、ナガサキの原爆投下は人類の敵だと日本では言っているそうですけれども、それなら真珠湾の奇襲攻撃は何だ、というのがアメリカの主張です。
上原　（なにか言いだそうとして、戸外の音が気になる。マーチが流れてくる。窓によって眺める……）「星条旗よ永遠なれ」か。たしか、そういう題名の曲だったな。
洋子　アメリカの人たちは、自分たちの国を世界で最も誇り高い国だと、みんな思っています。

戸外でパレードが行われている。

ベン　（これも窓から見下ろして）原爆展反対のパレードが行われているのです。
上原　ベン君。きみも原爆展には反対なのですか。
ベン　僕は反対とか賛成とか言う前に、国際法上、原爆をどの程度に問題にするべきか、法律的な見解を求められている立場なのです。
上原　すると、もちろん真珠湾のことも、一緒に論じるのでしょうな？
ベン　真珠湾のことは、国際法上ももちろん問題にしますけれども、なにしろ人間として素朴に恕《ゆる》しがたい、個人の場合なら信義を裏切られた、道義上の問題だと、アメリカでは言っています。
上原　では、ヒロシマ、ナガサキの原爆は素朴な人道上の問題ではないというのか？
ベン　あの場合は、もしあれがなかったら、戦争がもっと続いて、もっと多くの軍人や非戦闘員が犠牲になったに違いありません。そのことがむしろ人道上のことだと考えられるのです。それを思い合わせると、まだ恕される、ある意味では望ましいものかもしれない、というのがアメリカの多くの世論です。
上原　ああ。やっぱり親子なのだな。
ベン　親子？　どういうことですか？　僕の父が沖縄で何か？

上原　いえね……。（なにか言おうとして、表現に苦しむ）

洋子　やめてよ。いまさら、あのことをここで話したって、簡単に分かってもらえることではないわ。……私はパーティーの準備をはじめます。（退場しようとする）

ベン　いや、待て、洋子。僕は弁護士だよ。いまお父さんが何を言おうとしているか分からないけれど、事の是非ということについては、きわめて理性的に受け止めることを心得ている。

洋子　いまの私には関係のないことよ。（退場）

ベン　……あらためて伺います。沖縄でいったい何があったのですか？

上原　（にやにや笑って）自由諸国の自由防衛だ。そのために個人の自由が剥奪された。民主主義アメリカの国民には想像もつかない人権蹂躙が、アメリカだけの大義名分の下に行われた。

ベン　なんですか、それ？

上原　その隠蔽としてのカクテル・パーティーだよ。

ベン　カクテル・パーティー？

上原　きみのお父さんのミスター・ミラーは、中国語が堪能だった。その秘密が私には見抜けなかった。カクテル・パーティーのことを、中国語でチーウェイ・チューホエという。そのチーウェイ・チューホエをするからと、ミスター・ミラーの住宅に招待を受けたことからはじまった。

ベン　はじめて聞きました。あのころ、父と母は沖縄勤務でしたが、僕はこのワシントンDCで祖父母と一緒に暮らしていましたから、……で、何が始まったのですか？

上原　招待をうけたのは、ミスター・ミラーが日ごろつきあっている、日本人新聞記者の小川さんと中国人の楊さん。この人は弁護士です。それにミスター・ミラーと私の四人が、日ごろ中国語を話し合う仲間として集まった。そして、その日はゲストとして、ミスター・ミラーのご近所に住む、モーガンとリンカーンという二人のアメリカ人も来た。

一・1

ミラー家の応接間。
モーガンとリンカーン、それに小川と楊が、開幕前から酒のグラスを片手に、琉球民謡の「浜千鳥」かなにかを聴いている。そこへミラーの妻、ヘレンがつまみの皿をもってきて、

ヘレン　この曲、いかがですか、モーガンさん？　有名な琉球民謡ですよ。

モーガン　（無理に神妙な表情をつくって）うーん、難しいものですな。……どうです、リンカーンさんは？

リンカーン　（まったく話にならないという表情で）いや、僕はアラバマに生まれていながら、黒人霊歌などまったく肌に合わんですからね。ましてや、こうしたアジアの異民族の曲などは……。

モーガン　（小川へ）あなたはどうです、小川さん？

小川　（曖昧につきあう表情で）まあね。私は日本人だから、あなた方よりは……。

モーガン　日本人といったって、この沖縄はもともと日本ではないんでしょう？

小川　いや、日本ですよ。だからこそ、来年の五月には復帰することが決っているじゃないですか。

モーガン　といっても、現在のアメリカ支配が来年からは日本に切り替わるだけだ。それに、話に聞いたところでは、沖縄は、近代になってからは日本だが、その前は日本ではなかった。琉球王国という独立王国だったと聞かされていますよ。

小川　それは言いすぎですよ。アメリカ支配は軍事占領であって……それに、今でも沖縄の人たちは国籍は日本です。法律上は、日本人が他国に住んでいる、という扱いです。近代以前の歴史がどうであれ、来年になれば、名と実が伴うことになるのです。

モーガン　（不承不承に頷く）

音楽がやむ。

リンカーン　(楊へ)　楊さんはどうです?　あなたは中国人だから、最も関心が高いでしょう。沖縄はもともと中国の植民地だったというではありませんか。

楊　植民地というわけではないですよ。中国の皇帝が琉球国王を任命するという制度があったことは確かですけど。

リンカーン　では、植民地ではないですか。

小川　まあ、そう揉めないでください。琉球王国は日本と中国の両方にたいして、平等に礼をつくしていたということですよ。

モーガン　つまり、大戦後にアメリカがこの沖縄を統治するのについても、その正当性を沖縄の、つまりもと琉球の歴史が証明してくれたと考えてよいのですよね。僕は一介の空軍人事部の職員にすぎないけれども、これでも仕事のために、この島のことは勉強したつもりですよ。

小川　(すこし皮肉っぽく)　では、この曲もまじめに聴いてよいのではないですか。

モーガン　(すこしむっとして)　まじめに聴いていますよ。でも、まじめに聴くということと、その曲を気に入るかどうかということとは、別ですよ。……どうも、アメリカでも同じだが、新聞記者というものは気に入らない。他人の批判ばかりしている。

小川　これはどうも失礼しました。そういう意味で言ったのではないですよ。根っから気に入らないと言ったのでは、どこの土地でも暮らしにくい、ということを言いたかったのですよ。

モーガン　根っから気に入らないと言ったのは、この人ですよ。（リンカーンを指す）

リンカーン　（剽軽に頭をかいて）じつはそうなんです。ミセス・ミラーには申し訳ないですけど。

ヘレン　あら、私はまったく堪えませんのよ。そのようにフランクに話し合うのが、わが国のパーティーの慣わしですもの。

リンカーン　有難うございます。そういえば、まったくですな。故郷を遠く離れて、このような絶海の孤島に……。

モーガン　おいおい、また問題発言だよ。

リンカーン　また失礼。（みな笑う）西太平洋のこういう小さな島でも、自由諸国の自由防衛のために貢献することを認識して、島の北部で毎日行われている軍事演習は演習として、われわれシビリアンはシビリアンとして、……ええっと……（詰まる）で、

みな笑う。

リンカーン　（笑いに乗じて）つまり、乾杯！（みな笑いながら乾杯）

ミラー　（登場）どうも失礼。お客さんを待たせて申し訳ないとは思ったんだが、何しろ急な電話が入ったもので。
リンカーン　まったく失礼だよな、お客さんだけを盛り上がらせて。
ミラー　追っかけましょう。何の話です？
モーガン　琉球民謡が気に入るか入らないか、という話です。
リンカーン　あなたがたは、つまり、ここにいる三人の、ミスター・ミラー、ミスター楊、ミスター小川、それにもう一人いると言いましたよね。沖縄の人ですか？
ミラー　ミスター上原。そういえば晩いな。どうしたのだろう。かならず来ると昼間のうちに電話はあったから、まもなく来るでしょう。……それで？
リンカーン　この四人が中国語を話す趣味でグループを作っているということは、かねてから聞いていたし、今日ここに私たちまで招待してくださって、パーティーを開いてくださるというのは、まったく有難いことです。
ミラー　出席してくださって、どうも有難う。沖縄という土地柄で、ごく小さな合衆国のような多民族のパーティーというのもよかろうと思って。
モーガン　沖縄はいまや、国際親善のモデルですからね。米琉親善とよく言うね。
ヘレン　それでせっかく沖縄という土地柄だからと、琉球民謡のレコードをかけて聴いてもらったら……。

ミラー　揉めたわけ？
リンカーン　揉めたのは私が悪いのです。
モーガン　いや、私が悪い。
ミラー　そう、その調子。譲り合ってこそ、パーティーというものは成功するのです。とくに、こうして異国に来ているのですから。
小川　そう、異国、異国と言わないほうがいいのではないですか。まもなく上原さんも見えるのですから。
ミラー　そうだ、これは失礼。本当にどうしたのだろう。……（妻へ）娘さんからなにか話があったか、遅れるとかなんとか？
ヘレン　いいえ。彼女はこのごろ休みがちなのよ。
モーガン　娘さんて？
ミラー　妻が英会話教室をやっていましてね。上原さんの娘さんが、高校生だけど、その教室に来ているのです。いずれアメリカに留学したいといって。
モーガン　ほう。語学家族なのですね。
ミラー　うちの息子がいまアメリカにいますが、連れてきていたら、ちょうど良いお友達になれたかもしれない。

上原登場。

上原　今晩は。遅れて失礼しました。出がけに女房とすこし口論になりましてね。
小川　これはお惚気《のろけ》だ。

笑い。

小川　いや、失礼。正直にいうと道に迷われたかと思った。
上原　ああ、それもあります。その辺で十分くらいもうろうろしていたかな。
ミラー　迷った？
小川　たしかに、たまに来る人には難しい地理ですよ。広大な芝生に同じ設計の一戸建て住宅ばかり。それに通路がわがままに曲がりくねっているでしょう。
モーガン　それはたしかにそうだ。沖縄の人から見れば、ここは外国でしょうな。
ミラー　それはすまない……と、私が謝らなくてはならないのかな？
楊　（ゆったりと）謝ったらいいですよ。
ミラー　なるほど。弁護士先生がおっしゃるのでしたら、従いましょうかな。……では、アメリカ合衆国の大統領にかわって謝ります。

笑い。

ミラー　さてと……謝ったからには、駆けつけ三杯を要求する権利がありそうですね。……いかがです、上原さん、駆けつけ三杯！

上原　（苦笑して応じようとする）

リンカーン　何です、それは？

ミラー　日本の習慣です。パーティーに遅れてきた人には、酒をたてつづけに三杯飲み干す義務がある、ということです。

モーガン　だけど、飲めない人はどうするの？

リンカーン　（はしゃいで）あ、それはいいなあ。やって、やって、やって、やって！

ミラー　それは……うーん。日本語のテキストに載っていない。（笑い）

モーガン　（楊へ）中国にもあるの？

小川　そういえば、中国語にも似たような言葉があったと思うけど。

楊　ホウライ・チュイシャン（後来居上）ですか。

上原　それはすこし違うんじゃないかな。それだと、後から来た者が上座に坐る、という意味になる。罰で酒を飲ませることではない。

モーガン　あなたがたは、二人だけで中国語を喋ってけしからんよ。英語で話してもらいたいな。

楊　アメリカには上座というものが無いから……。（笑い）

ミラー　いずれにしてもカンパーイ！　（乾杯）

ヘレン　上原さん。お嬢さんは近頃、英会話教室にお見えにならないようだけど、お元気？

上原　ええ、元気です。学校の部活などで忙しいようです。

ヘレン　でも勉強家ね。学校と英会話教室とかけもちで。

上原　いや。じつはさっき話した、女房との口論というのは、娘のことでしてね。

ヘレン　あら。どうしたのですか？

上原　英語の勉強に熱心なのはよいのですが、今日、近所に女をかこって、ちょくちょく来ている兵隊と、二人でドライブに行ったというのです。それを女房が許したというので、私が叱ったのです。

ヘレン　大丈夫ですよ。アメリカの民主主義は、上原さんのような善良な沖縄人を不幸に陥れることをしませんわ。

電話の音。

上原　（反射的に起ちあがり）ひょっとして、私へでは？

ミラー　（取って応対のあと）モーガンさん。（と、モーガンへ渡す）
モーガン　（電話をとって、二言三言話していたが、顔色をかえて）ちょっと用ができたので、失礼！（投げ出すように言うと、せかせかと退場）
小川　何があったのだろう？
ミラー　（後を追って退場）
リンカーン　（気にしない風に）いやあ、しかし、上原さんの中国語は見事ですな。どこで習ったのです？
上原　上海。
リンカーン　上海？　それは戦前？　戦後？
上原　（返事に窮する）
小川　まあ、いいじゃないですか。琉球王国は中国語の伝統があるんだ。……（上原へこっそりと日本語で、という調子で）こういう説明でいいですかな。
上原　（曖昧に頷く）
ミラー　（登場）みなさん。ご協力を願います。モーガンさんの三歳になる坊やが行方不明になりました。
小川　行方不明？　この家族部隊のなかで？
ミラー　夕食に見えなかったというのですが、いまだに現われません。

リンカーン　知り合いに電話したの？
ミラー　もちろん。
上原　では、基地の外に連れ去られたわけ？
楊　（落ちついて）とにかく捜してみるほかはないでしょう。
ミラー　お願いします。お楽しみのところをすみませんが。
リンカーン　やれやれ。とんだカクテル・パーティーだ。レッツゴー。（退場）

上原と楊を残して退場。

楊　こんなにきちんとした組織的な集落で行方不明だなんて、どうしたんでしょうね。
上原　とにかく、歩いてみましょうか。こんどは私たちが道に迷わなければよいのですが。

二人、引きつったような笑いで退場。

一・2

闇のなか。人捜しの声ばかりが聞える。

ミラー　モーガンさんの息子さんなんですがね。三歳なんですよ。見かけませんでしたか。こういうアメリカ人ばかりの家族部隊のなかですからね。みんなで気をつけてくれそうなものですが。

モーガン　ええ、私の息子なんです。昼間はメイドに預けっぱなしですが、今日はそのメイドも家に帰ってしまったものですから。……メイドの家もどこか知らないのですよ。電話番号も知らないのです。……では、心当たりがありましたら、ここに知らせてくださいませんか。私の電話番号です。

リンカーン　こうしてみると、基地も広いものですね。子供一人が隠れようと思えば、どこにでも隠れられるはずですよ。いや、隠れるんでなくて、隠すのかな。まさか、アメリカ人同士で、ミステリーじゃあるまいしね。……では、どうもお邪魔しました。虱潰《しらみつぶ》しに当たってみます。

ミラー　ああ、リンカーンさん。あなたは、この道をきたのですね。この家が一八二号で、私は一六〇から来たのだから……。

リンカーン　ええ。僕は逆に二〇〇台から下ってきたのです。だから、そこからこのあたりまでは、なにも手掛かりがなかったということになります。……しかし一体、ここにはいくつ住宅があるんです？　それをみんな回るのですか？　虱潰しにとは言ったものの……。もう犬も歩かない時間ですよ。……そろそろ、坊や本人が家に戻っているんじゃないですかな。

ミラー　そうだといいけど。……もうすこし歩いてみようか。

満天の星がかがやく。
上原と楊が登場。ゆっくり歩きながら、

上原　結構歩きましたね。ああ、綺麗な星空だ。

楊　まったくだ。こんなに夜空を美しいと思って見上げたのは久しぶりだな。

上原　沖縄の夏の夜空は、ことさらに美しいといわれます。あなたの故郷はどうですか。

楊　あなただって中国にいらっしゃったでしょうが。

上原　私は上海で大学を出たけれども、上海などのような大都会では、街の灯が星明りを消してしまいます。

楊　私だって同じですよ。揚子江の南側、江南の楊柳の向こうにひろがった青空や夜空は、もう私の眼には残っていない。残っているのは、生まれた上海から、戦争に追われて南京、武漢をへて重慶にいたるまでの、荒涼たる風景だけです。

上原　失礼しました。あなたは私と違って、日本軍に追われたほうだ。

楊　不遜な想像ですが、あの星空を見ていると、モーガンさんの坊やがあそこにでも飛んでいってしまったのではないか、という感じですね。

上原　（楊の大胆な表現に驚いて）まさか！

楊　驚いたでしょうね。

上原　いくら何でも……。いつものあなたらしくもない。モーガンさんが聞いたら怒りますよ。まるで誘拐されたとでも言っているようで。

楊　誘拐の可能性をまったく考えていないでもなかったんですよ。

上原　本当ですか。何を根拠に？

楊　上原さん。あなた、娘さんのことが心配ではないのですか。

上原　え？

一・3

演習の響き。大砲の音や自動車の音など——しばらくつづいて止む。

ロバートと洋子（高校生）が、楽しそうに登場。岬の崖の上である。海が美しい。

ロバート　こんなに遠くまで来てしまった。ここは真栄田岬《まえだ》というんだよね。そこは断崖絶壁だ。きみの家を離れると、演習場に近くなった。でも、演習のない日でよかったよな、洋子。

洋子　だけど、ロバート。あなたの道代さんに悪いんでない？

ロバート　道代は今日は実家に帰っている。これは洋子と二人だけのドライブだ。きみのお母さんにも許可をもらったじゃないか。

洋子　英会話教室をどうするの、と言われた。

ロバート　たまには、僕を先生にして生きた英会話教室だと思えばいいじゃないか。……本当だぞ、洋子。

洋子　そうね。……ああ、綺麗な海……、というより静かな……。

ロバート　沖縄の夕日は世界一美しいんだぞ。

洋子　ロバートは世界中の夕日を見たことがあるの？

ロバート　いや。先輩がたが言っている。

洋子　……ね、でも、もう帰らないといけないんじゃない？

ロバート　なんだ、いま来たばかりじゃないか。ほら、ごらん。いま夕日が沈もうとしている。あんなに夕日が美しいなんて、今日まで想像したこともない。

洋子　でも、いつでも美しいと言ったじゃない。

ロバート 今日のは格別だ。多分、きみと一緒だからだ。（寄ってくる）

洋子 （警戒しはじめて）誰かが来るといけないよ。

ロバート 珍しいことじゃないさ。沖縄の家庭では、どこでも近所にアメリカ人がいるし、沖縄の人が近所づきあいをしているじゃないか。洋子と僕もそれに違いないと、誰でも思うだけさ。（抱きつく）

洋子 いや！（思い切って振り払う）

日が沈んで暗くなる。

二人の対決つづく。

マーチ「星条旗よ永遠なれ」遠くで聞える。

洋子 私は道代さんとは違う！

ロバート 暗くなった。誰も見てはいない。……洋子、好きだよ。

暗転。星が非情に輝いている。波の音はげしく。

洋子、犯されたあと、思い切ってロバートを突き放す。

ロバート、崖から落ちる。

波が岸に寄せる音がはげしい。

洋子　ああ。どうしよう。崖から突き落としたのかしら。……ロバート！……海に落ちたの？

みじかい間。

ロバート　（崖の向こうから）洋子！　助けてくれ。

洋子　ああ。崖にかかったのね。よかった。でも、どうしよう。ロバート、この手につかまって。（手をさしのべる）

一・4

ミラーの家。

上原と楊が帰ってきて……、

上原　みんな、まだ戻ってこないのだな。……私たち怠けたみたいで、困ったな。

楊　大丈夫ですよ。すぐに見つかりますよ。

上原　そうだといいけど。

楊　上原さん。あなた、そんなに気にするのなら、また捜しにでかけたらどうですか。

上原　（楊の冷たさを感じ取り）だって、あなたが帰ろうと言ったのですよ。これだけ捜せば十分だって。

楊　私は重慶の近くにいた頃のある日のことを思い出していたのです。

上原　なんですか、いきなり？　重慶？　三十年前のですか。あなたが日本軍の眼を逃れて、逃避行をつづけていた、あのころの……。

楊　そうです。そのある日のことです。私の息子が……四歳になる息子が行方不明になったのです。

上原　ああ、それで思い出したのですか。で、それは今日のように？

楊　一緒に遊んでいた友達はみな家に戻っていました。日は暮れかかります。私は捜しました。日本軍に一部分を占領されていた街です。まさか日本軍が子供まで、という心配もあるし、それに……同じ中国人同士でも、どこにスパイがいるかしれない、その状況のなかです。戦争中のことですから、街に明かりが少ないのです。心細いことこの上もない。私が一体何をしたというのだ……。誰が私の息子を連れ去ったのだ？　と捜しまわりながら、私は見えない敵に語りかける気持ちで、思いました。

上原　息子さんは誘拐されていたのですか？　それとも……。

楊　日本軍の憲兵隊に保護されていました。

上原　……すると、だから、モーガンさんの息子さんも無事だと思うわけですか？

楊　しかし、憲兵隊から引き取るのに、大変苦労しました。いろいろと尋問を受けたのです。私がなんらかの謀略で芝居を演じているとさえ、思われていた形跡があります。すべては日本軍の思惑に従わざるを得ない、そういう環境でした。これが一体、自分の国だろうか、と絶望的にさえなりました。……奇しくも、一九四五年八月十五日の前夜のことでした。

上原　それは……今晩の事件に希望をもっているのですか、それとも絶望しての言いかたですか？

楊　両方です。しかし、真実はモーガンさんの息子さんの様子が分かってからしか、明らかになりません。なにしろ、誘拐されたのは……いや、失礼。危険にさらされているのが、占領側の人間ですからね。私の場合と明らかに違う。

上原　（苛立って）何が言いたいのです？

楊　（我に返ったように）そうだ。私は何を言いたいのだろう……。

上原　あなたの混乱が分からないわけでもありません。あなたは祖国の支配者が日本から共産党に変わったあと、それを嫌って香港経由で沖縄に逃げてきて、ここでアメリカ人のための弁護士をしています。だから、アメリカ人の子供が保護を受けるということに、かなり楽観的な見かたが出来る。しかし、弁護士といえども、局外者には違いない。その意味では、自分の身の上に照らして不安要素もないわけではない。だから、いざというときに、判断が混乱するということがありはしませんか。

楊　そうかもしれない。さっき私は、上原さん。あなたに娘さんのことが心配ではないかと問いましたよね。

上原　ええ。

楊　それと今の落ちつきかたと矛盾しているでしょうか?

上原　一見矛盾していますね。しかし、分かる気がします。つまり、言いにくいのですが……。

楊　亡国の民の絶望と諦観との、裏表ということでしょうか。

上原　そこまでは……!

楊　いや、上原さん。私は、沖縄という土地と私の運命と、いま重ね合わせているのですよ。

上原　どうして、そう突き詰めて……。

楊　いや、ご免なさいね。(かるく笑う)

ミラー　(登場) 楽しそうですね。

楊　いや、これは……。

上原　どうでした？　やはり？

ヘレン　（登場）あら、お帰りなさい。あなた、どうでした？

リンカーン　（登場。楽しそうに）いやあ、ご苦労さまでした。……まったく人騒がせな誘拐ですな。

上原　誘拐ですか？

リンカーン　（大きく笑って）そう、誘拐ですよ。漫画的なね。……つまりですよ。モーガンさんのメイドが一日暇を取ったんですがね。坊やを黙って自分の家に連れていってしまったんですって。

楊　ほう。で、モーガンさんは？　怒っていましたか？

リンカーン　それは怒りますよ。メイドの友達を通じてメイドの電話番号を調べあげ、ガンガン電話口で怒鳴っていましたよ。相手は本人か家族か知りませんが。

ミラー　しかし、私は推測するね。相手はたぶん電話を受けて、モーガンさんがどうしてそんなに怒っているのか、分からなかったのではないかな。

リンカーン　沖縄の人ならね。（笑いがとまらないという風に）まったく犯罪の意思が無いのに疑われるということが、沖縄の人には理解できないかもしれない。なにしろ、これだけ平和な民族というのも珍しいから。

楊　それだけで止まればいいが。
ミラー　どういうことですか？
楊　（ごまかす風に）いや……。
上原　つまり、その家族はモーガンさんの悪意を察しているかもしれない。
ミラー　それでは、逆恨みではないか。
リンカーン　いや、いや……。まあ、済んだことです。沖縄の人には結局、誘拐などできなかったということです。アメリカ人も、そういう沖縄の人を見れば、同感せざるを得ない。すべてがカクテル・パーティーですよ。さあ、飲みなおしましょうよ。いいでしょう、ミラーさん。（笑い）
ヘレン　そうですよ。そうですよ。沖縄って、そういうところですよ。結局は国際親善。平和なんです。
楊　本当にそれだけで済めばよいが。（上原へ）あなたもそう思っているのでしょう？

二・1

ミラーの家。

上原とミラー夫妻。

ヘレン　(大げさに眉根をよせて)まあ、そうだったのですか。そんなことも知らずに、私はただ、お嬢さんがレッスンに見えないのは、風邪でもひいたのかと……それで、お嬢さんはまだ警察に?

ミラー　警察ではない。CIDだ。犯罪捜査部。

ヘレン　あ、そうでしたわね。アメリカ人への犯罪は、CIDの管轄ですものね。で、まだそのCIDに?

ミラー　すこし黙っていてくれないか。上原さんはいま、とても深刻な話をしているのだ。

ヘレン　あら、ご免なさい。上原さんがいきなり大変な話をなさるものだから。……コーヒーでも淹れてきます。

上原　すみません。すっかり取り乱して。

ミラー　無理もありませんよ。……で、私に何をお望みで?

上原　ですから、ロバートに会って説得してくだされば、有難いのですが。

ミラー　何を説得するのです?

上原　(苛立って)ですから……娘は被害者なのです。なのに、ロバートは逆に娘を告訴したのですよ。

ミラー　それは聞きました。娘さんが、そのロバート・ハリスという青年に手籠めにあった。が、その結果、男を崖から突き落とした。それで、ロバートが傷害事件として告訴した。筋としてはそれで通るのではないですか。

上原　ほんとうにそう思いますか？

ミラー　誤解しないでいただきたいのですが、私はお嬢さんが被害を受けたことを否定しているのではないのです。しかし、ロバート・ハリスも傷害をうけた。そのことで彼は告訴した。その告訴に不都合はないと言っているのです。そうではありませんか。

上原　で、それでよいとおっしゃるのですか？

ミラー　念のために、もう一度言いますが、お嬢さんは、というか、あなたは別にお嬢さんの告訴をすればよいではありませんか。

上原　それが難しいといっているではありませんか。警察でのことを説明したでしょうが。

舞台の一角に、沖縄の警察官が浮かび上がる。
次の対話のあいだにヘレンがコーヒーを淹れてもってくる。

警官　（苦渋に顔をゆがめながら）いいですか、上原さん。あなたの苦しいお気持ちはよく分かります。私も沖縄の警察官としては、すぐにも、そのロバート・ハリスと言いましたか、そいつを逮捕したいですよ。しかし、それが許されていないのです、沖縄の警察には。それどころか……。

上原　聴きました。ロバート・ハリスをかりに逮捕しても、その裁判は沖縄の民の裁判所ではなく、アメリカの軍事裁判にかけられるということですね？

警官　しかも、その裁判は英語で行われるのです。そこで娘さんが被害者だと訴えたところで、強姦事件というものは、もともと立証の困難なものですから、娘さんに苦しい思いを強いることになるのです。

上原　分かります。それは諦めます。だから、せめて娘の裁判で……娘の裁判は民の裁判でしょうね。

警官　それは、いずれＣＩＤから沖縄の警察に移管されて、琉球政府の裁判所で裁かれることになります。

上原　その裁判に、ロバート・ハリスを証人として呼んでほしいと言っているのです。そこで、なぜ娘が彼を突き落としたか――つまり、正当防衛だということが……。

警官　ただ残念なことに、アメリカ人を証人喚問する権限が、琉球政府、つまり民の裁判所には与えられていないのです。

上原　では、ロバート・ハリスが自発的に証人に出ればよいでしょう？

警官　は？　自発的にですか？

上原　勧めるのです。いや、頼むのです、こっちで。
警官　あなたがですか？　無理ではないでしょうか？　相手はアメリカの兵隊ですよ。
上原　アメリカ人の知り合いもいますから。その伝《つて》を頼って。……それで、その裁判で正当防衛が立証されれば、ハリスが軍事裁判で有罪の判決が下されるのも、望めるのではないですか？
警官　いえ、軍の裁判はやはり別のものです。それに……この場合は正当防衛ではありませんね。ご説明の通りですと、すでに行為は終わった後の傷害ですから、正当防衛ではなく、情状酌量といっても別の酌量になるわけです。
上原　とにかく、証人出廷を成功させます。
警官　そうですか。では、告訴はその説得が成功したらということに。

上原、ミラーとの対話へ戻る。

上原　アメリカの軍人と沖縄の住民との裁判が、こういう差別的な仕組みになっていることも、はじめて知りました。
ミラー　そうでしょう。残念ながら、その沖縄の警官の言うことは正解ですよ。
上原　で、どうでしょう？　ロバート・ハリスの説得にご協力いただけますでしょうか。娘の裁判に証人として出廷してくれるように。

ミラー　……突然の話で、どうお答えしたらよいか。

上原　申し訳ないと思っています。しかし、このさいあなたしか頼める人がいないのです。

ミラー　かりに私がお手伝いするとして、そうなるとこれは、アメリカ人と沖縄人との決定的対立の事件になる可能性がある。

上原　可能性があるどころではないでしょう。現にそうだと私は考えます。

ミラー　いや。目下の段階ではそうではないと、私は考える。もともと、ひとりの若い男性とひとりの若い女性との間に起こった事件です。あなたも被害者だが、娘の父親としての被害者だ。つまり、世界のどこにでも起こりうることだ。沖縄人としての事件だと考えると、問題を複雑にしすぎる。

上原　どういう意味でしょう？

ミラー　それは私のほうが訊きたい。あなたが、ひとりのアメリカ人の青年の行為を批判する目的に、私をわざわざ協力者として選ぶ、そのお気持ちが私には判りかねますね。

上原　迷惑だとお考えですか？

ミラー　迷惑だというのではありません。ただ、ひとりずつの人間と人間として話し合うべきではないかと、考えるのです。すくなくとも、私がその青年と知り合いだとでもいうのなら、意味はありましょう。しかし、私はあなたとおなじく彼にとって他人ですからね。こんなことをいまさら言いたくはないが、おたがいこれまで、民族や国家をこえた友情を築き上げるのに努力してきました。その努力の成果を、いまさら崩したくはないのです。

上原　崩れたものなら、あとで立て直せばよいと、私は考えます。とにかく、いま現在、私は協力者がほしいのです。第三者の協力が。

ミラー　楊さんならどうでしょう？　あの人は弁護士だし。しかも、アメリカ人でもなく、沖縄人でもない。立場としては最高ではないでしょうか。

上原　アメリカ人としてアメリカの恥に対決するのが嫌ですか。

ミラー　じつは言いにくいことだが、ロバート・ハリスが本当に破廉恥なことをしたかどうかの、証拠を私はもっていない。それを追及する立場にもまたないのです。しかし、あなたや楊先生なら、立場が違う。

上原　わかりました。お邪魔しました。

ミラー　ちょっと待って。誤解しないでいただきたい。くりかえすが、私はアメリカと沖縄の親善を築き上げるために努力してきた。ここで非協力をよそおって辛いことだが、アメリカ人同士の均衡を必要以上に破らないことが、沖縄人との親善を保つにも必要なのだ。理解してもらえるかな。

上原　理解したいと思います、できればですが。

ヘレン　（登場）あら、お帰りですか。お話はどうなったのでしょう？

上原、ヘレンの肉体があらためて気になり、見つめる。
ホリゾントに字幕——

琉球列島米国民政府布令第一四四号、刑法並びに 訴訟手続法典第二・二・三条 合衆国軍隊要員である婦女を強姦し又は強姦する意志をもってこれに暴行を加える者は、死刑または民政府裁判所の命ずる他の刑に処する。

音楽「星条旗よ永遠なれ」

二・2

楊の家の庭。
楊が庭の植込みに水をかけたところに、上原が小川を同道してきた。
上原が話し終えたところで、なお楊は動じる様子をみせない。

上原　（苛立って）ね、楊先生。どうなのでしょうか。

楊　………。

小川　私からもお願いします。なんとか言ってください。

楊　……小川さん。あなた日本人ですよね。

小川　は？　はい、たしかにそうですけど？

楊　この問題ですが、日本人のあなたにできないものを、そして、アメリカ人のミラーさんにもできないことを、中国人の私にできるはずがないではありませんか。

小川　でも、あなたは弁護士です。ミラーさんはたしかにアメリカ人ですが、正義感はずっとあなたのほうが信頼できると思いまして。

楊　（かたわらの花を摘んで）この花、ハイビスカスですよね。

二人　（解し得ずに、曖昧に黙っている）

楊　美しい花です。

ホリゾントに、ハイビスカスの深紅の花が大きく浮かび上がる。

楊　ハワイではハイビスカス。沖縄では後生《ごしょう》の花。原産は中国ですが、私はこの花のように放浪しているのです。

小川　それが上原さんのお願いにたいする答えですか。

上原　花の種子は放浪しても、花そのものは、どこでも美しいではありませんか。あなたが沖縄で外国人として難しい立場にあることは、十分に理解しています。ただ、ここで特にお願いしたいのは、あなたの弁護士としての学識、能力を私に貸してください、ということです。

小川　（観客席の方向に風景を指しながら）美しいものですね。あれが東シナ海です。その手前に軍用道路一号線が、南から北まで一直線に沖縄島を貫いています。それに沿って米軍基地が居坐っている。米軍人の数がおよそ五万。沖縄住民の総人口が百万とすれば、人口比重はたしかに住民のほうが勝っていますが、それだけになぜその生活の権利において、決定的に差別があるのでしょうか。しかもこれは、沖縄の住民が選んだものではない。楊先生。あなたは中国の共産主義革命を逃れて、ここまで来られた。いま私たちが佇《たたず》っているこの住宅地は、外国人にとって、安全で便利で美しい場所です。こういう場所に住んでいて、あなたが生活を護る相手は、アメリカ人だけでよいのですか？

楊　考えようによっては、私のほうこそ米軍基地に囲まれているのですよ。

小川　でも、あなたは法律家だから、個人で戦うことができる。

楊　そんなことはありません。私はあくまでも、外国人として行動を規制されています。

小川　しかし、沖縄の人たちは自分の国にいて、自分の土地にいて、自分の家にいて、自分の生活を護る権利を認められていないのです。

楊　小川さん。あなた、日本人ですよね。あなただって沖縄の人の同胞として、たとえば上原さんの娘さんを護ることが出来ていないではありませんか。

小川　それは、いまの沖縄のアメリカ軍政下では、本土の日本人は外国人とみなされているからです。日本政府は沖縄人を外国に預けた同胞と見なしていますけれども。

上原　楊先生。小川さんには、新聞記者としてべつにお願いしています。いまはひたすら、あなたに弁護士としての力を貸していただきたいと、お願いしているのです。

楊　お二人にお尋ねします。一九四五年八月十五日に、どこで何をしていましたか？

小川　第二次大戦が終わった日ですね。……私は北京の中学校の五年生で、最後の夏休みに内蒙古へ旅行に行っていました。

楊　敗戦の報道があって、危ないことはありませんでしたか。

小川　さいわい、報道が中国に届いたのは帰る途中のことで、北京に着くまで知りませんでした。

楊　北京に着いてからが大変だったでしょう。……では、旅行中に感じたことはなかったのですか？

小川　何をです？

楊　たとえば、蒙古の人たちが日本の兵隊に向けた視線の揺れかたなど……温かさとか冷たさとか……。

小川　兵隊にたいしては知りません。しかし、私たちにたいしては親切でした。

楊　心からの親切でしょうか。

小川　何を言いたいのですか？

楊　あなた自身は何も悪いことをしなかったでしょうが、あなたの目の前で日本人が中国人にたいしてとっている態度に、あなたが批判的でありながら無関心をよそおっていたことはありませんか。

小川　それはしかし、この沖縄であなたがとっている態度とおなじではありませんか。

楊　そうです。恥ずかしいと思います。私もいずれ懺悔しなければなるまい、と考えています。それでもしかし、私はあなたがたの責任を追及しなければならない。（上原へ）あなたは将校になって、四川省の巫山まで進駐していたと言いましたね？

上原　はい、それが何か？……ああッ！

上原は、楊の話を聞いているうちに、ひとり胸に当たることがあったが、ハッとしているうちに暗転、ホリゾントに花が消えて、別の映像——中国人捕虜の処刑にあたる上原少尉。抜刀して振り上げたけれども、斬る勇気がない。

中隊長（声） 上原少尉。どうした。何を躊躇《ためら》っている？　斬れ。捕虜を斬れずに小隊長が務まるか。誰かほかの小隊長に代わらせようか。下士官でもよい。

部下（声） 小隊長殿。中隊長殿の面子もあります。自分が代わりましょうか。

中隊長（声） 部下にそう言われるだけでも恥ずかしいと思わないか、上原少尉。……その捕虜のなかに、お前の部下の兵隊を殺した者がいるのかもしれないのだぞ。恨みを晴らしたくはないのか。戦争は憎しみにはじまるものだ。憎しみこそ栄誉のしるしだ。いまは、シナ人を憎むことが日本軍人の基本ではないか。……よし、誰か上原少尉に代わる者がいるか？

上原（声） いいえ。中隊長殿。自分がやります。……ヤーッ！

明かりが点いて、花の映像のみに戻る。
上原は顔面蒼白になっている。

小川 あなたは卑怯だ、楊先生。そのような話に、いまの問題をそらそうとしている。

上原 よいのです、小川さん。私が戦争のときに中国人にたいしてとった態度を考えると、楊先生にそれほど厳しいことを指摘されても仕方のないことです。帰りましょう。

小川 でも……。

楊　諦めるのですか、上原さん？

上原　（解せずに）……？

楊　諦めるのですか、と念を押しているだけです。私はただ、私の筋を通して、あなたの立場にたいする自覚を促しただけです。アメリカと沖縄……日本と中国……しかし、あなたの意志と私の意志とは無関係です。

上原　と、おっしゃると？

楊　努めてみます。成功するかしないかは別です。私たち中国人はたえずそのようにして、生活を賭けてきたのです。行きましょう、そのロバート・ハリスという青年のところへ。

上原　有難うございます。

楊　お礼を言われるのはまだ早い。成功するかしないか、まだ分からないのです。

上原　しかし、それだけで私は嬉しいのです。

暗転。舞台の一角にロバートあらわれる。ベッドに起き上がって、

ロバート　用件はだいたい分かっている。あなたは日本人か？

楊　中国人だ。

ロバート　なるほど、上原は中国語が話せるということだったな。中国人が彼の娘の弁護をするのか？

楊　弁護はしない。

ロバート　では、俺に何を話しに来た？　言うまでもないが、この部屋に居るものはみな病人だ。分かりきったことで長話をしてほしくないし、病人を興奮させる権利はあなたがたにはない。

楊　もちろんだ。私たちは法的にきみを拘束しに来たのでもないし、またその権利がないことも、よく分かっている。だから、きみも興奮しないで、ゆっくり相談にのってほしい。

ロバート　俺たちは、合意の上で行為を行ったのだ。そして俺は裏切られたのだ。

楊　そのことを法廷で証言してくれるかね？

ロバート　なに？

楊　きみは何か誤解しているね。私たちはまだきみを訴えようとは考えていない。ただ、この人の娘が訴えられて、裁判を待っている。その裁判で、きみ、証言してくれませんか。

ロバート　何を証言する？

楊　きみはいま、合意の上でやった行為のすえに裏切られた、と言った。それを証言してくれるかね。むろんきみを裁く法廷ではないが、もし娘がこの上もなく依怙地にきみの犯罪を主張すると、世間できみへの拘りがなかなか消えない。沖縄人の理解のなかで、きみが……。

ロバート　下手な誘いだ。その手に乗るか。俺が彼女のせいでこういう怪我をしたのは、間違いのない事実だ。それに俺は、沖縄の住民の法廷に証人として立つ義務はない。俺だって、それくらいの法律は知っている。

楊　たしかに、アメリカが作ったいまの沖縄の法律は、きみたちに都合よくできている。

上原　お前の女、道代といったか、あれはどうした？

ロバート　あんたに関係はないだろう。

楊　きみの権利は……。

ロバート　（冷ややかに）分からんなあ。あなた、中国人なんだろう。俺は聞いているよ……。

楊　何をだ？

ロバート　ミスター上原。俺は聞いているよ。あなたは日本軍の将校になって、中国と戦ったそうではないか。中国人を殺したのだろう？　それで俺を裁く資格があるのか？

上原　……お前には関係のないことだろう。

ロバート　そうだろうか。そちらの中国人の先生はどうかな？　あなた、よくも中国人のくせに、もと日本の軍人だった男のために、一肌脱ぐ気になったね。

楊　きみに関係のないことだろう。

ロバート いや、こういう皮肉な事実に、いままで気がつかなかった。それをあなた方が気づかせたとはね。泣き寝入りしておれば、穏やかにすんだものを。

小川 なんだと?

上原 小川さん。もういい。帰りましょう。

暗転。

暗いなかで「星条旗よ永遠なれ」

明かりが入って、上原、小川、楊。

小川 あいつ、したたかですね。

楊 人間、権利義務だけで生きられれば、どれほどいいことか。

上原 私は、まことにお恥ずかしいことを、お耳に入れました。

楊 あなた、上原さん。いまごろ気が付いたのですか?

上原 言うべき言葉をもちません。

楊 私はこの三十年間、権利義務だけで生きられたらどんなに気が楽かと思って、そのために弁護士になったようなものです。

上原 たしかに、三十年前に中国で日本軍が行ったことは、権利義務以上なことでしたね。

楊　あなたが中国人の捕虜を殺害したのは、巫山でのことだと言いましたね、

上原　そうでした。

楊　私の弟が巫山で戦死しました。一旦は捕虜になったと聞きましたが、そのうち死んだと……。

小川　では、この上原さんが殺したのが、そのあなたの弟さんだと言うのですか。それは、あまりにも穿ちすぎではありませんか。しかも、上原さんをひどく傷つける話です。

楊　そうは言っていません。そのようなことは、権利義務を超えた宿命的な悲劇だと言っているのです。その悲劇を、せめて権利義務の分だけでも超えられないものかと思って、私は弁護士になったのです。

上原　私はいまさら弁護士になりようもありません。

小川　では、泣き寝入りするのですか？

上原　そうしたくもありませんが……（語尾が小さい）

小川　上原さん。ちょっと（物陰に呼んで）……これを見てください。

上原　これは、……米琉親善委員会の委員のリストですか。

小川　ここを見てください。

上原　あ、ミスター・ミラーの名前がある。

小川　その職業……。

上原　ＣＩＣ。諜報部員だな。知らなかった。道理でお仕事は何かと質問しても教えてくれようとしなかった。

小川　あなたも私も、彼が諜報部員だと知らずに、たんに中国語のお友達としてつきあわされたわけだ。

上原　いったい何を探ろうとしたのだろう？

小川　今度のような事件の場合、それに対応するあなたの態度も、彼にとっては調査の対象になる。……いや、それだけでしかないかもしれない。

上原　協力を頼んだのが愚かだったということですね。

小川　なにか、無常観を呼び覚まされそうですね。

上原　いまの沖縄では、アメリカがお釈迦様の手のひらで、沖縄人がその上で踊っている孫悟空のようなものか。すると、いまそこに見える風景は一体誰のものか。

楊　ああ、美しい景色ですね。この景色のなかでいろいろの事件が、発生したり消えていったりしているのです。……あそこに二人の人が歩いていきますね。

小川　あの、いま車を降りてゴルフ場へむかって歩いていく人たちのことですか？

楊　いかにも平和な風景です。しかし、あの人たちはいま、どうにもならない借金のやりくりの話をしているのかもしれない。いまは協力する立場かもしれないが、明日は血で血を洗う争いをしているかもしれない。

小川　そういう無常観では、なにも片付かないではありませんか。

楊　しかし、そこからしか始まらない。人生はね、上原さん。私の貧しい人生体験からだが、一方で権利義務でしか片付かないことがある。もう一方で権利義務では片付けようのない宿命的なものがある。そのはざまで、しこしこと小さな、しかし粘り強い努力を重ねることでしか、生きられないものですよ。

上原　(何かを悟って)楊さん、有難う。やっと決心がつきましたよ。

楊　私ひとりでは何も出来ませんでしたが。

上原　しかし、あなたに教えられなければ分からないことでした。

小川　上原さん、どうするつもりですか?

暗転。

間。

洋子(声)　いや!　告訴だなんて、いや。私はどうなるのよ。お父さんの世間体だけを護ればいいの?

上原(声)　世間体のことなら、泣き寝入りしたほうがよいのだ。

洋子(声)　だったら、そのままにしてよ。

二・3

軍のクラブ。
背景にかるくジャズが流れている。
上原、楊、小川、ミラー夫妻。
食事中。

ヘレン 上原さん。お嬢さんが学校へ通い始めたそうですね。よかったわ。そのうちに英会話教室にも見えると思って、楽しみにしていますわ。

小川 ミラーさん、私は米軍がこういうクラブを持っていることは聞いていましたが、来るのははじめてです。今日はご招待くださって、どうも有難うございます。

ミラー どういたしまして。これくらいの食事会でよかったら、何度でも。

小川 そこで率直に伺いますが、上原さんへの慰めだと考えてよろしいですか？

ミラー そんな大袈裟なものではないですよ。げんに上原さんはこうして、ちゃんと立ち直っていらっしゃるのですから。

小川 よく分かりました。（上原へ）しっかりしてくださいね。

ミラー　このあいだの、沖縄文化論をあらためて勉強したいと思いましてね。どうぞ、教えてください。

ヘレン　（玄関を見て）あら、リンカーンさんが来たわ。

リンカーン　（登場）やあ、遅れまして、どうも。

ミラー　あなたがいるといないとでは、賑やかさが違うからね。

リンカーン　表玄関に立派な幕がかかっていますね。いい言葉ですね。Prosperity to Ryukyuans and may Ryukyuans and Americans always be friends. 琉球の人に繁栄があり、琉球人とアメリカ人とが、常に友人たらんことを祈る。……このペリーの言葉、名文句ではありませんか。このグループは、まさにこの言葉を実践しているのですね。

あ、そうそう。思い出したことがあるので、ご披露しておきましょう。モーガンさんの事件のことでね。モーガンさんがメイドを告訴したそうですよ。

上原　なんだって？　（上原と小川が立ち上がる。上原のフォークが床に落ちる）ほんとうですか？

リンカーン　ほんとうですよ。僕の友人にＣＩＤがいましてね。もちろん、まだ参考程度に取り調べている途中らしいけれども、なにか釈然としない事件ですね。ペリー提督が理想を描いた時代に帰りたいものですね。（朗誦する）may Ryukyuans and Americans always be friends.....

ミラー　一八五三年だな、ペリーが沖縄に来たのは。アメリカとRyukyuans――琉球つまり沖縄との交流はそれがはじめてかな。中国とはかなり古いのでしょう？　どうです、上原さん？

上原　（我慢できずに）その問題にそれほど興味をおもちですか。

ミラー　え？　（戸惑い）ええ、まあ。もともと歴史は嫌いではないのです。この機会に文化交流の歴史でも勉強してみようかなと思って。

上原　やめたほうがよいでしょう。

ミラー　え？　なぜ？

上原　この機会と、あなたはおっしゃる。その機会の意味を私は疑うのです。

ミラー　あなたは、いまだに……。

上原　このあいだ、あなたに断られたこと、ロバート・ハリスへの説得を、楊さんにやっていただきました。

ミラー　……そうでしたか。

上原　あなたは楊さんなら、ちょうど適任だとおっしゃった。しかし、楊先生でも正面から協力できる事件ではないようです。

ミラー　やはりね。あなたには気の毒だが、やはりそういうことかもしれない。

上原　だが、あれははたして自然なことだったでしょうか。

ミラー　え？　あれとは？

上原　私が彼と会ったとき、彼から受けた処遇のことです。私がアメリカ人から侮辱を受けたと言ったら、あなたはどういう感情をおもちになりますか。

ミラー　その侮辱の性質による。そして、そのときの環境と。（ミラーの腰が立ち直った）

上原　私が外国人から侮辱を受けたのは、戦後二度目です。最初は一九四五年九月。戦争が終わって、一か月経っていました。上海でのことです。ある日、人通りの少ない歩道を歩いていて、向こうから来た白人青年にすれ違いざま拳固で腹をしたたか殴られた。私は丸腰ながら、軍服を着ていましたからね。中国語ができるので、捕虜収容所から民間のある事務所へ出張にでかけました。その外出の途中のことです。殴りかえすわけにもいかず、その場にしゃがんで痛みをこらえながら、戦争に負けたことをしみじみ感じました。

楊　中国人のほうは、戦後も日本人に親切だった。

上原　そうです。驚いたことに、奥地から進駐してきた中国軍隊がとくに親切でした。おかげで私たちは、敗戦国民の実感を半分しか味わっていない。それだけに、あの白人から腹を殴られたときは、よけい精神的にこたえた。

ミラー　それは、アメリカ人ですか？

上原　分かりません。上海にはいろいろの国の人がいましたから。アメリカ人ではないかもしれない。しかし私はそのとき、彼をアメリカ人だと思い込んでしまった。

ミラー　ちょっと待ってください。あなたの被害について同情を拒むわけではないが、あなたの結論はあまりにも感覚的すぎる。アメリカ人であるかないか分からない加害者をアメリカ人だときめつける。それはあなたが、戦争でアメリカに負けたと意識していたからだ。こんどの事件でも、その事件の感覚で私にまで感情的影響を与えるのは、あなたらしくない。

上原　感情的に過ぎるかもしれませんね。しかし、ロバート・ハリスは論理的すぎました。彼には私の依頼に応じる義務はない。いまの沖縄の法律では、琉球政府の裁判所が娘の裁判に彼を証人として喚問する権利はない。そう、みずからはっきり宣言した。その理屈は私も知っている。しかし、ロバート・ハリスがそのことを私に言うことは、あまりにも正し過ぎるし、人間らしくない。

ミラー　論理というものは、ときに犠牲を伴う。

上原　楊先生とも、そのことで話し合いました。先生も、やむを得ない論理に従っているのだと、おっしゃいます。しかし、おたがい本当に論理に忠実に生きているでしょうか。いや、論理的に行動すべきことと感覚的に行動すべきことを、生活のなかで厳しく分けて生きているでしょうか。

小川 （日本語で、つまり私語のように）そこから先は言わないほうがいい。

上原 （私語で）有難う。しかし、まだ本題に入らないのだ。（中国語で）いま小川さんが日本語で言ったことの意味がわかりますか。彼は私がこの私たちの安定したバランスを破ることを心配しているのです。しかし、やむを得ないと思います。この安定は偽りの安定だ。ミスター・ミラー。あなたは私がほかのアメリカ人からの被害であなたにまで感情的影響を及ぼすことを心外に思っておられるが、しかし、あなたは他のアメリカ人より、どれほど私に近いのか。たとえばあなたは、自分の職業について、正確に私に伝えたことがない。諜報部員だと、最近聞きました。それまで私が質問しても、ごまかして逃げていた。

ミラー 他意はない。職業上のマナーにすぎない。

上原 他意があったと、いままでは私は考えるほかはない。あなたの職業を知ったいまでは、そう考えるのが自然なのです。あなたと私との間はまだかなり遠い。

楊 上原さん。あなたは……私がせっかく努力してきたことを、すべて破壊しようとしている。

上原 楊先生。あなたは努力する必要がなかった。いや、その努力は立派なことだが、その前になすべきことを、あなたは怠った。

ミラー 何の努力です、楊先生？

楊　終戦直後に、蔣介石総統が軍隊はじめ全国民に訓示を垂れたのです。自分たちは必ず戦争に勝つ。戦争に勝ったら、日本の国民とは必ず仲良くせよ。われらの敵は日本の軍閥であって、日本の人民大衆ではない……。

上原　私も聞きました。だから私たちは甘やかされ、甘えた。

小川　しかし、中国人はほんとうはあの怨恨を忘れていないのではありませんか。

ミラー　それは当然だ。忘れようとしても忘れられるものではない。いかなる大義名分があろうとも。

楊　怨恨を忘れて親善に努める――中国にとっての十五年間、沖縄にとっての二十五年間の努力というものは、それです。それをあなたは破壊した。

上原　私ではない。小川さんでもない。ロバート・ハリスが破壊した。ミスター・ミラーが破壊した。ミスター・モーガンが破壊した。

ミラー　気違い沙汰だ。親善の論理というものを知らない。二つの国民の親善といったって、結局は個人と個人ではないか。憎しみにしたってそうだ。一方で憎しみの対決がある。それが幾つもある。しかし他方で、いくつもの親善がある。それをわれわれはできるだけ多く創ろうとする。普通の人間同士でもそうだ。このときに憎んでも、いつかは親善を結ぶという希望をもつ。

上原　仮面だ。あなたがたは、その親善がすべてであるかのような仮面をつくる。

ミラー　仮面ではない。真実だ。その親善がすべてであり得ることを信じる。すべてでありたい、という願望の真実だ。
上原　一応立派な論理です。しかし、あなたは傷ついたことがないから、その論理に何の破綻も覚えない。しかし、一旦傷ついてみると、その傷を憎むことも真実だ。その真実を覆い隠そうとするのは、やはり仮面の論理だ。私はその論理の欺瞞を告発しなければならない。
ミラー　どうするのです？
上原　ロバート・ハリスを告訴します。
小川　上原さん！　あなたは告訴を断念したのでは……？
上原　仮面の論理に欺かれたということでしょうか。腹の底ではその仮面に気がついていながら、なんとなくそれを受け入れようとしていたのですね。あの侮辱と裏切りをどうしてこうも簡単に忘れようとしたのか、自分ながらに腹立たしくさえなります。晩くはないでしょう。徹底的に追及してみます。
楊　お嬢さんが証言台に立って、孤独に苦しむだけです。
上原　覚悟の上です。
楊　親の面子のためにですか？
上原　沖縄人の面子のためです。……いや、人間本来の尊厳の面子です。

楊　ミスター・ミラーの言われた仮面の論理は正しいと、いまだに私は考えている。あなたの傷は私のそれにくらべて、必ずしも深いものだとは、私は考えていない。しかし私は、苦しみながらもそれに耐え、仮面をかぶって生きてきた。そうしなければ生きられない。

上原　しかし、あなたはやはりこの間、その仮面を脱がなければならなかった。小川さんの要求は単なるきっかけに過ぎない。あなたはみずからそれを脱いだ。そして、生の視線で私たちを凝視して追及した。日本人が中国で犯した罪悪を、いまになって……。二十五年間その機会を待ち構えていたような語調が、あなたにはあった。私もいま、それをしようと思う。

楊　私とあなたとは違う。あなたの場合は、お嬢さんの犠牲を払ってまで、それを実行する必要があるのか、ということです。

上原　楊先生。私を目覚めさせたのは、あなたなのです。私がお国への償いをすることと、私の娘の償いを要求することとは、ひとつだ。このさい、おたがいに絶望的に不寛容になることが、最も必要なことではないでしょうか。繰りかえしますが、人間本来の絶対倫理の問題なのです。私が告発しようとしているのは、本当はたった一人のアメリカ人の罪ではなく、その絶対倫理を覆い隠そうとするカクテル・パーティーそのものなのです。

ミラー　人間として悲しいことです。

上原　ミスター・ミラー。琉球列島米国民政府布令第一四四号、刑法並びに訴訟手続法典第二・二・三条をご存知ですか？

ミラー　何のことです？

ホリゾントに条文が映る。

上原　あとで見てください。合衆国軍隊要員への強姦の罪。あの差別的条文があるかぎり、あなたの願望は所詮虚妄に過ぎないでしょう。さようなら。（退場）

洋子（声）　お父さーん、なぜ？……

楊　（空を見つめて）本当にあれでよいのだろうか……。

エピローグ

上原とベン。

ながい沈黙。

ベン　ひどい話だ。で、裁判は実行されたのですか。
上原　（頷く）
ベン　洋子は何の抵抗もしなかったのですか？
上原　……あまりにも抵抗がなさすぎて、私のほうが怖くなった。
ベン　洋子が証言台に立って孤独に苦しみながら戦った気持ちを、理解したいと思います。裁判の経過については、私は弁護士だから、ある程度見当がつきます。ハリスにたいする米軍事裁判と、洋子にたいする沖縄側の、琉球政府と言いましたか、その裁判ですよね。その両方で洋子は戦ったのですよね。
上原　洋子はこれまできみに何も言わなかったらしいな。
ベン　言う必要はないですよ。僕は現在の洋子を愛しているのですから。それに僕の父を恕していることを有難く思っています。

洋子登場して、ベンに寄り添う。

上原　裁判の始まる前にも、始まってから途中にも、幾度か取り下げようと考えた。
ベン　でも、面子がありますからね。
上原　私個人の面子ではない。基本的人権のためだ。民主主義のためだ。絶対倫理のためだ。私は自分のために洋子を犠牲にするのが辛かったが。

ベン　洋子は、はじめからそのことを理解していたのか。

洋子　何度お父さんを恨んだかしれないわ。民主主義のためとはいっても、それは私ひとりの苦しみには代えられないと思った。……一番辛かったのは、裁判の現場検証のとき。あの岬の海は美しかったわ。沖縄の海は天気がよいときは世界一美しいの。カリブ海より美しいのよ、ベン。その沖縄へあなたが前々から行きたがっている気持ちはわかるけど、私はこの思い出があるかぎり、まだその決心がつかない。とくに、あの岬は私にとって、怖いもの見たさがつきまとう。現場検証で、私は事件の起きたときの様子について、いちいち再現を求められた。崖から十メートルほど離れた場所からはじまって、ひとつひとつの動作の再現を厳密に思い出しながらやるの。

ベン　分かるよ、その苦しさを。

上原　それを洋子は、たびたび裁判官の命令でやり直させられた。その動作のひとつひとつを私は遠くで見ていて、腸をちぎられる思いをしたものだ。

洋子　そのうちに私は諦めた。私はどうせ孤独だ。……お父さん、誤解しないでね。お父さんやお母さんを認めないわけではないのよ。あの岬で、波の音を聞きながら考えたことなの。あの現場検証で私がひとりになったことは、私の人生観を変えた。十七歳の少女が人生観を変えたなんて言うと、笑われるけどね。本当なのよ。崖をこえて、水平線のかなたまで、私はひとりだという気がたえずしていた。波の音だけがリズムを失うことがなく、それだけが私をたえず励ましてくれた。その孤独に身をおいたときに、私は思いきって戦うこともできるし、生きていくこともできると考えた。

ベン よく頑張ったと、他人事のようだが思うよ。で、判決はどうだった?

洋子 私は未成年者で、情状酌量があったから……。でも、判決はどうでもいいの。判決とは別に、裁判の過程だけでボロボロになった精神を、すこしずつ繕いなおすのに、時間がかかったわ。

ベン その、ロバート・ハリスはどうなった?

上原 無罪だ。……ただ、私たちは傍聴さえ許されなかったし、その判決の情報もミラーさんから聞いただけだ。

洋子 その軍事裁判でも私は孤独に戦った……。

上原 判決は予想通りとはいえ、口惜しかった。もっとも、傍聴していたら、洋子の証人尋問を落ちついて聴いていられたかどうか。

洋子 ……だから私は、高校を卒業するとすぐにアメリカに来た。

ベン 外国へ出たほうが、傷を癒すにはよいだろう、ということは、想像できるよ。

洋子 アメリカに民主主義を見にきたのよ。

ベン それは正解だったと思うよ。

上原 留学すると言われたときは、驚くより、洋子の傷の深さを思いやったものだ。私は進学を祝福する気持ちではなかった。

ベン　感謝します。おかげで僕は洋子というすばらしい妻にめぐりあえた。

上原　で、そのアメリカの民主主義に満足したか？

洋子　半々ね。

ベン　（かすかな揶揄で）僕のほうには満足したわけだな？

洋子　ベンが弁護士でなければ、もっと満足だったかも。

ベン　（揶揄の表情がくずれて）何が不足？

洋子　退役軍人会。

ベン　なんだって？　僕が退役軍人会の顧問弁護士をしていることが、気に入らないのか？

洋子　そのなかのお友達は好きよ。みんな素敵な人たちだし、その人たちとの縁で、あなたが顧問弁護士を引き受けたのだということも、納得できる。今日のパーティーだって、そのなかから二人が見えるでしょう。その人たちのお人柄も好きだし。

ベン　では、何が？

洋子　原爆展反対運動。

ベン　あれは……前にも話したじゃないか。原爆展そのものが問題ではなくて、日本人が真珠湾の責任を忘れて原爆展をしようというのに、反対しているのだと。

上原 では、ほかの国の人たちがするのならよいのか。たとえば、ベトナムの人たちが、アメリカの枯葉作戦を批判する展覧会を開くのなら構わないのだな。

ベン 僕にアメリカ合衆国の全責任を取らせるようなことを、言わないでください。……何だよ。きみたちは親子二人して、僕という個人を責めようというのか。

上原 ベン君。きみはお父さんとそっくりの間違いを犯している。

ベン どういうことですか？

上原 お父さんも言った。上原洋子という個人とロバート・ハリスという個人との問題を、異民族間の問題に置き換えるのはよくない、と。

ベン そうは言っていません。僕は法律家です。原爆が国際法上どの程度に許されるか、という問題にいま取り組んでいるのです。それ以上の問いに答える用意はいまのところない、と言っているのです。

洋子 国際法でいえば、真珠湾のほうがまだ許されると言えないかしら。すくなくとも、メーン・ターゲットは軍艦だった。一般市民は偶然に巻き添えを食っただけだった。

ベン 国際法よりは、人間としてだと、さっき言ったはずだ。不意打ちは卑怯だと。……そして第一、洋子はこれまでまったく僕の意見に反対しなかったではないか。

洋子 お父さんに会って、私の何かが目覚めたのね。いままで眠っていた何かが。

上原 人間としてなら、沖縄の今日の問題をまず考えてほしいと、私は言っている。

ベン　（絶望的に）なんということだ。二人して、いや、親子で、僕を苛《いじ》めようとしている。それより、洋子。きみは僕の妻なのに、まるで他人みたいだ。

洋子　違うのよ。いまさっき、お父さんも言ったでしょう。個人の問題と政治の問題を一緒に考えなければならないこともあるって。

ベン　（頭をかかえて）何ということだ。これでは、今日のパーティーも台無しになりそうだ。せっかく洋子のお父さんが来たから、僕の親友たちに紹介しようと思ったのに。

上原　それは悪かった。ただ、事がこうなった以上、これだけをきみと一緒に整理しておかないと、またあの日の、二十四年前の沖縄でのカクテル・パーティーと同じになってしまう。きみに——洋子の夫であるきみに、お父さんと同じ過ちを犯してほしくなかった。原爆展に反対する人たちと一緒にパーティーに参加することが、私には簡単にはできない。せめて、きみにそのことを理解してもらうことが、最小限必要だ。

ベン　では、せめてもう一日だけ、後に聞いたことにしてはいけませんか。

上原　もう一日だけね。……一九四五年八月十五日。第二次大戦が終わりを告げた日だ。あの日が一日だけ早く来ていたら、私はああいう過ちを犯さずにすんだかもしれない。

ベン　お父さんの過ち？　ああ、中国でのことですか、さっきの話にあった。でも楊さんは忘れようとなさった。

上原　無理にね。しかし、結局忘れることはできなかった。それでよいのだ。無理に忘れようとしても、それは問題を先送りすることにしかならないのだ。私はあのとき、一九七一年に、自分をその二十六年前の楊さんの立場に立たせて、ロバート・ハリスを告訴することにした。

ベン それが洋子を苦しめることになった。

上原 洋子だけではない。私自身もどんなに苦しんだか。娘のことも妻のことも、友人たちの信義をも裏切ることになった。

ベン では、真珠湾と原爆とを、同時に恕せばよい、と考えているのですか?

上原 違うのだ。どちらへも同じように抗議することを考えているのだ。どちらも被害者であると同時に、加害者だということを自覚することからしか、新しい世紀ははじまらない。おたがいに自分を罰することによって、相手にも徹底的に不寛容になって、裁く資格を得るのだ。自分をも苦しめることになるけれども、そうすることが、人間としての道なのだ。

ベン 法律では情状酌量というものがあります。

上原 法律の前に、その基礎になった人間の倫理というものがあるはずだ。キリスト教に原罪というものがあるだろう。おたがいにその原罪を自覚すべきだと思う。

ベン では、その自覚を一日だけ明日に延ばしましょう。でないと、今晩客になってくれる退役軍人会の人たちに、僕は顔向けができない。

上原　きみは何も分かっていない！

ドアフォーンの音。

洋子　あら、もうお客さんかしら。（退場、まもなく登場。花束をもっている）マッキンレーさんからのお使いなの。急用ができて来られないから、お花をお父さんへと。（渡す）

上原　（受け取って）これはどうも、ご丁寧なことで。

洋子　どうしたんでしょうね。お父さんと会うのを楽しみにしていたから、このメッセージは嘘ではないと思うけど。

ベン　そんな嘘をつく人じゃないよ。ベトナム戦争で勲章をもらった人でしてね。そのことに拘りをもっているんです。

上原　どういう拘り？

ベンが答えようとする。

「星条旗よ永遠なれ」窓の外から聞えてくる。

洋子　（窓から覗いて）デモ隊がまだ解散していないみたいね。

ベン　マッキンレーさんは、ひょっとして、あのなかに……？

洋子　まさか。
ベン　そうだな。

間。

洋子　ベン。もう明日にしたら？　お父さんも。

ドアフォーンの音。みな顔を見合わせる。

上原　……そうだな。せっかくのベン君の心づくしを無にしたかもしれない。私も考えてみよう。さいわい、今日は一九四五年八月十五日ではない。
ベン　いや、待ってください。一九九五年八月十四日です。今日を逃したら、明日では間にあわないかもしれない。客たちもこの議論を歓迎してくれると思います。いや、歓迎はしないかもしれないが、彼らに必要なことだと思います。ひとり、真珠湾の生き残りがいます。少なくとも、彼はまじめに話に乗ってくれると思います。

「星条旗よ永遠なれ」たかまる。

――幕

戯曲「カクテル・パーティー」の成り立ち
──文庫版あとがきに代えて──

一九八五年のことであったと憶えている。全国紙にある著名な評論家(名をかりにKとしておく)がエッセイを書いていた。

「ヒロシマ、ナガサキの被害という理解が全国に流布しているが、われわれは加害者でもあったという自覚をもつことが、そろそろ必要ではないか」

読んで私は、腹立たしいやら呆れるやらで、思った。

「なにをいまごろ尤もらしく、得々と書いているか。俺は二十年前に書いている」

もちろん私は、小説「カクテル・パーティー」のことを言っている。加害者の側面が、作品の新鮮味、完成度にかなりの影響をあたえたと思う。一九六七年にこれで芥川賞をもらった。とはいえ、当時、加害者の側面(の表現が弱かったと反省はしているが)についての批評はあまりなかった。

ここで、Kに触発されたように思った。

〈これを芝居にして、アメリカで上演したら、アメリカ人に反省を促す機縁になるかも

しれない……〉

とはいえ、上演の見込みも立たないまま劇化に取り組む気にはなれず、その後、ときたま思い出すだけで、時は流れた。

ベトナム戦争の後方基地に仕立てられたという負い目も手伝ってか、そろそろ「加害者意識」への関心は、全国的にたかまってきたようであった。

十年たった。

一九九五年、突然のようにひとつの事件が伝えられた。ワシントンのスミソニアン博物館で原爆展を企て、そこでエノラ・ゲイ(広島に原爆を落としたB29の名前)を展示しようとしたところ、退役軍人たちの猛反対に遭って、大きな論争を巻き起こした事件である。退役軍人たちに言わせると、「真珠湾の恨み」をさしおいてけしからん、ということだ。

私は世間なみに呆れたが、反応の中味はたぶん余人と異なった。

私は、ためらわずに「カクテル・パーティー」の劇化にとりかかった。スミソニアン現象と関わらせることにした。

そのさい、娘の事件にかかわっては、主人公の加害者体験の描写をあらためて強調した。

一気に仕上げて、畏友山里勝己《かつのり》さん(琉球大学教授・米文学)に見せたところ、彼がこれも発表の当てがないままに英訳してくれた。

山里教授は二〇〇〇年代にはいってから、ハワイ大学のフランク・スチュアート教授との共同編集で、ハワイ大学から沖縄文学選集を刊行することを企てたが、それにこの戯曲を収めることにした。

その編集がはじまったころ、岩波現代文庫に「カクテル・パーティー」を入れたいとの申し入れをいただき、短篇小説の五つで編集案ができたところで、ご参考までに読んでください、と送った戯曲を、これも入れましょうという話になって、予定していた短篇の一つと入れ替え、「カクテル・パーティー」の小説と戯曲がならんで刷られることになった。

英語版沖縄文学選集は *Living Spirit: Literature and Resurgence in Okinawa*(息づく魂——沖縄の文学と再生)と題して、八月に刊行されたが、スチュアート教授が戯曲に感動したとかで、これをハワイで上演することが刊行前からきまった。

上演は十月下旬に予定されていて、主催者はこれを、「世界初の発表」と宣伝しているが、原作小説と戯曲が一冊にならんで編集されるというのも、世界初ではないだろうか。

新人なみに問題意識と使命感のみを動機にして発表の当てもなく作品を書いたが、思いがけなく有難い褒美をいただいた気持ちでいる。

二〇一一年八月

大城立裕

解説

本浜秀彦

一九九五年――。

八月に予定されていたスミソニアン博物館での原爆展は中止になり、当面の貿易交渉も一段落して、十一月の日米首脳会談が無難に終了するのを待てば、日米関係にことさら波風は立つことなく、「戦後五十年」が過ぎていくはずだった。

ところが「沖縄」である。

九月八日付の『琉球新報』夕刊社会面に出た「暴行容疑で米兵3人の身柄拘束」という見出しの、二段組み記事が明らかにした少女暴行事件は、沖縄社会に大きな衝撃を与えた。米軍基地が集中するこの島で、戦後幾度となく繰り返されてきた基地被害への怒りが、事件を契機に噴出する。一九七二年の「本土復帰」(沖縄の施政権の日本への返還)後、「日本」のシステムに馴染んだかのように思われた沖縄社会の、その全体を巻き込む「反基地」を求める住民運動のうねりが一気に高まっていった。

沖縄や日本のメディアだけではなく、『ニューヨーク・タイムズ』などの米主要紙も、事件に関する続報を連日のように伝え、幾度となく一面で取り上げた。戦後の日米関係の中心に置かれてきた日米安全保障条約の大本は、その時期、間違いなく大きく揺らいだのである。国際政治のゲーム理論の中に織り込み済みだったはずの「沖縄」という変数の性質を見逃していた日米の政策決定者は、だからこそ大慌てして、基地の島を丸めこもうとした。その切り札が、九六年の日米両政府の突然の普天間基地返還合意である。以後、「沖縄問題」は、「普天間」を中心に迷走を始める。

日米特別行動委員会(SACO)における沖縄本島東海岸への移設合意(九六年)、移設場所の辺野古案閣議決定(九九年)、沖縄サミットの開催(二〇〇〇年)、沖縄国際大学に米軍ヘリ墜落炎上(〇四年)、在日米軍再編の最終報告合意(〇六年)……。移転先をめぐっては、辺野古沖合の海上へリポート、キャンプ・シュワブ陸上、辺野古沿岸、嘉手納基地統合、勝連沖埋め立てなどの各案が、政治状況に左右されつつ、浮上してはしぼみ、県民大会開催(一〇年)などを通して国外・県外移設を求める地元と日米両政府との溝はいっこうに埋まらない。二〇一一年夏現在、普天間基地問題は依然膠着《こうちゃく》したままである。ただ、こうした政治的な迷走も、米兵の少女暴行事件で拡大した反基地運動の鎮静化をはかるため、普天間返還を安易に打ち出した日米政府にその原因があるのは明らかだ。

事件の起きた一九九五年は、日本にとっても、世界にとっても、大きな転換期となった年とされる。経済のグローバル化を推し進めた世界貿易機関(WTO)の発足は同年一月、

Windows95の発売などでインターネットが急速に普及するのもこの年である。国内では、阪神・淡路大震災(一月)、地下鉄サリン事件(三月)が発生した。それでも、沖縄にとっては、同年九月の陰惨な事件が社会に与えた影響が、あまりにも大きい。

だが、忘れてはならないのは、自分が受けたような被害を二度と繰り返させないため、事件を告訴したひとりの少女の存在である。

もし「沖縄文学」という営みがあるのだとしたら、文学は、この少女の、いたいけな勇気に応えるものでなければならない。一九九五年以後の「沖縄文学」は、おそらくそのことが試されている。

いや、九五年以後だけではない。少なくとも戦後の「沖縄文学」は、人間を押しつぶそうとする社会的な要因に対峙しながら生きる命を、懸命に描いてきたものではなかっただろうか。

大城立裕が六七年に発表し、沖縄出身の作家として初めて芥川賞を受賞した「カクテル・パーティー」は、米軍統治下の沖縄を舞台にし、米軍属に暴行を受けた娘を持つ主人公が、不利だと分かっている裁判に事件を訴えることを決意するまでの展開を描いた物語である。そのテーマ性と、沖縄の近現代史が重層的に織り込まれた物語は、九五年の事件をはじめとした数々の基地被害をほうふつさせるだけではなく、依然基地の重圧が押し付けられている沖縄をめぐる複雑な政治状況をも浮かび上がらせる。その意味においてこの小説は、決して古色めいた「古典」になることはなく、同時代的な緊張を読む者に強いてくる。

長く『沖縄文学全集』や『沖縄文学選』などの全集、アンソロジーでしか読めなかった「カクテル・パーティー」が、今回岩波現代文庫に入ったことの意味は大きい。それは、現在(さしあたっては本書刊行の二〇一一年秋)と、作品が発表された六七年――それはまだ沖縄が米軍の統治下にあった時代だが――の間に、一九九五年という視座を入れて、沖縄を考える手がかりを与えてくれる小説が、ほかの三つの大城初期作品、そしてスミソニアン博物館での原爆展をめぐる騒動をきっかけに書かれたという「戯曲 カクテル・パーティー」とともに、私たちの手元に置かれたということである。

大城立裕は、一九二五年中城《なかぐすく》村生まれ。県立第二中学校を経て、当時上海にあった東亜同文書院大学で学ぶ。戦後、高校教師などを経て、琉球政府(「本土復帰」後は沖縄県庁)に勤務、通商課長、沖縄県立博物館長などを歴任する一方で、作家として沖縄にこだわった作品を数多く世に送り出してきた。その文学は、二〇〇二年に発刊された『大城立裕全集』(全十三巻)で概観することができるが、全集発刊後も彼の創作意欲は衰えないばかりか、最近は沖縄の伝統芸能である組踊の新作の執筆という新境地を開拓している。

大城の主な小説を、テーマ別に大まかに分けると次のようになる。①戦争(「亀甲墓」、

「日の果てから」など)、②米軍占領と沖縄(「カクテル・パーティー」、「ショーリーの脱出」など)、③琉球の近現代史(「小説 琉球処分」など)、④復帰を契機にした本土—沖縄関係の問い直し(「風の御主前《うしゅまい》」)、⑤基地と沖縄社会(「恋を売る家」など)、⑥沖縄の宗教的風土(「神女《のろ》」、「迷路」など)、⑦中国体験・南米移民(「朝、上海に立ちつくす」、「ノロエステ鉄道」など)、⑧島の生活・恋愛・風俗(「水の盛装」など)、⑨そのほか(「芝居の神様」など)——。このような広がりを持つ大城文学の中で、通奏低音として流れているような作品をさらに絞り込むとするならば、それは一九六〇年代後半に発表された、本書収録の二つの作品——沖縄戦の最中、米軍の攻撃から逃れて、先祖が眠る墓に逃げ込んだ老夫婦が主人公の「亀甲墓」(六六年)と「カクテル・パーティー」である。

後者の持つ、沖縄の人々と、「戦争」「アメリカ」「基地」との関わりを描くというテーマ性は、戦後の沖縄文学のひとつの特徴でもある。米軍統治に社会が大きく規定されていた戦後沖縄で、詩や小説などに取り組む表現者にとって、それは避けて通ることのできない問題であり、大城もその例外ではなかった。一九五七年に発表した「二世」は、沖縄出身の両親を持ち、ハワイで育った二世兵を主人公に、戦争によって沖縄と米国というふたつの故郷を切り離された彼の喪失感を、戦後、日本から切り離された沖縄のアイデンティティーの問題と重ね合わせて書いた作品である。翌五八年に発表された本書収録の「棒兵隊」は、武器を与えられないまま、沖縄戦に駆り出されたものの、日本兵に邪魔者扱いされ、ときにはスパイ容疑をかけられながら、戦場をさまよう沖縄の男たちを描いた作品だ。大城の文学的な資質の特徴が、これらの初期作品にすでに見てとれるのは興味深い。「カクテル・パーティー」は、そうした作品に連なり書かれた傑作であるばかりでなく、同作品が芥川賞を得たことで、日本の「文学制度」と沖縄の関係を考察することを可能にした、ある意味特別な意味を持つ、記念碑的な作品でもある。

ただ、芥川賞を受けてからほどなく、大城は、自らの文学の真骨頂は「カクテル・パーティー」ではなく、沖縄の深層文化を探った「亀甲墓」のほうであると力説し始める。それと併せてエッセイなどで「沖縄問題は文化問題である」と主張するようになる。これは、沖縄の政治的な状況を告発する作家というラベリングを嫌い、自ら先手を打ったとも考えられ、実際、本書収録の、ベトナムの戦場に赴く米兵と沖縄女性の関係を描いた「ニライカナイの街」(六九年)以降大城は、「アメリカ」を題材にする小説から次第に離れていく。七〇年代半ばから後半は、「本土復帰」を記念して開かれた沖縄国際海洋博覧会(一九七五—七六年)に関わったことなどもあり、本土と沖縄の関係の問い直しをテーマにした「復帰小説」の類が目立つが、作家としてはやや低調な時期にあったことは否めない。

そうした大城が、「亀甲墓」に連なる宗教風土、古層文化を扱うテーマに自信を深めるのは、「無明のまつり」(八一年)を経た後の、「神女《のろ》」(八五年)あたりからである。続いて「天女死すとも」(八七年)などを発表した大城は、沖縄を「女性文化」として規定し、「女性の権威が男性の政治に利用されて無残なものになっていく過程」であると捉える歴史観を敷いた作品を生み出していく。こうした物語では、沖縄の地域共同体の祭祀を担う神女や、沖縄の民間のシャーマンであるユタが主人公になるなど、重要な役割を果たしている。

もっとも、戦争や基地をテーマにした作品が全くなかったわけではない。平林たい子賞を受賞した「日の果てから」(九三年)は、「棒兵隊」、「亀甲墓」などのテーマを膨らませた、沖縄戦を舞台にした作品である。この作品と、基地と隣り合わせになった沖縄の戦後を描いた「かがやける荒野」(九五年)と「恋を売る家」(九八年)を、大城は自ら「戦争と文化」三部作と名付ける。ただ、ここでも戦争や基地の問題を書くスタンスは、「文化」という切り口から迫りたいと考える目論見の中にある。戦争、占領、基地という苦難や厳しい環境にあっても、沖縄の文化の豊かさは、人々に生きる力を与えてきたというわけである。

しかし、政治的な状況から距離を置き、「文化」を重視する大城にも、一九九五年という年は、変化を与えたようだ。そのことを示す作品が、本書収録により世に出る「戯曲カクテル・パーティー」である。大城がこの戯曲の執筆を思いついたのは、本解説の冒頭で少し触れた、米ワシントンDCにあるスミソニアン博物館での原爆展をめぐる騒動――広島に原爆を落としたエノラ・ゲイの展示を含め原爆の実体を示そうとした展示企画が、退役軍人会の猛反発を受け中止された――がきっかけであるという。

芥川賞受賞作の戯曲版を新たに書き下してまで強調したかったことはいったい何であっ

たか。ふたつの「カクテル・パーティー」を比べて読むとそれが分かってくる。

時代設定を、ペリー率いる米東インド艦隊の沖縄来航百十年目である一九六三年としている小説「カクテル・パーティー」は、対照的な前章と後章の二つの章から成る。前章は、主人公である沖縄人の「私」が、米軍基地内のハウジングエリアにあるミスター・ミラー(後で諜報機関に勤めるエージェントであることが分かる)の自宅で開かれたパーティーに参加している場面が中心だ。大手新聞社の沖縄特派員の小川、中国人弁護士の孫といった登場人物たちの戯曲的な台詞回しが効果的に使われながら、華やいだ雰囲気のパーティーの様子が描かれる。中国との歴史関係や沖縄のことば・文学などインテリ好みの「沖縄文化論」の話題で場は盛り上がるが、議論の核心や米軍統治下の沖縄の政治的な話題は巧みに避けられる。パーティーの最中、参加者のひとりであるアメリカ人のモーガンの息子が誘拐されたのではないかという騒ぎになり、それは沖縄人の若いメイドが善意で子どもを連れだしたと分かるものの、その「騒動」は後章の伏線ともなる。

後章は、「私」の無意識に踏み込んだ、「お前」という二人称の文体に打って変わる。「私」は、高校生の娘が、パーティーに参加していた時間と同じ頃、自分の家に間借りしている米兵ロバートに暴行されていたことを知り愕然とする。しかもまず訴え出たのは、娘に崖から突き落とされけがをしたと主張する米兵のほうだった。主人公は娘の事件を告訴しようとするが、米軍占領下の沖縄では米兵を裁判に出廷させることはできず、始めから敗訴は予想された。加えて、裁判の件を弁護士の孫に相談した際、彼の妻が戦争中、日本兵に暴行されたことを知り動揺する。上海の学院(大城が学んだ東亜同文書院がモデル)で学んだ「私」には、軍事訓練を受けていたころ、行軍演習で落伍し、水に困って訪ねた農家の初老の夫婦から、食糧を半ば奪い取った苦い経験があったからだ。過去の罪の意識にさいなまれた主人公はいったん告訴をあきらめるが、モーガンの息子を連れだしたメイドが訴えられた理不尽さに憤り、最終的に娘の事件の告訴を決断する。「私」の内面を「お前」という呼称で突きつけてくる後半の展開によって、前半の、一見華やいで見えるパーティーの「仮面の世界」の「虚妄」があぶり出されるのが、この小説の醍醐味である。

「私」が最終的に事件の告訴に踏み切る理由は、中国人弁護士・孫の過去を知ったこととも関連しているが、原作小説の中では、はっきりとした根拠を持って示されておらず、いわゆるテクストの「空白」になっている。その点に関しては、主人公が生きる根拠としていた沖縄の共同体的なアイデンティティーが脅かされたからと考えること(岡本恵徳『カクテル・パーティー』の構造」参照)や、主人公が、米軍占領下の沖縄における法律(「布令一四四号　刑法並びに訴訟手続法典」)を知り、そこに「国際親善」では包むことのできない、占領と被占領という現実の中にある深い溝を見たから(拙稿「沖縄というモチーフ、オキナワ文学のテクスト」参照)などと読むことができる。ちなみに、「布令一四四号」には、占領者であるアメリカ人婦女への暴行に対して死刑という極刑が用意されている条文が含まれており、作中では、占領下の沖縄で、アメリカ人が暴行事件を起こしてもほとんど無罪となる現実とその布令とのギャップが浮かび上がる仕掛けがなされている。

それにしても、戦争や占領の「被害者」としての告発に終わるのではなく、戦争における沖縄人の「加害者」性についても、沖縄がまだ米軍占領下にあった時代に問うたこの作品の先見性は、高く評価しなければならない。そしてこの点こそ、新たに戯曲版を書いてまでも強調したかった、作者のこの物語に込めたテーマということになるだろう。

一方、「戯曲　カクテル・パーティー」の舞台設定は、一九九五年のワシントンDCと、事件が起こった七一年(小説では六三年)の沖縄である。小説では描かれてなかった側面を足しつつ、パーティーの場面、モーガンの息子の誘拐騒動、暴行事件、そして上原が娘の事件を告訴するまでの経緯と、新たに加わったその後のエピソードを、スミソニアン博物館の原爆展論争が起こった、九五年夏の時点から語っている。

登場人物もほぼ小説と同じだが、小説版では名前のなかった主人公の「私」には、上原という名字が、米兵に暴行された当時十七歳の高校生の娘には、洋子という名前が与えられている。中国人弁護士は、原作では孫だが、ここでは揚《ヤン》と変る。戯曲版での新しい登場人物は、洋子の夫で、弁護士のベンである。彼の父親が、実はミスター・ミラーだったという設定と、ベンが顧問として関わっている仕事が、日本の真珠湾攻撃などを持ち出して、米国の原爆投下の正当性を主張する退役軍人たちによる原爆展反対運動である点を入れて、物語にひねりと複雑さを加えている。

大学進学で、アメリカに渡り、現在はワシントンＤＣで夫のベンと暮らしている洋子の自宅に、上原が訪ねる場面から始まり、そこから七一年夏の出来事である、ミラー宅で開かれたパーティーや洋子の事件などに場面転換し、そこからまた九五年の「今」に戻る展開で物語は進む。その中で、上原が中国大陸で行った行為は、中国人捕虜を斬殺した、より加害的なものに原作から変更されており、それゆえ被害者の父親として、洋子の事件を訴えることの煩悶がより激しくなっている。

苦悩の末、告訴を決断した上原は、その理由を「真珠湾と原爆とを、同時に恕せばよい」のかというベンの問いに応えるかたちで、次のように述べる。

違うのだ。どちらへも同じように抗議することを考えているのだ。どちらも被害者であると同時に、加害者だということを自覚することからしか、新しい世紀ははじまらない。おたがいに自分を罰することによって、相手にも徹底的に不寛容になって、裁く資格を得るのだ。自分をも苦しめることになるけれども、そうすることが、人間としての道なのだ。

上原にこう言わせることで、大城は、原作小説の「カクテル・パーティー」で、「私」が告訴を決断した理由の「空白」を埋めると同時に、戦争や基地問題は、何よりも人間の「倫理」の問題であるという自らの思いを込めている。そうした「倫理」こそ、まさしく「政治」に求められるのであり、「政治」の役割は、社会や、人と人の関係を、より公正なものに変えていくことにほかならないというメッセージでもある。普天間基地問題に正面から迫った短編「普天間よ」(二〇一一年)でも、大城は、「文化」よりも「政治」に踏み込んでいる。

だが、それは決して「文化」の敗北ではない。しなやかさとしたたかさを持って、「政治」に立ち向かうことができるのも、「文化」だからだ。

そして、戯曲版で見逃してならないのは、小説版では詳しく書かれていない主人公の娘(洋子)の叫び、絶望、苦悩が、書き込まれていることである。

忌まわしい過去を乗り越えながら、今を懸命に生きる彼女の姿に、戯曲の舞台として設定した一九九五年八月の後に起こった現実の出来事への、沖縄の作家としての大城の思いが込められているように思えてならない。

本書収録の小説版「カクテル・パーティー」と「亀甲墓」は、それぞれ *Cocktail Party*、"Turtleback Tombs"という題で、スティーブ・ラブソン・ブラウン大学准教授(当時)によりすでに英訳されているが、「戯曲　カクテル・パーティー」は、山里勝己琉球大学教授による訳で、同教授とフランク・スチュワート・ハワイ大学教授共編による沖縄文学の英訳アンソロジー *Living Spirit: Literature and Resurgence in Okinawa* に収録され、本文庫より一足先に世に出た。その初上演となる舞台も、二〇一一年一〇月にハワイである。

沖縄にこだわり続けた大城文学は、日本(語)文学という枠組みを超えて、今後も着実に受容されていくだろう。

(文教大学教授)

本書は一九六七年文藝春秋より、七五年角川文庫として角川書店より、八二年理論社より、それぞれ刊行された。ただし収録された作品には異同がある。

カクテル・パーティー

2011 年 9 月 16 日　第 1 刷発行
2025 年 2 月 14 日　第 9 刷発行

著　者　大城立裕《おおしろたつひろ》

発行者　坂本政謙

発行所　株式会社 岩波書店
〒101-8002 東京都千代田区一ツ橋 2-5-5

案内 03-5210-4000　営業部 03-5210-4111
https://www.iwanami.co.jp/

印刷・精興社　製本・中永製本

ISBN 978-4-00-602189-4　　Printed in Japan

岩波現代文庫創刊二〇年に際して

二一世紀が始まってからすでに二〇年が経とうとしています。この間のグローバル化の急激な進行は世界のあり方を大きく変えました。世界規模で経済や情報の結びつきが強まるとともに、国境を越えた人の移動は日常の光景となり、今やどこに住んでいても、私たちの暮らしは世界中の様々な出来事と無関係ではいられません。しかし、グローバル化の中で否応なくもたらされる「他者」との出会いや交流は、新たな文化や価値観だけではなく、摩擦や衝突、そしてしばしば憎悪までをも生み出しています。グローバル化にともなう副作用は、その恩恵を遥かにこえていると言わざるを得ません。

今私たちに求められているのは、国内、国外にかかわらず、異なる歴史や経験、文化を持つ「他者」と向き合い、よりよい関係を結び直してゆくための想像力、構想力ではないでしょうか。

新世紀の到来を目前にした二〇〇〇年一月に創刊された岩波現代文庫は、この二〇年を通して、哲学や歴史、経済、自然科学から、小説やエッセイ、ルポルタージュにいたるまで幅広いジャンルの書目を刊行してきました。一〇〇〇点を超える書目には、人類が直面してきた様々な課題と、試行錯誤の営みが刻まれています。読書を通した過去の「他者」との出会いから得られる知識や経験は、私たちがよりよい社会を作り上げてゆくために大きな示唆を与えてくれるはずです。

一冊の本が世界を変える大きな力を持つことを信じ、岩波現代文庫はこれからもさらなるラインナップの充実をめざしてゆきます。

（二〇二〇年一月）

岩波現代文庫[文芸]

B307-308
赤い月(上・下)
なかにし礼

終戦前後、満洲で繰り広げられた一家離散の悲劇と、国境を越えたロマンス。映画・テレビドラマ・舞台上演などがなされた著者の代表作。〈解説〉保阪正康

B309
アニメーション、折りにふれて
高畑勲

自らの仕事や、影響を受けた人々や作品、苦楽を共にした仲間について縦横に綴った生前最後のエッセイ集、待望の文庫化。〈解説〉片渕須直

B310
花の妹 岸田俊子伝
—女性民権運動の先駆者—
西川祐子

京都での娘時代、自由民権運動との出会い、政治家・中島信行との結婚など、波瀾万丈の生涯を描く評伝小説。文庫化にあたり詳細な注を付した。〈解説〉和崎光太郎・田中智子

B311
大審問官スターリン
亀山郁夫

自由な芸術を検閲によって弾圧し、政敵を粛清した大審問官スターリン。大テロルの裏面と独裁者の内面に文学的想像力でせまる。文庫版には人物紹介、人名索引を付す。

B312
声の力
—歌・語り・子ども—
河合隼雄
阪田寛夫
谷川俊太郎
池田直樹

童謡、詩や絵本の読み聞かせなど、人間の肉声の持つ力とは? 各分野の第一人者が「声」の魅力と可能性について縦横無尽に論じる。

2025.2

岩波現代文庫[文芸]

B313
惜櫟荘の四季
佐伯泰英

惜櫟荘の番人となって十余年。修復なった後も手入れに追われ、時代小説を書き続ける毎日が続く。著者の旅先の写真も多数収録。

B314
黒雲の下で卵をあたためる
小池昌代

誰もが見ていて、見えている日常から、覆いがはがされ、詩が詩人に訪れる瞬間。詩人は詩をどのように読み、文字を観て、何を感じるのか。〈解説〉片岡義男

B315
夢十夜
近藤ようこ漫画
夏目漱石原作

こんな夢を見た――。怪しく美しい漱石の夢の世界を、名手近藤ようこが漫画化。描き下ろしの「第十一夜」を新たに収録。

B316
村に火をつけ、白痴になれ
伊藤野枝伝
栗原康

結婚制度や社会道徳と対決し、貧乏に徹しわがままに生きた一〇〇年前のアナキスト、伊藤野枝。その生涯を体当たりで描き話題を呼んだ爆裂評伝。〈解説〉ブレイディみかこ

B317
僕が批評家になったわけ
加藤典洋

批評のことばはどこに生きているのか。その営みが私たちの生にもつ意味と可能性を、世界と切り結ぶ思考の原風景から明らかにする。〈解説〉高橋源一郎

2025. 2

岩波現代文庫[文芸]

B318
振仮名の歴史
今野真二

「振仮名の歴史」って？　平安時代から現代まで続く「振仮名の歴史」を辿りながら、日本語表現の面白さを追体験してみましょう。

B319
上方落語ノート　第一集
桂米朝

上方落語をはじめ芸能・文化に関する論考・考証集の第一集。「花柳芳兵衛聞き書」「ネタ裏おもて」「考証断片」など。〈解説〉山田庄一

B320
上方落語ノート　第二集
桂米朝

名著として知られる『続・上方落語ノート』を文庫化。「落語と能狂言」「芸の虚と実」「落語の面白さとは」など収録。〈解説〉石毛直道

B321
上方落語ノート　第三集
桂米朝

名著の三集を文庫化。「先輩諸師のこと」「不易と流行」「天満・宮崎亭」「考証断片・その三」など収録。〈解説〉廓 正子

B322
上方落語ノート　第四集
桂米朝

名著の第四集。「考証断片・その四」「風流昔噺」などのほか、青蛙房版刊行後の雑誌連載分も併せて収める。全四集。〈解説〉矢野誠一

2025. 2

岩波現代文庫［文芸］

B323
可能性としての戦後以後
加藤典洋

戦後の思想空間の歪みと分裂を批判的に解体し大反響を呼んできた著者の、戦後的思考の更新と新たな構築への意欲を刻んだ評論集。〈解説〉大澤真幸

B324
メメント・モリ
原田宗典

死の淵より舞い戻り、火宅の人たる自身の半生を小説的真実として描き切った渾身の作。懊悩の果てに光り輝く魂の遍歴。

B325
遠い声
―管野須賀子―
瀬戸内寂聴

大逆事件により死刑に処せられた管野須賀子。享年二九歳。死を目前に胸中に去来する、恋と革命に生きた波乱の生涯。渾身の長編伝記小説。〈解説〉栗原 康

B326
一〇一年目の孤独
―希望の場所を求めて―
高橋源一郎

「弱さ」から世界を見る。生きるという営みの中に何が起きているのか。著者初のルポルタージュ。文庫版のための長いあとがき付き。

B327
石の肺
―僕のアスベスト履歴書―
佐伯一麦

電気工時代の体験と職人仲間の肉声を交えアスベスト禍の実態と被害者の苦しみを記録した傑作ノンフィクション。〈解説〉武田砂鉄

2025. 2

岩波現代文庫［文芸］

B328
冬の蕾
―ベアテ・シロタと女性の権利―
樹村みのり

無権利状態にあった日本の女性に、男女平等条項という「蕾」をもたらしたベアテ・シロタの生涯をたどる名作漫画を文庫化。〈解説〉田嶋陽子

B329
青い花
辺見庸

男はただ鉄路を歩く。マスクをつけた人びとが彷徨う世界で「青い花」の幻影を抱え……。災厄の夜に妖しく咲くディストピアの〝愛〟と〝美〟。現代の黙示録。〈解説〉小池昌代

B330
書聖王羲之
―その謎を解く―
魚住和晃

日中の文献を読み解くと同時に、書作品をつぶさに検証。歴史と書法の両面から、知られざる王羲之の実像を解き明かす。

B331
霧の犬
―a dog in the fog―
辺見庸

恐怖党の跋扈する異様な霧の世界を描く表題作ほか、殺人や戦争、歴史と記憶をめぐる終わりの感覚に満ちた中短編四作を収める。終末の風景、滅びの日々。〈解説〉沼野充義

B332
増補 オーウェルのマザー・グース
―歌の力、語りの力―
川端康雄

政治的な含意が強調されるオーウェルの作品群に、伝承童謡や伝統文化、ユーモアの要素を読み解く著者の代表作。関連エッセイ三本を追加した決定版論集。

2025. 2

岩波現代文庫［文芸］

B333
六代目圓生コレクション
寄席育ち
三遊亭圓生

圓生みずから、生い立ち、修業時代、芸談、噺家列伝などをつぶさに語る。綿密な考証も施され、資料としても貴重。〈解説〉延広真治

B334
六代目圓生コレクション
明治の寄席芸人
三遊亭圓生

圓朝、圓遊、圓喬など名人上手から、知られざる芸人まで。一六〇余名の芸と人物像を、六代目圓生がつぶさに語る。〈解説〉田中優子

B335
六代目圓生コレクション
寄席楽屋帳
三遊亭圓生

『寄席育ち』以後、昭和の名人として活躍した日々を語る。思い出の寄席歳時記や風物詩も収録。聞き手・山本進。〈解説〉京須偕充

B336
六代目圓生コレクション
寄席切絵図
三遊亭圓生

寄席が繁盛した時代の記憶を語り下ろす。各地の寄席それぞれの特徴、雰囲気、周辺の街並み、芸談などを綴る。全四巻。〈解説〉寺脇研

B337
コブのない駱駝
―きたやまおさむ「心」の軌跡―
きたやまおさむ

ミュージシャン、作詞家、精神科医として活躍してきた著者の自伝。波乱に満ちた人生を自ら分析し、生きるヒントを説く。鴻上尚史氏との対談を収録。

2025.2

B338-339
ハルコロ (1)(2)
石坂啓漫画
本多勝一原作
萱野茂監修

一人のアイヌ女性の生涯を軸に、日々の暮らしや祭り、誕生と死にまつわる文化など、アイヌの世界を生き生きと描く物語。〈解説〉本多勝一・萱野茂・中川裕

B340
ドストエフスキーとの旅
—遍歴する魂の記録—
亀山郁夫

ドストエフスキーの「新訳」で名高い著者が、生涯にわたるドストエフスキーにまつわる体験を綴った自伝的エッセイ。〈解説〉野崎歓

B341
彼らの犯罪
樹村みのり

凄惨な強姦殺人、カルトの洗脳、家庭内暴力と息子殺し……。事件が照射する人間と社会の深淵を描いた短編漫画集。〈解説〉鈴木朋絵

B342
私の日本語雑記
中井久夫

精神科医、エッセイスト、翻訳家でもある著者の、言葉をめぐる多彩な経験を綴ったエッセイ集。独特な知的刺激に満ちた日本語論。〈解説〉小池昌代

B343
ほんとうのリーダーのみつけかた 増補版
梨木香歩

誰かの大きな声に流されることなく、自分自身で考え抜くために。選挙不正を告発した少女をめぐるエッセイを増補。〈解説〉若松英輔

2025. 2

岩波現代文庫[文芸]

B344
狡智の文化史
—人はなぜ騙すのか—
山本幸司

嘘、偽り、詐欺、謀略……。「狡智」という厄介な知のあり方と人間の本性との関わりについて、古今東西の史書・文学・神話・民話などを素材に考える。

B345
和の思想
—日本人の創造力—
長谷川櫂

和とは、海を越えてもたらされる異なる文化を受容・選択し、この国にふさわしく作り替える創造的な力・運動体である。〈解説〉中村桂子

B346
アジアの孤児
呉濁流

植民統治下の台湾人が生きた矛盾と苦悩を克明に描き、戦後に日本語で発表された、台湾文学の古典的名作。〈解説〉山口守

B347
小説家の四季
1988—2002
佐藤正午

小説家は、日々の暮らしのなかに、なにを見つめているのだろう——。佐世保発の「ライフワーク的エッセイ」、第1期を収録!

B348
小説家の四季
2007—2015
佐藤正午

『アンダーリポート』『身の上話』『鳩の撃退法』、そして……。名作を生む日々の暮らしを軽妙洒脱に綴る「文芸的身辺雑記」、第2期を収録!

2025.2

岩波現代文庫[文芸]

B349
増補 もうすぐやってくる尊皇攘夷思想のために
加藤典洋
幕末、戦前、そして現在。三度訪れるナショナリズムの起源としての尊皇攘夷思想に向き合うために。晩年の思索の増補決定版。〈解説〉野口良平

B350
大きな字で書くこと／僕の一〇〇〇と一つの夜
加藤典洋
批評家・加藤典洋が自らを回顧する連載を中心に、発病後も書き続けられた最後のことばたち。没後刊行された私家版の詩集と併録。〈解説〉荒川洋治

B351
母の発達・アケボノノ帯
笙野頼子
縮んで殺された母は五十音に分裂して再生した。母性神話の着ぐるみを脱いで喰らってウンコにした、一読必笑、最強のおかあさん小説が再来。幻の怪作「アケボノノ帯」併収。

B352
日没
桐野夏生
海崖に聳える〈作家収容所〉を舞台に極限の恐怖を描き、日本を震撼させた衝撃作。「その恐ろしさに、読むことを中断するのは絶対に不可能だ」(筒井康隆)。〈解説〉沼野充義

B353
新版 一陽来復
―中国古典に四季を味わう―
井波律子
巡りゆく季節を彩る花木や風物に、中国古典詩文の鮮やかな情景を重ねて、心伸びやかに生きようとする日常を綴った珠玉の随筆集。〈解説〉井波陵一

2025. 2

岩波現代文庫［文芸］

B354
未闘病記
――膠原病、「混合性結合組織病」の――
笙野頼子

芥川賞作家が十代から苦しんだ痛みと消耗は十万人に数人の難病だった。病と「同行二人」の半生を描く野間文芸賞受賞作の文庫化。講演録「膠原病を生き抜こう」を併せ収録。

B355
定本 批評メディア論
――戦前期日本の論壇と文壇――
大澤聡

論壇／文壇とは何か。批評はいかにして可能か。日本の言論インフラの基本構造を膨大な資料から解析した注目の書が、大幅な改稿により「定本」として再生する。

B356
さだの辞書
さだまさし

「目が点になる」の『広辞苑 第五版』収録をご縁に27の三題噺で語る。温かな人柄、ユーモアにセンスが溢れ、多芸多才の秘密も見える。〈解説〉春風亭一之輔

B357-358
名誉と恍惚(上・下)
松浦寿輝

戦時下の上海で陰謀に巻き込まれ、すべてを失った日本人警官の数奇な人生。その悲哀を描く著者渾身の一三〇〇枚。谷崎潤一郎賞、ドゥマゴ文学賞受賞作。〈解説〉沢木耕太郎

B359
岸惠子自伝
――卵を割らなければ、オムレツは食べられない――
岸惠子

女優として、作家・ジャーナリストとして、国や文化の軛〈くびき〉を越えて切り拓いていった、万華鏡のように煌〈きら〉めく稀有な人生の軌跡。

2025.2

B360
かなりいいかげんな略歴
―エッセイ・コレクションⅠ
1984-1990―
佐藤正午

デビュー作『永遠の1／2』受賞記念エッセイである表題作、初の映画化をめぐる顛末記「映画が街にやってきた」など、瑞々しく親しみ溢れる初期作品を収録。

B361
佐世保で考えたこと
―エッセイ・コレクションⅡ
1991-1995―
佐藤正午

深刻な水不足に悩む街の様子を綴った表題作のほか、「ありのすさび」「セカンド・ダウン」など代表的な連載エッセイ群を収録。

B362
つまらないものですが。
―エッセイ・コレクションⅢ
1996-2015―
佐藤正午

『Y』から『鳩の撃退法』まで数々の傑作を著した壮年期の、軽妙にして温かな哀感漂うエッセイ群。文庫初収録の随筆・書評等を十四編収める。

B363
母の恋文
―谷川徹三・多喜子の手紙―
谷川俊太郎編

大正十年、多喜子は哲学を学ぶ徹三と出会い、手紙を通して愛を育む。両親の遺品から編んだ、珠玉の書簡集。〈寄稿〉内田也哉子。

B364
子どもの本の森へ
河合隼雄
長田弘

子どもの本の「名作」は、大人にとっても重要な意味がある！　稀代の心理学者と詩人が縦横無尽に語る、児童書・絵本の「名作」ガイドの決定版。〈解説〉河合俊雄

岩波現代文庫[文芸]

B365

司馬遼太郎の「跫音」

関川夏央

司馬遼太郎とは何者か。歴史小説家として、また文明批評家として、歴史と人間の物語をまなざす作家の本質が浮き彫りになる。

2025. 2